LISA TORBERG
Wenn Apfelbäume tanzen könnten

Das Buch

Ein Roman über unglaubliche Zufälle, den langen Atem der Liebe und die Buntheit des Lebens.

Seitdem Bertl Kofler begriffen hat, dass seine Freundin aus Kinderzeiten nicht seine große Liebe ist, lebt er für seinen Bauernhof. Sein einziger Mitbewohner ist Zeus, sein Schäferhundmischling. Doch immer wieder holt ihn die Erinnerung an die Lehrerin aus dem Pustertal ein, die vor zwei Jahren kurz in Mela unterrichtete. Aber nicht nur er denkt oft an die junge Frau – auch jemand auf dem nahen Apfelhof tut es …
Sabine Holzer leitet seit dem Unfalltod ihrer Eltern das Familienunternehmen im Pustertal. Nicht einmal sich selbst gesteht sie ein, wie sehr ihr das Unterrichten fehlt – und das beschauliche Mela mit seinen Apfelwiesen. Ihr Leben ist geprägt von Pflichtbewusstsein und ihrer Liebe für ihren Großvater Johann. Dennoch spukt ein gewisser Bertl Kofler ständig in ihrem Kopf herum.
Nach der Aufführung des Films „Apfelblüten im Regen", der auf dem Apfelhof in Mela gedreht wurde, erzählt Johann Holzer seiner Enkelin Unfassbares aus seiner Vergangenheit. Als ihre ehemalige Vermieterin sie kurz darauf nach Mela einlädt, trifft Sabine eine Entscheidung, die nicht nur ihr Leben komplett auf den Kopf stellt.

Lisa Torberg

Wenn Apfelbäume tanzen könnten

Ein Südtirol-Roman

Einleitung

Liebe Leserin, lieber Leser,

Südtirol hat für viele Ausländer, vor allem Deutsche, etwas Faszinierendes, aber auch für Italiener aus südlicheren Regionen – aufgrund des stark ausgeprägten alpenländischen Charmes. Kein Wunder, ist doch die Mehrheit der Bevölkerung deutscher Muttersprache, die Italienisch nur als Fremdsprache in der Schule lernt. Italienisch ist die Muttersprache von etwa einem Viertel der Bewohner der Autonomen Provinz Bozen, das rätoromanische Ladinisch von knapp fünf Prozent. Es ist also nicht verwunderlich, dass italienische Lebensart nur als leiser Hauch zu spüren ist – und dennoch Südtirol dieses einzigartige Flair anhaftet, das aus der nördlichsten Provinz Italiens etwas Besonderes macht.

Dieser Roman spielt teils in Toblach im Hochpustertal, das für die Dolomiten-Gipfel Drei Zinnen berühmt ist. Der nicht weit entfernte atemberaubende Pragser Wildsee spielte gegen Ende des Zweiten Weltkriegs eine wichtige Rolle. Die damaligen Ereignisse beeinflussten das Leben eines Protagonisten dieser Geschichte und somit die Handlung. Der zweite Ort ist, wie bereits im Roman "Wenn Apfelbäume sprechen könnten", Mela. Ich liebe diese im Etschtal gelegene und von Apfelwiesen und dem Hausberg dominierte Gemeinde, die mir wie Rom, Sizilien und London eine Heimat wurde, seitdem ich vor Jahren aus beruflichen Gründen für einige Zeit nach Südtirol zog.

Einige besondere Menschen durfte ich hier kennenlernen, die ich wie versprochen auch in meinem zweiten Südtirol-Roman in den Personen der Geschichte auf die eine oder andere Art verewigt habe.

Widmen will ich diesen Roman jedoch der einzigartigen Medi Sellitsch, der meine Romanfigur Filomena Pinker sehr viel verdankt – nicht nur das beispiellose Altern! Danke, dass es dich in meinem Leben gibt, Medi!

Doch weise ich mit Nachdruck darauf hin, dass sämtliche in diesem Roman beschriebenen Ereignisse meiner Fantasie entsprungen sind.
Sollten Sie, liebe Leserin, lieber Leser, nun Mela auf der Landkarte suchen, so werden Sie es nicht finden. Mela ist das italienische Wort für Apfel und war somit meine naheliegende Namenswahl für den Ort, in dem Äpfel seit dem Mittelalter eine wichtige Rolle spielen. Die Beschreibungen stimmen nicht hundertprozentig mit der Realität überein – aber wer das wahre Mela kennt, wird unschwer erraten, wo sich der meiner Fantasie entsprungene Apfelhof befindet.
Bleibt mir nur noch, zu hoffen, dass ich Ihnen mit dieser Südtiroler Geschichte kurzweilige, intensive und zugleich entspannende Lesestunden bereiten kann. Falls Sie sich zwischen den Zeilen in diesen wundervollen Ort und den Apfelhof verlieben sollten und mehr wissen wollen, so können Sie mir jederzeit schreiben. Und nun wünsche ich Ihnen viel Freude bei der Lektüre,

Ihre Lisa Torberg

Kapitel 1

Toblach, Pustertal

»Entspann dich, Nonno!« Sabine Holzer legte eine Hand auf den Rücken ihres Großvaters und schubste ihn vorwärts.

Er reagierte eigenartig. Zum einen antwortete er nicht, zum anderen ließ er sich von ihr in den Gustav-Mahler-Saal schieben wie eine Fetzenpuppe. Überhaupt. Seitdem er das Plakat entdeckt hatte, das vor drei Wochen überall in Toblach aufgehängt worden war, benahm er sich komisch. Zuerst hatte er von ihr wissen wollen, was denn Public Viewing bedeutete. Die latent vorhandene Lehrerin in ihr hatte innerlich den Kopf geschüttelt, aber nicht der Frage wegen, sondern weil sie nicht begriff, weshalb man hier bei ihnen einen englischen Ausdruck verwendete, den eh kaum einer verstand. Im Hochpustertal waren sie zwar nicht am Ende der Welt – aber so gut wie, und von den dreitausenddreihundert und ein paar Zerquetschten Einwohnern im Dorf waren viele schon froh, wenn sie auch die andere Landessprache ein bisserl reden konnten. Ihr Großvater sprach beide perfekt, immerhin hatte er ja eine Frau mit italienischer Muttersprache geheiratet – vor mehr als sechzig Jahren. Doch Englisch hatte er nie gelernt. Wozu denn auch? Holzer-Holz exportierte zwar seit Jahrzehnten über die Grenze hinweg, aber die nach Österreich war ja nur fünfzehn Kilometer weit weg und dort sprach man genauso deutsch wie auf dieser Seite. Sabine hatte ihm also erklärt, dass man im Kulturzentrum den Film *Apfelblüten im Regen* gratis anschauen konnte. »Da gehst mit mir hin, Sabinchen«, hatte er gesagt – und den Rest ihr überlassen.

Sie hatte auf der Gemeinde die Karten besorgt, obwohl sie alles dafür gegeben hätte, heute nicht hier zu sein. Doch wie hätte sie das dem Großvater erklären sollen? Er war zweiundneunzig und derart gut beisammen, dass er fast immer ablehnte, wenn ihm jemand helfen oder etwas mit ihm unternehmen wollte. Sogar den Führerschein hatte ihm der Amtsarzt erst vor ein paar Wochen wieder erneuert – wie alle zwei Jahre, seitdem er achtzig war –, und so fuhr er weiterhin mit seinem Mercedes-Benz Baujahr 1987, den er seit der Zulassung vor vierunddreißig Jahren nur SL nannte. Zwar nicht allzu weit, aber seine wenigen noch lebenden Freunde und ein paar Kunden in den umliegenden Gemeinden besuchte er regelmäßig – so wie früher. Alte Gewohnheiten legt man eben nicht so leicht ab, würde die Nonna jetzt sicher sagen und seinem geliebten Auto hinterherschauen, bis die Rücklichter an der Kurve zum letzten Mal aufleuchteten, bevor er verschwand. Stunden später würde sie wieder am Küchenfenster stehen und auf die Rückkehr ihres Mannes warten, wie sie es ihr ganzes gemeinsames Leben lang bis zu ihrem Tod gemacht hatte.

Johann Holzer war ein unabhängiger Freigeist, einer, der sich von niemandem jemals hatte irgendwas sagen lassen, und das hatte sich bis heute nicht geändert. Wenn der Nonno sie also schon einmal von sich aus um etwas bat, dann konnte Sabine es ihm nicht ausschlagen.

Nur hatte sie seit Tagen wegen des heutigen Abends ein mulmiges Gefühl im Bauch, das jetzt zunahm. Während man ihnen von allen Seiten zunickte oder einen Gruß zurief, behielt sie die Hand auf Großvaters Rücken und vergrub ihre Finger in dem Stoff seiner Jacke. Nicht um seinetwillen, sondern weil der Kontakt ihr Sicherheit gab.

»Na, das ist aber eine Freude, dass du dich einmal bei einer Kulturveranstaltung blicken lasst, Johann Holzer.« Der Bürgermeister kam mit zum Gruß ausgestrecktem Arm auf den Großvater zu.

»Geh, jetzt tua net so überrascht, Bürgermeister. Hast ja gwusst, dass die Sabine die Karten für uns vom Gemeindeamt abgeholt hat.«

»Die andere hätt ja auch für ihren Freund sein können«, erwiderte Luis Walder mit einem Lacher und zwinkerte ihr zu. Dabei wirkte er paradoxerweise selbstsicher und zugleich unsicher, vor allem aber erreichte das aufgesetzte Lächeln seine Augen nicht.

Sabine mochte ihn nicht. Nicht mehr. Früher, als sie Kinder waren, war das anders. Der zwei Jahre ältere Bub hatte sie nie von oben herab behandelt und sogar mit ihr gespielt, obwohl sie ein Mädel war. Später hatte der Luis dann alles darangesetzt, wichtig zu werden. Im Schützenverein, beim Dartspielen in der Gastwirtschaft und in der Politik. Kein Wunder, dass er im letzten Jahr mit nur zweiunddreißig zum Bürgermeister gewählt worden war – auch von ihr.

Aber mit dieser plumpen Frage bewies er, dass er längst nicht so abgebrüht war, wie er zu sein vorgab. Wieder einmal, denn dass er immer alle ausfragte, ob sie denn einen Freund hätte, hatte sie früher prompt am Wochenende erfahren, sobald sie in Toblach war. Und jetzt erfuhr sie es schon nach wenigen Stunden. Das war lästig, aber nicht so sehr wie die Tatsache, dass sie dem Luis fast täglich über den Weg lief. Als ob er es drauf anlegen würde, sich immer dort herumzutreiben, wo sie gerade war. Vor der Post, in der Bank oder wenn sie sich rasch einen Kaffee in der Patisserie holte, er war immer in der Nähe. Dass der Ort klein war und das Rathaus eben auch im Ortszentrum lag, hatte aber nichts damit zu tun. Als Bürgermeister sollte er doch arbeiten – und zwar in seinem Büro – und nicht draußen herumlaufen. Sabine versuchte, den kalten Schauer zu ignorieren, der die Härchen in ihrem Nacken und die auf ihren Armen aufstellte, und zwang sich zu einem verkrampften Lächeln.

»Den hätte ich auch mitgebracht, wenn er hier wäre«, antwortete sie ihm jetzt mit einem Achselzucken auf die dumme Andeutung, die ja eigentlich eine Frage war. Er wollte wissen, ob sie einen Freund hatte? Klar hatte sie – für ihn!

Den Luis schockiert zu sehen, tat ihr gut. Ein so ein Depp! Scheinbar hatte er in all den Jahren, in denen er sie immer wieder um ein – wie er es nannte – Date gebeten hatte, immer noch nicht kapiert, dass er sie einfach nur in Ruhe lassen sollte. Seitdem sie wieder in Toblach lebte, hatte er sie zwar nicht mehr direkt gefragt, nicht zuletzt, weil die Pandemie begonnen hatte, die ihrer aller Leben beeinträchtigt hatte. Doch nachdem schrecklichen letzten Jahr hatte er das lästige Stalken wieder aufgenommen.

»Du hast an Freund?«

»Warum sollt sie denn keinen haben, Walder?« Der Nonno kam ihr zuvor und sprach weiter, während Sabine die angehaltene Luft zwischen halb geschlossenen Lippen lautlos ausstieß. »Ich sag's jetzt nicht, weil sie meine Enkelin ist, sondern weil das sowieso jeder erkennt, der Augen im Kopf hat. Die Sabine ist was Besonderes. Sie ist hübsch anzuschauen und außerdem a gscheits Madl, die ihr Hirn net nur dafür verwendet, sich zu überlegen, wie sie sich einen Mann aufreißen soll.«

»Was moansch denn damit, Johann?«

Ihr Großvater streckte den Rücken durch und schaute die paar Zentimeter auf den Bürgermeister runter, da er trotz seines Alters immer noch größer war als die meisten Männer in der Gemeinde. Wo er seine beachtliche Statur herhatte, wusste niemand, denn der Überlieferung nach war keiner seiner Vorfahren überdurchschnittlich groß gewesen. Rote Haare und grüne Augen hatte auch keiner gehabt – zurück bis zu seinen Großeltern, an die er sich noch selbst erinnern konnte. Fotos aus der Vergangenheit gab's ja nicht so viele. Jetzt hob er eine Hand und fuhr sich durch das immer noch dichte, mittlerweile silbrigweiß glänzende Haar und machte einen Schritt auf den Luis zu, der irritiert die Stirn runzelte, sich jedoch nicht vom Fleck bewegte.

»I bin zwar alt, aber i bin weder taub noch blind, Walder. Es gibt genug Weiber bei uns in der Gemeinde und rundum, die sich für einen wie dich alle zehn Finger abschlecken. Solche, die gern sagen täten, dass sie die Frau von irgendeinem Bürgermeister sind, auch wenn's net der von Bozen ist. Aber die Sabine gehört net dazua. Meine Enkelin braucht kan Mann, über den sie sich identifiziert, weil sie selber Eier in der Hose hat – im Gegensatz zu so manchem Mannsbild.«

Luis Walder schnappte hörbar nach Luft. »Damit meinst aber net mi, Johann?«

»Grad di moan i, Bua! Du schleichst um die Sabine herum, lauerst ihr auf und hast immer no net begriffen, dass du ka Chance bei ihr hast.«

»Aber ...« Luis machte einen Schritt zurück und wandte

seinen Kopf, um Sabine anzuschauen. »Ich hab geglaubt, du magst mich!«

Anklagend klang er.

Beleidigt wie ein kleiner Bub, dem ein anderer die Lieblingslokomotive geklaut hat. Oder den Fußball. Ihr fielen auf Anhieb Hunderte Beispiele ein. Sie hatte seit ihrem Studienabschluss immerhin vier Jahre lang unterrichtet. Ihre Schüler waren zwischen sechs und elf gewesen, doch jetzt schaute sie den Luis an und plötzlich kam ihr sogar der größte Lausbub erwachsener vor als dieser Kindskopf. Sie atmete tief ein und wieder aus, bevor sie ihm antwortete.

»Nicht so, wie du das gern hättest, Luis.«

Der Blick, den ihr der Großvater zuwarf, fühlte sich an wie ein Streicheln. Er nickte ihr zu, ergriff ihre Hand und zog sie an dem stumm erstarrten Bürgermeister vorbei zu ihren Plätzen in der zweiten Reihe. Sabine schloss ihre Finger noch einmal fest um die langen ihres Nonno, bevor sie die Jacke auszog und sich setzte. Er sank neben ihr auf seinen Stuhl und sie beugte ihren Kopf in seine Richtung, um ihm zu sagen, wie sehr sie ihn liebte und wie dankbar sie ihm war – und wahrlich nicht nur, weil er dem Luis Walder den Kopf zurechtgerückt hatte. Aber dazu kam es nicht, da das Licht im Saal ausging und leise Musik einsetzte. Sabine hob das Kinn und schaute zur riesigen Leinwand.

Ein Ort war aus der Luft zu sehen. Die Kamera zoomte und holte einen Punkt in der Bildmitte immer näher heran. Es war ein typisches Bauernhaus mit hölzernen Balkonen im oberen Stock und einem Giebeldach. Nichts Außergewöhnliches in Südtirol – und dennoch schlug ihr Herz ein bisserl rascher. Aber das hatte nichts mit dem Haus zu tun, sondern mit den drei riesigen Apfelbäumen, deren weit gespannte Äste mit den frühlingsgrünen Blättern und rosaweißen Blüten miteinander eine Einheit bildeten und sich sachte im Wind bewegten. So, als ob sie die alte Holzbank darunter beschützen wollten.

Sabine presste die Lippen aufeinander und starrte geradewegs auf einen Punkt des erdigen Bodens neben der Bank. Dort hatte Chris Bergmann, der Produzent des Films, die Urne mit der Asche seiner Mutter begraben – und sie war anwesend gewesen. Fast zwei Jahre waren seither vergangen. Eine halbe Ewigkeit, um genau zu sein, seitdem sie den Bertl Kofler zuletzt gesehen und seine Stimme gehört hatte. Dabei ... Sabine verhakte die Finger beider Hände in ihrem Schoß und grub die Zähne in ihre Unterlippe. So hätte es nicht kommen sollen. Ganz und gar nicht. In ihren Träumen hatte sie sich alles ganz anders vorgestellt, nach ihrer Ankunft in Mela, wo sie den Turnunterricht der Kollegin übernommen hatte, die sich ein Bein gebrochen hatte. Bis zum Schulschluss vor den Sommerferien hatte es geheißen – und dann hatte das Schicksal ihr Leben auf den Kopf gestellt.

Sie merkte den feuchten Schleier, der ihren Blick trübte, aber die Schrift, die sich über das Bild auf der Projektionswand legte, war riesig. *Apfelblüten im Regen*. Ihre Augen wanderten von einem Buchstaben zum nächsten, bevor sich jeder davon in Tausende kleine Apfelblüten verwandelte, die davonflogen.

Sabine hörte den Nonno laut seufzen. Sie wandte den Kopf und musste zweimal blinzeln, um in der Dunkelheit sein Gesicht zu erkennen. Er fixierte die Leinwand. Seine Augen waren weit aufgerissen und sein Blick starr. Genauso wie damals, als sie ihm von Mela und den Menschen, die sie kennengelernt hatte, erzählt hatte – Wochen, nachdem sie so überstürzt heimgekehrt war.

Plötzlich erinnerte sie sich wieder daran. Ausgerechnet jetzt ... während die Vergangenheit sie einholte und sich in ihren Kopf drängte. Sie senkte die Lider, wischte sich mit beiden Händen die Feuchtigkeit aus den Augenwinkeln, wandte den Kopf wieder der Leinwand zu – und seufzte erleichtert auf.

Der Apfelhof und die drei großen, alten Apfelbäume davor wurden ausgeblendet und vor ihren Augen erschienen im Hintergrund die Drei Zinnen, im Vordergrund ein Mann, der wie ein Bergführer gekleidet war und auf die hoch aufragenden Berge zeigte. »Das Gebirgsmassiv der Sextner Dolomiten, zu denen das UNESCO-Welterbe Naturpark Drei Zinnen gehört, bildet die Grenze zwischen der Provinz Belluno im Süden und unserem Südtirol hier im Norden.« Man hörte zwar sofort, dass er ein Deutscher und nicht Südtiroler war, aber er sah wirklich gut aus, der Hauptdarsteller des Films. Sabine erinnerte sich an die Bemerkungen von Gitti und Traudl während ihrer Zeit in Mela, als sein Name fiel, lehnte sich zurück und beschloss, sich ausschließlich auf *Apfelblüten im Regen* zu konzentrieren.

Sie war nur mit dem Nonno hergekommen, weil er den Film sehen wollte, der heute kostenlos in nahezu allen Südtiroler Gemeinden gezeigt wurde – noch vor der offiziellen Premiere. Das war der einzige Grund. Sonst gab es keinen. Und störende Gedanken daran, was hätte sein können, wenn nicht was anderes passiert wäre, hatten in ihrem Kopf nichts verloren. Weder hier und heute noch sonst irgendwann. Basta.

Kapitel 2

Zeitgleich in Mela

Da saßen sie nun alle nebeneinander in der ersten Reihe im großen Saal im Kulturhaus von Mela und schauten auf die Leinwand. Geschniegelt und gestriegelt waren sie, sogar der Bertl. Der hatte seine schweren Schuhe, die er sonst immer trug, gegen seine Sonntagsschuhe eingetauscht, obwohl heute nicht Sonntag war, und statt eines seiner karierten Hemden trug er zu ebenfalls ziemlich neu aussehenden Jeans ein einfarbiges hellblaues. Zwar hatte er keine Krawatte umgebunden, was ja nun wirklich nicht zu ihm passen würde, aber immer wieder fuhr er mit einem Finger unter den Hemdkragen, als ob er ihn lockern wollte, obwohl die oberen zwei Knöpfe offen waren. Liesi tauschte mit Traudl, die rechts neben ihr saß, einen schmunzelnden Blick. Reden mussten sie nicht. Wenn man sich faktisch von Geburt an kannte, verstand man sich auch so.

»Bis vor zwei Jahren hätten den Bertl keine zehn Pferde in den Saal gebracht, nicht einmal zu einem Konzert der Bürgerkapelle«, murmelte Gitti ihr prompt ins linke Ohr.

Liesi unterdrückte das aufsteigende Glucksen, bevor sie ihr antwortete. »Damals hätt auch niemand gedacht, dass ausgerechnet er irgendwann einen Sitz im Gemeinderat haben würde.«

Traudl Gruber schnaubte wie ein Fohlen, bevor sie sich die Hand vor den Mund schlug und offenbar darauf entsann, dass sie nicht nur Hausärztin war, sondern ein großer Teil ihrer Patienten hinter ihr saß.

»Sch«, zischte prompt jemand weiter hinten. »Wir wollen den Film sehen und net euch quatschen hören«, raunte eine Frau. »Weibsbilder«, kam es zugleich von einem Mann verächtlich.

Aber erst als der Produzent des Films einerseits und der Regisseur andererseits den drei Frauen in der ersten Reihe mahnende Blicke zuwarfen, verstummten sie. Liesi Thaler jedoch nicht, ohne ein Luftbusserl über ihre Handfläche hinweg in Chris Bergmanns Richtung zu hauchen, während Traudl ihrem Marcus zuzwinkerte. Nur die Gitti Gufler blieb verschont, da ihr Mann Leon damit beschäftigt war, nach der Hand seines besten Freundes zu greifen, weil der Bertl damit schon wieder am Hemdkragen spielte.

Filomena Pinker, Liesis Großmutter, merkte hingegen nichts von all dem, was rundum passierte. Mit hocherhobenem Kopf saß sie am ersten Platz gleich beim Mittelgang und schaute auf die riesige Leinwand. Ein dichtes Netz kleiner Falten durchfurchte ihr Gesicht, das von schlohweißen Haaren umrahmt wurde. Wie immer hatte sie sie zu einem Zopf geflochten und am Hinterkopf zu einer Art Schnecke zusammengerollt und aufgesteckt. Der farbliche Kontrast ließ ihre vom Alter und der Sonne braun gegerbte Haut noch dunkler erscheinen, als sie war, was nicht an dem gedimmten Licht im Saal lag, wie Liesi wusste. Nur die erstaunlich wachen, nahezu farblosen wasserblauen Iriden stachen daraus hervor. Ihr Blick drückte Verwunderung und gleichzeitig Zufriedenheit aus. Bis heute hatte sich die

Großmutter geweigert, den Film anzuschauen, obwohl Chris es ihr dutzendmal angeboten hatte. Nicht, weil er der Produzent von *Apfelblüten im Regen* und der Apfelhof, auf dem so viele Szenen gedreht worden waren, ihre und Liesis Heimat war. Auch nicht, weil er vor zwei Jahren erfahren hatte, dass seine Mutter, die ein Leben lang nie über ihre Heimat gesprochen hatte, ebenfalls auf dem Apfelhof aufgewachsen war, und sie nach allen möglichen Verwirrungen alle gemeinsam die Urne mit Elisabeth Bergmanns Asche unter den Apfelbäumen vergraben hatten, was ihr letzter Wunsch gewesen war. Und auch nicht, weil ausgerechnet Chris und sie sich ineinander verliebt hatten und sie nun gemeinsam mit Filomena auf dem Apfelhof lebten, den deren ungarische Großmutter Erzsebet Pinkasz vor mittlerweile hunderteinunddreißig Jahren begründet hatte.

Nein. Trotz ihrer zweiundneunzig Jahre hatte die Großmutter einen Dickschädel wie ein Kleinkind und hatte sich auch nach dem mehrmaligen Verschieben der Erstaufführung des Films aufgrund dieser unsäglichen weltweiten Pandemie nicht davon abbringen lassen, darauf zu warten. Filomena sah also den Film heute zum ersten Mal – im Gegensatz zu ihr und Traudl, aber auch Gitti, Leon und Bertl, denen Chris und Marcus bald nach dem Abdrehen eine Rohkopie gezeigt hatten. Liesi schaute immer noch hinüber zu ihrer Großmutter, als die Musik intensiver wurde. Die Bögen strichen rascher über die Saiten der Violinen und ein anfangs leiser Trommelwirbel steigerte sich zu einem lauten Crescendo. Sie wandte den Kopf genau in dem Moment, in dem die beiden Protagonisten auf der Bank unter den Apfelbäumen ihren Kuss vertieften. Mit einem Paukenschlag endete die Geschichte der beiden so ungleichen Menschen, die einander gefunden hatten und sich ewige Liebe schworen. Das an sich war schon wirklich kitschig, doch als dann auch noch Tausende Apfelblüten von oben auf das Liebespaar rieselten und die Worte Happy End formten, lachte Liesi auf – und sie war nicht die Einzige. Im ganzen Saal nahm das Lachen zu, allerdings konnte es das Schniefen nicht überdecken.

Traudl stieß Liesi an. »Schau dir das an. Die heulen alle.«

Sie wandte sich um. Ältere Frauen wischten sich über die Augen, jüngere tupften mit Taschentüchern mit Mascara vermischte Tränen von den Wangen, während die Männer entweder die Augen verdrehten oder unangenehm berührt zu Boden schauten. Es war ein Bild für Götter, dachte Liesi, bevor ihr Blick zu ihrer Großmutter schweifte – und sie schockiert den Mund öffnete. Lautlos, denn selbst wenn sie gewollt hätte, sie hätte kein Wort über die Lippen gebracht.

Filomena Pinker, die Frau, der man nachsagte, dass sie nichts aus der Ruhe brachte, weinte. Sie starrte auf die Leinwand, über die vor einem Standbild der drei Apfelbäume vor dem Apfelhof immer noch die Schlusscredits liefen. Liesi sprang auf, ging an den mittlerweile leeren Plätzen von Marcus und Chris vorbei, die im Mittelgang von unzähligen Menschen umrundet wurden, die dem Produzenten und dem Regisseur die Hand schütteln wollten. Vor ihrer Großmutter ging sie in die Knie, bis ihre Gesichter auf gleicher Höhe waren.

»Was ist denn los, Filomena? Geht's dir nicht gut?«

Die alte Frau blinzelte mehrmals und schaute sie endlich aus ihren hellblauen Augen an. »Bringst mich bitte nach Hause, Liesi?«, bat sie leise. »Ich bin so schrecklich müde.«

Zur selben Zeit im Hochpustertal

Der Gustav-Mahler-Saal im Kulturzentrum von Toblach glich einem Bienenstock im Frühjahr. Jeder der vierhundertfünfzig Plätze war besetzt gewesen, aber jetzt, während die Schlusscredits über die Leinwand liefen, saß so gut wie niemand mehr. Alle waren aufgestanden. Die Frauen wischten sich die Rührungstränen weg, die Männer bildeten Grüppchen und taten so, als ob sie der zu Ende gehende Film nichts anginge – während sie darüber sprachen. Sabine bekam das alles unterbewusst mit, als sie sich erhob und ihrem Großvater zuwandte. Nur war sein Gesicht nicht vor ihrem, wo sie es erwartet hatte. Sie senkte den Blick und erschrak. Er wirkte wie versteinert. Nicht, dass seine Gesichtsfarbe anders war als sonst, denn die vielen Jahrzehnte an der frischen Luft hatten ihre Spuren hinterlassen. Seine sonnengebräunte Haut gab ihm ein gesundes Aussehen und die vielen Falten, die sie durchzogen, vor allem aber die unzähligen außerhalb seiner leicht schräg stehenden Augen zeugten von seinem Alter. Nur wirkte er normalerweise zufrieden, ja, sogar irgendwie glücklich, weil seine Mundwinkel so gut wie immer nach oben zeigten. Aber nicht jetzt.

Sabine ging vor ihrem Großvater in die Knie, bis ihre Gesichter auf gleicher Höhe waren.

»Was ist denn, Nonno? Geht's dir nicht gut?«

Johann Holzer atmete tief ein, senkte dabei die Augenlider,

bevor er sie wie in Zeitlupe wieder öffnete, und fokussierte ihren Blick. »Bringst mich bitte nach Hause, Sabine?«, bat er leise. »Ich muss dir was erzählen.«

Er stand unerwartet auf, sodass sie fast nach hinten fiel. Doch er packte sie an den Armen und hielt sie, bevor er sie abrupt losließ und durch den Mittelgang davonstürmte. Er reagierte nicht auf die Zurufe der anderen Dorfbewohner, sondern bewegte sich in Schlangenlinien zwischen ihnen hindurch, bis er den Ausgang des Saals erreichte. Sabine tat es ihm gleich. Im Vorbeigehen bemerkte sie den Bürgermeister, der ihr offenbar etwas sagen wollte, es dann aber doch nicht tat. Gut so. Sie hatte jetzt wirklich was anderes im Kopf als den Luis, der ohnehin nur wieder irgendeine unnötige Bemerkung loswerden wollte. Dennoch waren ihre Gedanken noch bei ihm, als sie plötzlich an ihrem Arm gepackt und zur Seite gezogen wurde. Sie musste gar nicht den Kopf drehen, um den Griff zu erkennen.

»Sabine, kommst noch mit uns in die Speckstube? Wir müssen uns unterhalten.« Karin verzog den Mund zu einem Grinsen.

»Worüber?« Die Frage stellte sie reflexartig, denn es war ohnehin klar, was ihrer besten Freundin im Kopf herumspukte.

»Na über Männer natürlich.«

»Natürlich.« Sabine nickte und konnte sich das Schmunzeln nicht verbeißen. »Im Allgemeinen oder über einen im Besonderen?«

Karin seufzte tief, hob eine Hand an ihre Haare und wickelte sich eine ihrer – zurzeit – schwarzen Strähnen um den Zeigefinger. »Der Hauptdarsteller ist der absolute Wahnsinn.« Sie blinkerte mit den Augenlidern.

»Wenn ich dich nicht so gut kennen würde, müsste ich jetzt denken, dass du ein hirnloses Pupperl bist.«

Karin seufzte noch einmal – diesmal tiefer. »Was hat denn das Gehirn mit einem rein körperlichen Bedürfnis zu tun, Sabine? Wir sind Frauen aus Fleisch und Blut, keine Roboter.«

»Das kannst morgen deinem Chef Schrägstrich Vater sagen, wenn du ihn um zwei Wochen Urlaub bittest, die du dann in einem Ferienclub irgendwo im Süden oder besser noch in Spanien verbringst, wo all die Männer herumlaufen, die dir im Kopf herumspuken.«

Karin verdrehte zur Antwort die Augen und hakte nach. »Also, was ist jetzt? Kommst mit uns mit?«

Sabine schüttelte den Kopf. »Heut nicht, Karin, tut mir leid. Du weißt doch, dass ich mit dem Nonno da bin, und der wartet drauf, dass ich ihn heimbringe.« Sie deutete zur Tür, die aus dem Saal führte. Johann Holzer stand dort, hoch aufgerichtet, ernst, mit einer Hand in der Hosentasche, den Blick auf sie gerichtet.

»Dann kommst halt nach.«

»Nein, wirklich nicht. Außerdem brauchst du mich doch nicht, wenn die anderen dabei sind.« Sie deutete auf Karins Schwester und deren Cousine, die ein paar Schritte entfernt standen.

»Aber die sind doch noch Kinder!«

Die beiden waren Ende zwanzig, Karin und sie hatten im vergangenen Jahr den dreißigsten Geburtstag gefeiert. Sabine ersparte sich den Kommentar, der ihr auf der Zunge lag, zog stattdessen ihre Freundin kurz an sich und verabschiedete sich von ihr mit den drei obligatorischen Wangenküsschen. Während sie sich abwandte, rief sie: »Schönen Abend noch!«, und eilte zum Ausgang.

Der Großvater schaute immer noch so ernst. Wenn er nicht nach ihrer Hand gegriffen und sie mit sich aus dem Kulturzentrum nach draußen gezogen hätte, hätte sie ernsthaft überlegt, ob er während der Filmvorführung zu Stein erstarrt war. Sie hatte nicht die geringste Ahnung, was diesen Zustand in ihm ausgelöst hatte – bis ihr plötzlich wieder der Tag vor fast zwei Jahren einfiel, an dem er genauso gewesen war, als er sie nach ihrer Zeit in Mela gefragt hatte, die ebenso abrupt geendet wie begonnen hatte. Ihre Erzählung hatte ihn irgendwie aufgewühlt, was ganz und gar unlogisch war, weil er doch nie dort gewesen war und schon gar niemanden der Menschen dort kannte.

Bis zu den Sommerferien hätte sie damals die verletzte Kollegin an der Grundschule vertreten sollen, stattdessen hatte der Autounfall ihrer Eltern dem Aufenthalt vorzeitig ein Ende gesetzt. Ihr Herz war damals, als der Großvater anrief, mehrfach zerbrochen – und ein Stück davon war in Mela zurückgeblieben. Aber das war ihr Herz und dem Nonno hatte sie nichts davon gesagt. Es war ohnehin schon schwer genug für ihn gewesen, den einzigen Sohn und die Schwiegertochter am selben Tag zu verlieren. »Eltern sollten ihre Kinder nie überleben«, hatte der Pfarrer bei der Beerdigung gesagt. Zuerst war Sabine mit seinen Worten gar nicht einverstanden gewesen, mittlerweile verstand sie, was er gemeint hatte, auch wenn sie überzeugt davon war, dass ihr Schmerz nicht geringer war als der ihres Großvaters.

Jetzt stieg er in den Wagen und saß stumm neben ihr, während sie die paar Kilometer nach Hause fuhren. Sie hatte nicht die geringste Ahnung, was mit ihm los war, aber eines wusste sie mit Sicherheit: Was immer ihn in diesen Zustand versetzt hatte, hatte nichts mit dem Tod der Eltern zu tun, sondern mit *Apfelblüten im Regen*. Plötzlich hatte sie ein komisches Gefühl. Entgegen ihrer Gewohnheit, langsam durch den zu Toblach gehörenden Ortsteil zu fahren, beschleunigte Sabine, ließ Niederdorf hinter sich und bog mit quietschenden Reifen in die Straße ein, die zum Haus auf dem Hügel führte, das ihr Großvater vor vielen Jahren anstelle seines Elternhauses erbaut hatte.

Ihr Magen flatterte ebenso wie ihre Finger, als sie den Motor ausmachte und den Schlüssel abzog. Dass der Nonno sie nicht wegen ihrer Fahrweise rügte und wortlos ausstieg, machte die Sache auch nicht besser. Sie spürte, dass das, was er ihr erzählen wollte, irgendetwas ändern würde. Einerseits fieberte Sabine diesem Moment entgegen, andererseits hatte sie Angst davor, ohne diese definieren zu können. Ihre Knie fühlten sich an wie Watte, als sie das Haus betrat und kurz darauf im Wohnraum auf ihren Platz auf dem Sofa sank, während der Großvater sich in seinem Ohrensessel zurücklehnte und ihr einen langen Blick zuwarf, bevor er zu sprechen begann.

Kapitel 3

Oktober 1953

Sobald er die Eisflussbrücke überquert hatte und die Straße hinauf zum Apfelhof nahm, trat Johann Holzer das Pedal des Topolino bis zum Anschlag durch. Er mochte den tiefen Klang des Motors, den der Fiat der Altbäuerin von sich gab, während er sich aufwärts quälte. Noch mehr aber mochte er den Gedanken an Filomena, die ihn deshalb schon aus der Ferne hören konnte und ihm entgegenlaufen würde wie jeden Abend. Mit geröteten Wangen, wobei er nie wusste, ob sie die von der Kocherei hatte oder seinetwegen. Aber im Grunde genommen war ihm das so was von egal! Das, was zählte, war das Strahlen in ihrem Gesicht, bei dem das helle Blau ihrer Augen funkelte wie Sterne am Nachthimmel.

Viel zu rasch nahm er die nächste Kurve. Ein paar Äpfel flogen aus der bis zum Rand gefüllten Kiste und kullerten über den Boden im Ladebereich. Sie lärmten wie Billardkugeln, die zu stark angestoßen wurden und über die Bande sprangen und zu Boden fielen. Die Agnes Pinker, die Altbäuerin und Filomenas Mutter, die auf dem Apfelhof das Sagen hatte, würde ihn zuerst anmaulen – und dann aus den angeschlagenen Äpfeln einen Strudel machen. Für das

Schälen würde sie die Frau ihres Neffen Jakob einteilen, die dieser geschwängert und deshalb urplötzlich geheiratet hatte. Das war alles grad erst passiert, und unter dem Dirndlrock sah noch niemand was, aber seit der überstürzten Hochzeit hing zwar nicht das Kruzifix, jedoch der Haussegen schief. Wenn er die Filomena nicht so gernhätte, wäre er schon längst wieder weg gewesen, wie überall, wo er in den letzten Jahren war.

Wanderjahre nannte seine Mutter das, was sein Vater als unstetes Herumstreunen bezeichnete. Er sollte endlich Verantwortung übernehmen, hatte er ihm beim letzten Telefonat gesagt.

»Johann, du bist das einzige Kind, das uns geblieben ist. Deine Mutter wird jeden Tag trauriger, weil du seit sechs Jahren weg bist, und ich mach mir ernsthaft Sorgen um den Betrieb. Ich werde nicht jünger – und du auch nicht. Noch bevor der Winter endet, wirst du fünfundzwanzig. Wenn du bis dahin nicht zurück bist, nehm ich das beste von den vielen Angeboten an und verkaufe.«

»Das kannst du nicht!« Johann hatte so vehement geantwortet, dass die Frau vor der Telefonzelle im Postamt erschrocken aufgeschrien hatte.

Im Gegensatz zu ihm war der Vater ruhig geblieben. »Natürlich kann ich, Johann. Und ich sag ja nicht, dass ich dich enterbe, sondern nur, dass ich allein nicht weitermachen will. Dafür bin ich zu alt und mein kaputtes Bein macht mir immer mehr zu schaffen. Außerdem blüht der Holzhandel – wie alles, was mit dem Bauen zu tun hat. Es gibt also keinen besseren Zeitpunkt für einen Verkauf, und das Geld kommt ohnehin irgendwann dir zugute. Ins Grab mitnehmen kann ich es nicht.«

Seit dem Anruf waren vier Wochen vergangen, in denen er seine Eltern nicht mehr gehört hatte. Tagsüber hatte er einfach keine Zeit gehabt, aufs Postamt zu fahren, und vom Apfelhof aus wollte und konnte er nicht telefonieren. Die Agnes hätte es ihm erlaubt, aber in der Diele nach dem Abendbrot mit seinen Eltern zu reden, hätte bedeutet, dass ihn alle gehört hätten. Der Jakob, seine Frau, sein Vater Peter, die Altbäuerin – und ihre Tochter. Filomena.

Immer wieder hatte er versucht, mit ihr zu reden, ihr endlich die Geschichte seiner Familie zu erzählen, aber zu mehr als ein paar Andeutungen war es bisher nie gekommen. Es war ohnehin schon schwierig genug für sie beide, sich davonzuschleichen. Zwar glaubte nicht nur die Filomena, dass ihre Mutter sehr wohl wusste, dass sie beide nicht einfach nur aufgrund desselben Alters so gut miteinander auskamen – er, der Vorarbeiter auf den Pinkerschen Apfelwiesen, und sie, die Jungbäuerin –, aber sie hatte offenbar genauso wenig Lust, zum Heiraten gezwungen zu werden, wie er. Obwohl ...

Die Familie Pinker war so anders als die meisten Leut, die er kannte. Die Agnes war nie verheiratet gewesen und hatte ihre Tochter allein aufgezogen, so wie schon ihre Mutter, die aus Ungarn nach Südtirol gekommen war, sie und ihren Bruder, der auch ein eigenartiger Typ war. Der Peter Pinker fügte sich nicht nur in allem seiner Schwester und legte keinen Wert darauf, als Altbauer angesprochen zu werden, er hatte auch nie geheiratet. Den Jakob hatte er als Sohn aufgezogen und ihm seinen Namen gegeben, nachdem die ledige Mutter, die auf dem Apfelhof als Magd gearbeitet hatte, an Kindbettfieber gestorben war.

Johann verlangsamte und schaltete, bog in die holprige Zufahrtsstraße zum Apfelhof ein.

Die Pinker-Frauen waren alle so stark und unabhängig, dass sie einem Mann Angst machen konnten – aber nicht ihm. Er fürchtete sich weder vor der Agnes und schon gar nicht vor der Filomena. Zwar kannten sie sich noch nicht so lang, aber er hatte schon vom ersten Moment an gewusst, als er auf dem Hof um Arbeit gefragt hatte, dass sie die Richtige war. Er liebte sie – und er wollte sie zur Frau, und er war überzeugt davon, dass sie genauso empfand wie er.

Nur in einer Sache war er sich nicht ganz sicher: nämlich ob sie bereit war, Mela und den Apfelhof zu verlassen und mit ihm nach Toblach zu gehen. Aber das würde er nicht erfahren, wenn er ihr nicht endlich alles von seiner Familie erzählte und ihr die Frage stellte, die ihm im Herzen brannte. Heute, schwor er sich – und bremste abrupt. Diese verrückte Frau stand mitten auf dem Weg und grinste ihn an, als er nicht einmal einen Meter vor ihr den Fiat ihrer Mutter endlich zum Stehen brachte. Er riss die Fahrertür auf, sprang aus dem Wagen, war mit wenigen Schritten bei ihr und packte sie an den Oberarmen.

»Ja bist du denn verrückt, Filomena? Willst du dich umbringen?«

Sie lachte herzhaft auf, schlang die Arme um seinen Nacken, stellte sich auf die Zehenspitzen und zog seinen Kopf näher.

»Sicher nicht, Johann. Dann würdest mich doch nicht mehr küssen, und ohne deine Küsse würd ich nicht überleben!«

Sie spitzte die Lippen und wartete, dass er seine darauf legte. Doch bevor er das tat, lugte er über ihren Kopf hinweg, um sich zu versichern, dass nicht zufällig die Altbäuerin auftauchte. Aber die saß wahrscheinlich wie immer vor dem Abendbrot auf der Bank unter den Apfelbäumen und schaute über den Eisfluss hinweg runter zum Ort. Und so schloss er die Augen und tat, was die Filomena von ihm verlangte.

Als sie sich endlich nach Luft schnappend voneinander lösten, stellte sie sich wieder auf die ganzen Fußsohlen, strich sich die Zöpfe glatt und schaute zu ihm auf.

»Vergiss nicht, wo wir stehen geblieben sind, Johann. Wir machen nach dem Essen weiter.« Sie zwinkerte ihm zu und wandte sich ab.

Er ging zum Wagen, um einzusteigen, als sie sich seitlich drehte und ihm über die Schulter zurief: »Es ist übrigens ein Brief für dich gekommen. Er liegt in der Diele unterm Telefon.«

»Bis heut erinnere ich mich, wie ich mich in dem Moment gefühlt hab, wie ich den Motor gestartet habe und die letzten Meter hinter der Filomena her zum Hof gefahren bin. So zuversichtlich und glücklich. Ich wusste einfach, dass sie Ja sagen und meine Frau werden würde.«

Sabine beugte sich auf dem Sofa vor und schaute dem Großvater ins Gesicht. Er saß immer noch in derselben Position auf seinem ledernen Ohrensessel, mit den Armen auf den Lehnen, den undeutbaren Blick ins Nirgendwo gerichtet.

»Und was ist dann passiert, Nonno?«

Johann Holzer blinzelte zweimal, räusperte sich, schaute ihr endlich in die Augen. »Der Brief war von meiner Mutter. Er war sechs Tage unterwegs gewesen. Sie hatte ihn geschrieben, nachdem der Vater in der Firma an seinem Schreibtisch zusammengebrochen ist. Das ist am Abend passiert und er war der Letzte, wie so oft. Wie sie ihn endlich gefunden hat, weil sie sich Sorgen gemacht hat, war es fast zehn. Ich habe den Brief gelesen und die Altbäuerin gefragt, ob ich telefonieren kann. Ich war bös auf meine Mutter, weil sie nicht gleich auf dem Apfelhof angerufen hat, wie es passiert ist. Die Nummer hatte ich den Eltern ja für Notfälle gegeben.«

Sabine umklammerte ihre Hände auf den Knien. »Und dann?«, drängte sie.

»Gar nix. Dem Vater ging's besser, ich hab sogar mit ihm gesprochen, weil er lediglich ein paar Tage im Krankenhaus gewesen ist. Es war nur ein leichter Herzanfall, hat er behauptet und gesagt, dass ich mir keine Sorgen machen soll. Das hab ich aber. Beim Abendbrot hab ich kaum was runtergebracht vor lauter Aufregung, und danach habe ich der Filomena zugeraunt, dass ich mit ihr allein reden muss – dringend.«

Wieder verlor sich der Nonno in seinen Erinnerungen, nur strich er sich diesmal mit einer Hand über die Augen. Die schimmerten verräterisch, als er den Arm senkte und weitersprach.

»Ich hab ihr alles erklärt, ihr von meinen Brüdern erzählt, die beide im Krieg gefallen sind. Ich war ja viel zu jung, um eingezogen zu werden, aber das Elend hab ich trotzdem mitgekriegt – und die Sache mit den SS-Geiseln in dem Hotel am Pragser Wildsee, nur ein paar Kilometer von hier entfernt, die dann im Fünfundvierzigerjahr Ende April zuerst von Wehrmachtsoldaten befreit und ein paar Tage später den Amerikanern übergeben wurden. Alle haben gejubelt, wie der Krieg vorbei war, dabei hat das Chaos im Pustertal dann erst richtig begonnen. Ich hab der Filomena erzählt, dass ich mit achtzehn, zwei Jahre nach dem Kriegsende, endlich von daheim weggegangen bin, obwohl meine Mutter geweint hat.

Und dann hab ich ihr gesagt, dass ich sie liebe und will, dass sie meine Frau wird und mit mir nach Toblach geht, weil ich den Holzhandel meiner Familie weiterführen wollte, weil niemand außer mir das tun konnte.«

Sabine sprang auf und ging vor seinem Lehnstuhl in die Hocke, weil er schon wieder nicht weiterredete. »Mein Gott, Nonno, jetzt lass dir doch nicht alles aus der Nase ziehen! Was hat sie gesagt?«

»Das kannst du dir doch denken, Sabine, sie ist ja nicht da. Nein hat sie gesagt. Ich hab meine Sachen gepackt und bin noch in der Nacht bis zum Bahnhof von Postal gegangen. Am nächsten Abend war ich hier – und seither hab ich von der Filomena nichts mehr gehört. Bis heute. Der Apfelhof in dem Film, das ist ihrer.«

Es war kurz vor Mitternacht, aber anstatt zu schlafen, wo sie doch morgen wieder um fünf aufstehen musste, war sie putzmunter. Und nicht nur das. Sie hätte ja auch im Bett liegen bleiben und mit geschlossenen Augen versuchen können, Schafe zu zählen, aber nein! Sabine Holzer war immer noch so aufgewühlt, dass sie sich einen Kamillentee gemacht und zwei Löffel Honig hineingerührt hatte. Der Tee war mittlerweile genauso kalt wie ihre bloßen Füße, aber sie merkte weder das eine noch das andere. Stattdessen sah sie ihre Großmutter vor sich, als ob sie noch am Leben wäre.

Quirlig war sie gewesen und hatte nie versucht, ihre neapolitanischen Wurzeln zu verbergen. Zwar waren schon ihre Eltern beide in Bozen geboren worden, dennoch sprach sie neapolitanisch gefärbtes Italienisch – bis zu ihrem Tod. Aber wenn sie deutsch sprach, hörte man nichts davon.

Bis heute war Sabine davon überzeugt gewesen, dass das zwischen ihren Großeltern die echte einzig wahre große Liebe gewesen war. Als die beiden heirateten, war es so gut wie nie vorgekommen, dass zwei aus verschiedenen Sprachgruppen überhaupt miteinander näheren Kontakt hatten, geschweige denn mehr. Nicht zuletzt aus ihrer Zeit als Grundschullehrerin wusste sie nur zu gut, wie stark diese Trennung immer noch war. Nicht einmal vier Prozent der Südtiroler hatten bei der letzten statistischen Erhebung angegeben, zwei Muttersprachen zu haben – was alles aussagte. Ihre Großeltern hatten 1960 geheiratet und Sabines Vater war sechs Monate nach der Hochzeit im selben Jahr zur Welt gekommen, aber sie hatte immer gedacht, dass die beiden sich wirklich geliebt hatten. Stattdessen ...

»Natürlich hab ich sie gerngehabt, deine Nonna, Sabinchen. Aber ich wäre Junggeselle geblieben, wenn sie damals nicht schwanger gewesen wäre.«

Der Nonno hatte ihr mit diesen beiden Sätzen, die er ihr an der Tür zu seinem Schlafzimmer gesagt hatte, bevor er sie lautstark hinter sich zugezogen hatte, auch das letzte Fitzelchen der Überzeugung geraubt, dass ihre Familie aus absoluter Liebe entstanden war.

Sie hätte ihn in Ruhe lassen sollen. Ihm nicht bis zu seinem Zimmer nachlaufen und ihn weiter mit Fragen bombardieren sollen, nachdem er seine Erzählung beendet und sich wieder in Schweigen gehüllt hatte. Akzeptieren, dass er nach dem Geständnis, das sie ohnehin schon komplett verwirrt und schockiert hatte, nichts mehr hatte sagen wollen.

Sabine schob die halb volle Tasse zur Tischmitte. Kamillentee schwappte über den Rand auf die Holzplatte. Gedankenverloren tupfte sie die Spitze des Zeigefingers in den nassen Fleck und zog mit der Flüssigkeit kleine Kreise.

Alles nur Lüge. Der ehrenwerte und von allen respektierte Holzhändler Johann Holzer hatte seine Schreibkraft Concetta Palumbo nur geheiratet, weil er sie geschwängert hatte. Möglicherweise im Büro, auf dem wuchtigen Schreibtisch, unter dem Sabine sich als Kind so oft versteckt hatte. Was hätte sie denn auch als Einzelkind sonst tun sollen, wenn sie in der Firma war. Ihr Vater hatte immer nur gearbeitet, ihre Mutter ebenfalls. Sie in der Bank, er natürlich im Familienbetrieb. Er war nicht nur in die Familie Holzer, sondern zugleich in die Firma Holzer-Holz hineingeboren worden. Sabine hatte nie mit ihm darüber gesprochen, ob er das gewollt hatte – es war einfach so. Und jetzt war es zu spät. Nie hatte sie darüber nachgedacht, mit ihren Eltern über die Familiengeschichte der Holzers zu reden, warum auch? Sie hatten ja stets zusammen mit den Großeltern hier im selben Haus gelebt – und sie war ihrem Großvater immer näher gewesen als ihren Eltern, die viel mehr Zeit in ihre Arbeit investierten, als sie mit ihr verbrachten. Sabine war neun, als die Nonna starb, und die Verbundenheit mit ihrem Großvater war von da an noch intensiver geworden.

Kein Wunder eigentlich, da sie im Gegensatz zu ihrem Vater nicht nur die roten Haare und grünen Katzenaugen von ihrem Nonno geerbt hatte, sondern auch sein Temperament. Trotz der charakterlichen Ähnlichkeit und der sechs Jahrzehnte, die zwischen ihnen lagen, fühlte es sich zwischen ihnen beiden an, als ob sie derselben Generation angehörten. Im Gegensatz zu vielen Dorfbewohnern, die sie kontinuierlich darauf ansprachen, weshalb sie noch immer keinen Mann gefunden hatte und nicht endlich eine Familie gründete – als ob sie mit einunddreißig eine alte Jungfer wäre! –, kannte sie die Antwort, sprach sie jedoch nie aus. Sie ließ die anderen im Glauben, dass sie, seitdem sie ihren Beruf als Lehrerin aufgegeben und offiziell die Geschäftsführung von Holzer-Holz übernommen hatte, ganz darin aufging, das Familienunternehmen als solches weiterzuführen.

Hätte ihr jemand vor nur drei Jahren gesagt, dass sie irgendwann genau das tun würde, was ihr Vater sich gewünscht hatte, sie hätte die Augen verdreht und sich mit einem Schnauben abgewandt. Aber dann hatte sie die Hiobsbotschaft erreicht. Ausgerechnet ihre Eltern, die sie beide immer gewarnt hatten, die überlastete Pustertaler Staatsstraße nicht zu unterschätzen, sich an die Geschwindigkeitsbeschränkungen zu halten und nie zu überholen, weil es viel zu gefährlich war, waren aufgrund eines Überholmanövers genau dort getötet worden. Dass nicht sie schuld gewesen waren, sondern der Entgegenkommende, der nach zwei Bier viel zu schnell unterwegs war und sich selbst überschätzt hatte, war letztlich nicht von Bedeutung. Drei Menschen hatten, wie so viele vor ihnen, das Leben auf dieser gefährlichen Straße verloren – und ihr eigenes hatte schlagartig eine andere Richtung genommen.

Nicht, da ihr Großvater sie darum ersucht hatte, denn das hätte er nie von ihr verlangt. Nein, sie ganz allein hatte sich entschieden. In der ersten Zeit hatte sie nicht darüber nachgedacht, sondern einfach getan, was nötig war. Ihre Eltern hatten ihr das Pflichtbewusstsein vererbt, unter dem sie manchmal zu ersticken drohte, aber das war damals gut gewesen.

Sie hatte ihre Trauer und ihren Schmerz mit Arbeit betäubt.

Die Sommerferien waren damals, als der Unfall passierte, nur wenige Wochen entfernt und man hatte längst eine Vertretung für sie, die ja bereits als Vertretung an der dortigen Schule gewesen war, nach Mela geschickt. Im August hatte sie dann der Schulbehörde mitgeteilt, dass sie aus familiären Gründen nicht mehr unterrichten könnte, ohne viel darüber nachzudenken. Seit dem Abschluss ihres fünfjährigen Universitätsstudiums war sie vier Jahre lang immer irgendwo für jemanden eingesprungen. Sie war im Ultental gewesen und im oberen Vinschgau, in Sterzing im Norden und im südlichen Südtirol an der Weinstraße. Immer in kleinen Ortschaften und weit weg von daheim, bis man sie endlich nach Brixen geschickt hatte. Fast ein Jahr war sie als Mutterschaftsvertretung dort gewesen – nur etwas mehr als eine Autostunde von Toblach entfernt. Nicht, dass sie jeden Tag hin und her gefahren wäre, aber allein das Wissen, es tun zu können, hatte ihr gutgetan – abgesehen von den Möglichkeiten, die die größere Stadt im Gegensatz zu kleinen Ortschaften bot. Die Kollegin war ein Jahr nach der Geburt ihres Sohnes zurückgekommen – und sie hatte die Vertretung für den Turnunterricht in Mela angetreten, nahezu dankbar, dass die Lehrerin sich das Bein gebrochen hatte. Damals war sie davon überzeugt gewesen, dass man ihr endlich nach dem Sommer eine feste Stelle zuteilen würde, und sie hatte, nachdem sie die Gitti und den Leon Gufler, bei denen sie wohnte, und deren Freunde sie ebenfalls kennengelernt hatte, ihre Präferenz für eine Planstelle bei der Schulbehörde abgeändert. Zu ihrer Heimat, dem Hochpustertal, hatte sie Mela und Umgebung hinzugefügt – und dabei die Finger überkreuzt.

Sie hatte nicht nur gehofft, sondern sogar davon geträumt,

in dem wunderschönen Ort, der von Apfelwiesen umgeben war, eine Zukunft zu haben. Eine, bei der ein großer, breitschultriger Mann mit dichten hellbraunen Haaren, die ihm immer über das rechte Auge fielen, eine Rolle spielte. Eine große Rolle.

»Warum bist denn du net im Bett?«

Sabine zuckte zusammen und schaute auf. Der Großvater stand in der Küchentür und schaute sie besorgt an.

»Und du? Was machst du da?«

»Ich wollt mir eine warme Milch machen.«

»Du? Eine Milch? Warum denn?«

»Damit ich einschlafen kann. Aber vielleicht ist es besser, wenn ich mir auch einen Kamillentee mach. Oder ich trinke einen Schluck von deinem.«

Sabine schaute auf die Tasse und die Teepfütze daneben auf der Holzplatte, dann auf ihren Finger, mit dem sie zwar keine Kreise mehr zog, dessen Spitze aber immer noch in der Nässe lag.

»Das ist keine gute Idee, Nonno. Der ist inzwischen kalt.« Sie warf einen Blick auf die Wanduhr und erschrak. In fünf Minuten war es eins. »Ich mach dir einen, und dann geh ich ins Bett. In vier Stunden muss ich aufstehen.«

»Müssen tust du gar nix, Sabinchen. Schon gar nicht heute.« Johann Holzer rutschte neben seiner Enkelin auf die Bank und schlang einen Arm um ihre Schultern. Sie legte ihren Kopf darauf und er küsste sie sanft auf die Schläfe. »Das war alles ein bisserl viel für dich – und für mich auch. Was hältst du davon, wenn wir jetzt eine heiße Milch mit einem Schuss Stroh-Rum trinken, bevor wir schlafen gehen? Und morgen machen wir beide blau. Die Firma wird nicht untergehen, wenn wir zwei einen Tag nicht da sind.«

Sabine hob den Kopf und drehte ihn, um ihren Großvater anzuschauen.

»Ich kann doch nicht den ganzen Tag im Bett bleiben!«

»Wer hat denn davon gesprochen?« Er zwinkerte ihr zu. »Ich hab eher gedacht, dass wir beide mit dem SL eine Spritztour nach Innsbruck machen. Ich lass dich auch fahren.«

Es gab nur wenige Dinge, die alle negativen und grüblerischen Gedanken wegschob wie ein starker Sturm dunkle Regenwolken. Ein Tag mit ihrem Großvater weit weg von Toblach zählte für Sabine mehr als alles andere – abgesehen von der heißen Milch mit dem aromatischen Rum, die sie und den Nonno direkt in einen tiefen Schlaf beförderte.

Kapitel 4

»Herr Kofler!«

Die blonde Gemeinderätin mit dem Pferdegebiss und dem Lippenstift auf den Zähnen ihm gegenüber schrie in seine Richtung. Bertl musste nicht aufschauen, um zu wissen, dass sie es war. Nur der Grund für diesen mittlerweile vierten gleichlautenden Ausruf war ihm nicht klar.

»Ja?«

Langsam hob er den Kopf, schob mit der ihm typischen Handbewegung die Haare rechts aus dem Gesicht und schaute hinüber zu ihrem Platz, der gut und gern sechs Meter entfernt war. Zum Glück waren die Tische im Sitzungssaal der Gemeinde u-förmig aufgestellt, was ihn nämlich daran hinderte, auf direktem Weg zu ihr zu gelangen und sie an den Schultern zu packen und zu schütteln. Wobei er sich fragte, warum er das eigentlich nicht trotzdem tat. Vielleicht würden sie ihm dann nahelegen, sein Amt als Gemeinderat zurückzulegen – was er liebend gern tun würde.

»Können Sie endlich damit aufhören, mit Ihrem Kugelschreiber zu spielen?«

Da war es, das Stichwort.

Er, Bertl Kofler, hatte seit Schulzeiten keinen Kuli mehr in die Hand genommen, außer um eine Bestellung, einen

Lieferschein oder einen Kreditkartenbeleg zu unterschreiben. Was also machte er hier? Warum tat er sich dieses Affentheater seit den Gemeinderatswahlen im letzten Herbst mit schöner Regelmäßigkeit an? Nicht, dass alle seine sogenannten Kollegen im Gemeinderat Affen wären, das wollte er damit nicht sagen. Manche benahmen sich zwar so, die meisten anderen hingegen wie Kinder, die um Murmeln oder Zuckerln stritten. Als ob das Budget der Gemeinde ein Spielzeug wäre!

»Anstatt sich darüber aufzuregen«, Bertl pausierte, grinste und klickte zweimal mit dem Kugelschreiber, »sollten Sie endlich auf die Frage antworten, die Ihnen der Bürgermeister gestellt hat.«

Seine tiefe Stimme schien alle aufzuschrecken. Die einen, weil sie um diese Uhrzeit lieber ein nachmittägliches Nickerchen halten würden, die anderen hingegen, da sie sich mit ihren Sitznachbarn unterhielten, als ob sie hier nicht im Gemeinderatsausschuss wären, sondern beim Frühschoppen. Plötzlich schauten mehr als zwanzig Augenpaare zu ihm. Er fühlte sich unwohl. Bertl stand nicht gern im Mittelpunkt, was aber nichts damit zu tun hatte, dass er als Bauer mehr Zeit mit sich allein als mit anderen verbrachte.

Wenn er die Kinder-Eishockeymannschaft trainierte und den Gschroppen beibrachte, wie sie den Puck an der gegnerischen Mannschaft vorbei ins Tor kriegen konnten, störte es ihn gar nicht, dass sie ihn mit Fragen löcherten. Genauso wenig machte es ihm etwas aus, wenn er mit seinen Freunden am Sonntag zum Mittagessen zusammensaß, das meistens erst endete, wenn die Sonne hinterm Hausberg unterging. Was ihn daran erinnerte, dass er zwei Hühner schlachten und morgen oder übermorgen der Gitti vorbeibringen musste.

»Der Herr Kofler hat recht«, sagte Alfred Mair, der im

letzten Jahr mit fast neunzig Prozent der Wählerstimmen zum neuen Bürgermeister gewählt worden war. »Wir warten immer noch alle auf Ihre Antwort. Wie viel würde eine solche Veranstaltung kosten? Und wem würde eine solche letztendlich zugutekommen?«

Die Blonde lief rot an und rutschte auf ihrem Stuhl hin und her, bevor sie antwortete. »Das weiß ich doch nicht.«

Der Bürgermeister ging nicht auf ihre Bemerkung ein, sondern sprach weiter. »Besteht seitens unserer Mitbürger denn überhaupt Interesse, etwas über die Äpfel zu erfahren, die rund um Mela wachsen? Sie vergessen offenbar, dass wir im Ort ein wundervolles Apfelmuseum haben, das mehr als nur einen Überblick über den Obstanbau und noch viel mehr gibt, das aber viele Melaner noch nie von innen gesehen haben. Soviel mir bekannt ist, wird das Museum vor allem von Touristen und von Schulklassen besucht. Bevor Sie also diesen Vorschlag noch einmal oder einen anderen unterbreiten, sammeln Sie bitte Daten, die Sie uns vorlegen können.«

Die blonde Schnepfe verzog das Gesicht, als ob sie Zahnschmerzen hätte, und lief zugleich noch röter an. Der für Landwirtschaft zuständige Gemeindereferent lachte auf – und blieb nicht allein. Selbst Bertl konnte sich das Schmunzeln nicht verbeißen, obwohl er kein Sitzfleisch mehr hatte. Sprich: Der Hintern tat ihm weh und seine Füße, die in den Halbschuhen steckten, ebenfalls. Das nächste Mal würde er darauf pfeifen, sich so auszustaffieren. Sie hatten ihn im Gemeinderat wollen und ihn vor der Wahl im letzten Jahr dazu überredet, zu kandidieren, und er hatte es getan, weil er sich Sepp gegenüber schuldig gefühlt hatte. Immerhin war der Sepp Gamper sein Cousin gewesen, ob sie sich nun gut hatten leiden können oder nicht. Er hatte also zugestimmt und war gewählt worden, aber sicher nicht wegen seiner

Schuhe oder Hemden. Die anderen konnten ihn also bei den Sitzungen auch so nehmen, wie er eigentlich war. Mit karierten Hemden aus weichem Stoff, der nicht kratzte und am Kragen nicht eng war, und mit normalen Schuhen, die nicht drückten.

»Dann machen wir es so, liebe Kollegin.« Der Bürgermeister setzte sein Pokerface auf, was ihm als Anwalt nicht schwerfiel. »Sie beschaffen bis zur nächsten Sitzung die Zahlen, und wir gelangen jetzt zum letzten Punkt der Tagesordnung.«

War der Geräuschlevel im Saal bisher ständig durch Murmeln und Flüstern, unnötige Zwischenbemerkungen und irritierende Vorschläge wie dem letzten relativ hoch gewesen, so herrschte plötzlich absolute Stille.

Alfred Mair griff nach einem hohen Aktenstapel rechts von sich und hob ihn hoch.

»Hier habe ich den Abschlussbericht.« Er legte die Dokumente vor sich auf den Tisch und schaute wieder auf. »Dass das Großfeuer vor eineinhalb Jahren, bei dem das Discostadl bis auf die Grundmauern abgebrannt und mein Vorgänger, der Sepp Gamper, sowie die Geschäftsführerin des Lokals, Frau Olga Terenkova, zu Tode gekommen sind, auf Brandstiftung zurückzuführen war, stand ja bereits fest. Nun besteht auch kein Zweifel mehr darüber, dass dahinter dieselbe kriminelle russische Organisation stand, die bis vor zwei Jahren, als man einige der Täter auf frischer Tat ertappte, auch die Vandalenakte an verschiedenen Apfelwiesen im Gemeindegebiet in Auftrag gegeben hatte.«

Bertl setzte sich gerade hin, legte beide Hände auf den Tisch und beugte sich vor, um ungestörte Sicht auf den Bürgermeister zu haben, und fing seinen Blick ein. »Dann haben die den Sepp umgebracht?«

»Im weitesten Sinne ja, Herr Kofler. Wie die Anklage

seitens der Staatsanwaltschaft genau lauten wird, kann ich Ihnen nicht sagen. Ich beschäftige mich mit Zivilrecht, wie Sie wissen. Aber ich kann Ihnen allen versichern, dass den Tätern der Prozess gemacht wird. Zumindest denjenigen, die auf italienischem Staatsgebiet waren und bereits in Haft sind. Ob und wann man an die Hintermänner in Russland herankommt, wird sich zeigen. Doch das …«

»Du redest von den Apfelwiesen, Bürgermeister, und vom Brand des Discostadls.« Martin Gasser, Besitzer des besten Hotels von Mela, der bei den Gemeinderatswahlen die meisten Vorzugsstimmen gleich nach Bertl gehabt hatte, unterbrach den Bürgermeister. Bertl wusste bereits, was er sagen würde, bevor er es tat – und hielt die Luft an.

»Und was ist mit dem Puff?«, rief der Hotelier prompt. »Warum redet denn keiner davon, dass der Sepp Gamper, der ja nicht nur unser Bürgermeister, sondern auch der Besitzer von dem Lokal war, dort auch ein Nobelpuff betrieben hat? Oder dass diese angebliche Geschäftsführerin, diese Olga, in Wahrheit eine Nutte und zugleich die Puffmutter war? Eine, mit der sich der Sepp sehr gut verstanden hat, soviel ich weiß.«

Bertl stand nicht gern im Mittelpunkt, aber wenn ihm einer auf die Eier ging, dann hielt er sich nicht zurück. Schon gar nicht, wenn derjenige von einem Toten sprach, der sich nicht mehr verteidigen konnte.

»Was du wiederum weißt, weil du dich selbst oft dort aufgehalten hast, Gasser, stimmts?«

Der Hotelbesitzer, der etwa zehn Jahre älter war als er selbst, jedoch im Gegensatz zu ihm verheiratet war und Kinder hatte, funkelte ihn an, bevor er den Mund zu einem gehässigen Grinsen verzog.

»Das sagst ausgerechnet du, Kofler? Du bist doch derjenige, der sich jahrelang mit schöner Regelmäßigkeit im

Discostadl hat volllaufen lassen und dann immer irgendwelche Weiber abgeschleppt hat.«

Bertl musste sich nicht umschauen, um das Grinsen auf einigen Gesichtern in der Runde zu sehen. Und er wusste auch, dass nicht nur Männer den Schlagabtausch zwischen ihm und diesem eingebildeten Hotelier genossen.

»Damen, bitte, nicht Weiber. Nette, fröhliche junge Frauen, die sich am Wochenende im Discostadl amüsieren und tanzen wollten. Und wenn sich danach mit dem einen oder anderen Tanzpartner mehr ergeben hat, so war das bei uns in Mela nicht anders als sonst irgendwo. Was wiederum, soviel ich weiß, nicht verboten ist, schon gar nicht für einen Junggesellen wie mich. Aber wenn ein verheirateter Mann ins Puff geht, ist das schon was anderes, Gasser. Und ich hab dich nie vorn im Discostadl gesehen.«

Die blonde Schnepfe stöhnte entrüstet auf.

Der Bürgermeister fixierte den Martin Gasser, mit dem er recht gut befreundet war.

Bertl hingegen schaute in die Runde, vom äußersten Ende der u-förmig aufgestellten Tische rechts von ihm bis zum letzten Platz ganz links, als der Gasser antwortete.

»Ich dich auch nicht, weil ich nie dort war, Kofler. Ich weiß das von dir nur vom Hörensagen, aber abgesehen davon geht es niemanden etwas an, was ich in meiner Freizeit mach.«

Wenn sich der Depp den letzten Teil vom Satz erspart hätte, wäre die Sache abgehakt gewesen. So aber begannen einige zu lachen, andere wiederum, vor allem die Frauen, äußerten sich empört.

Der Bertl hingegen hatte genug von all den Faxen. Er wollte heim und sich umziehen. Die Schweine mussten gefüttert werden, und das machte er immer selbst, wenn er sie am Abend in den Stall holte. Er züchtete sie ja nicht hauptberuflich, hatte nur eine überschaubare Anzahl von

Schweinen, die ihn erkannten und zu ihm kamen, wenn er sie rief. Zwar gab er ihnen keine Namen mehr, weil sie früher oder später ja doch geschlachtet wurden und er keine Lust auf ein Schnitzel auf seinem Teller hatte, dessen Namen er kannte. Aber gerade jetzt, während dieser Gemeinderatssitzung, bei der sich Menschen schlimmer benahmen, als Schweine es je tun würden, sehnte er sich nach seinen Tieren.

Er ballte die Rechte zur Faust und knallte damit auf den Tisch. So fest, dass sein Wasserglas ein wenig hochhüpfte. Rundum erstarrten alle und schauten zu ihm.

»Ich hab heut noch was anderes zu tun, als hier herumzusitzen.«

»Ich auch«, kam es mehr oder minder laut aus allen Richtungen.

»Eben.« Bertl nickte und richtete seinen Blick auf den Bürgermeister. »Ich habe keine Ahnung, was der Martin Gasser damit bezweckt, dass er über meinen toten Cousin schlecht spricht. Tatsache ist, dass der Sepp nicht verheiratet war und es keinen etwas angeht, mit welcher Frau er etwas gehabt hat. Es steht aber fest, dass er und die Olga Terenkova umgebracht worden sind, und das verdient niemand.«

Zustimmendes Gemurmel erklang. Martin Gasser starrte auf die Tischplatte vor sich. Der Bürgermeister nickte Bertl zu und öffnete den Mund.

»Wollten Sie noch etwas sagen, Herr Kofler?«

Er schüttelte den Kopf, verschränkte die Arme demonstrativ vor der Brust, presste die Lippen aufeinander und lehnte sich zurück.

»Gut, dann darf vielleicht ich dort fortfahren, wo mich der Herr Gasser vorhin unterbrochen hat.« Der mit ihm befreundete Hotelier schaute nicht auf. »Wie ich sagte, liegt nun, eineinhalb Jahre nach dem Brand, endlich der Abschlussbericht vor. Das Discostadl und das gesamte Grundstück gehörten Sepp Gamper. Seine Eltern, die seine einzigen Erben sind, wollen nichts damit zu tun haben und haben es vor zwei Wochen der Gemeinde vermacht.«

Bertl wusste das schon seit langer Zeit. Seine Tante und sein Onkel, bei denen er nach dem Tod seiner Eltern aufgewachsen war, hatten es ihm noch vor dem Beginn der Pandemie gesagt. Zu der Zeit hatte der Vizebürgermeister die Amtsgeschäfte von Mela vorübergehend übernommen, da die Gemeinderatswahl ohnehin bevorstand. Dann war der Coronavirus gekommen, die Wahlen waren verschoben worden, und vieles war plötzlich nicht mehr wichtig gewesen. Sie alle hatten irgendwie in einer Warteschleife gelebt, und erst jetzt, wo sich das Leben dank der Impfungen wieder halbwegs normalisiert hatte, rollten nach und nach alle Dinge wieder an. Seine Tante hatte ihm gesagt, dass sie und der Onkel den neuen Bürgermeister zu sich eingeladen hatten, um ihm endlich ihren Entschluss mitzuteilen – und Bertl war dabei gewesen. Vor zwei Wochen war das, und er war positiv überrascht, dass der Alfred Mair das Geheimnis wirklich bis heute für sich behalten hatte. Die erstaunten Ausrufe und Gesichter rundum, vor allem das vom Martin Gasser, der endlich aufschaute, waren der Beweis.

»Ich will euch nicht mehr lang aufhalten, Kolleginnen und Kollegen, aber zum Abschied spreche ich eine Bitte aus. Überlegt euch alle, was wir als Gemeinde auf dem Grundstück im Gewerbegebiet machen wollen. Wie ihr wisst, gibt es ein paar Projekte, für die der nötige Platz bisher nicht gefunden wurde. Aber die Schenkung bedeutet nicht, dass eine der alten Ideen auf dem Grund vom Sepp verwirklicht werden muss. Es kann auch etwas anderes, etwas Neues sein. Danke euch und schönen Abend.«

Bertl nickte dem Bürgermeister zu, stand auf, murmelte einen allgemeinen Gruß und verließ den Saal als Erster. Er wollte einfach nur noch weg und kein dummes Gerede hören, das jetzt, wo der Bürgermeister die Bombe hatte platzen lassen, sicher erst richtig losging. Mit raschen Schritten lief er zu seinem Wagen und war bereits auf dem Weg zu seinem Hof, bevor ihn noch irgendeiner der anderen Gemeinderäte oder Assessoren abfangen konnte. Als er über die Eisflussbrücke fuhr, schweifte sein Blick unweigerlich hinüber zum Apfelhof und der gestrige Abend fiel ihm ein.

Apfelblüten im Regen war wirklich ein guter Film geworden – dank Marcus und Chris.

Marcus Berg, dem Norddeutschen, gönnte er seinen Erfolg als Regisseur sehr. Mittlerweile sprach er auch viel normaler, verstand fast alles, was sie sagten, und trug die Traudl auf Händen. Und der Chris Bergmann ... Bertl fragte sich oft, vor allem jetzt, wo sie sich wieder jeden Sonntag trafen, warum er ihn so falsch eingeschätzt hatte. Der Münchner, der viele Jahre in Los Angeles gelebt und Filme gedreht hatte, war überhaupt nicht der eingebildete Filmfuzzi, für den er ihn gehalten hatte. So wie er selbst nie wirklich in die Liesi verliebt gewesen war und Chris sie ihm also auch nicht ausgespannt hatte. Aber das hatte er erst nach den schmerzhaften Ereignissen vor zwei Jahren begriffen, bei denen viel

Alkohol, eine Riesenbeule seitlich oben auf seiner Stirn und ein Kinnhaken vom Chris, der ihn k. o. geschlagen hatte, im Spiel gewesen waren.

Schmunzelnd bog Bertl in die Zufahrtsstraße zu seinem Hof ein und Zeus, sein Schäferhundmischling, der noch mindestens drei weitere Rassen in seinem Stammbaum haben musste, kam ihm laut bellend entgegen. Er ließ den Motor beinah absaufen, so eilig hatte er es, aus dem Auto zu kommen, in die Knie zu gehen und seinen Hund zu umarmen. Er vergrub sein Gesicht in dem weichen Fell an seinem Hals und murmelte: »Endlich daheim.«

Daheim, aber allein, dachte Bertl später, als er die Decke bis zum Kinn hochzog und die Augen schloss. Der Anflug von Traurigkeit stellte sich prompt ein – wie jeden Abend, wenn er zu Bett ging. Warum waren mittlerweile all seine Freunde und Freundinnen in einer Partnerschaft und unbestritten verliebt, sogar nach fast fünfundzwanzig Jahren Ehe wie Gitti und Leon – und er nicht? Vor allem aber fragte er sich zum millionsten Mal, weshalb ausgerechnet die Frau, die ihm allein mit ihrem Anblick den Atem geraubt hatte, aus Mela und seinem Leben ebenso rasch wieder verschwunden wie sie aufgetaucht war. Wobei das Quatsch war, denn er wusste sehr wohl, dass Sabines Eltern damals den schrecklichen Autounfall nicht überlebt hatten. Das hatte ihm die Gitti gesagt, bei der sie, als sie die Vertretung für eine Lehrerin an der Grundschule übernommen hatte, bis zu ihrer überstürzten Abreise in einem der Gästezimmer auf dem Guflerhof gewohnt hatte. Bertl legte seinen Unterarm über die Augen und biss in der Dunkelheit seines Schlafzimmers die Zähne fest aufeinander, um nicht aufzuschreien.

Warum um Himmels willen war er ihr nicht damals ins Pustertal nachgefahren, um ihr beizustehen? Nicht, dass sie sich in den paar Wochen wirklich nahegekommen waren, dazu war er viel zu nervös und eingeschüchtert gewesen, obwohl er sonst immer genau wusste, wie er sich verständlich machen konnte. Aber die quirlige bildschöne Rothaarige mit den Katzenaugen hatte ihn komplett durcheinandergebracht, und zwar ausgerechnet zu der Zeit, als er endlich begriffen hatte, dass seine allerbeste Freundin Liesi nicht seine große

Liebe, sondern auf irgendeine Art und Weise wie eine Schwester für ihn war. Er hatte kaum mit Sabine gesprochen, und wenn, dann nur belangloses Zeug, wenn sie im Freundeskreis zusammenkamen. Berührt hatte er sie auch nie, nicht einmal zur Begrüßung, bis auf das eine Mal, an dem Tag, an dem sie alle gemeinsam die Urne mit der Asche von Chris Bergmanns Mutter unter den Apfelbäumen vor dem Apfelhof vergraben hatten. Die Filomena hatte aus dem Tagebuch ihrer ungarischen Großmutter Erzsebet vorgelesen, als die Sabine plötzlich um die Ecke und direkt auf ihn zugekommen war. Er war so froh gewesen, dass sie doch noch rechtzeitig aus dem Pustertal zurückgekommen war, dass er nach ihrer Hand gegriffen und sie minutenlang nicht mehr losgelassen hatte.

Ein paar Tage später war sie weg gewesen – und er hatte ihr nicht einmal sein Beileid ausgesprochen, als er vom Tod ihrer Eltern erfahren hatte. Er hätte doch nur die Gitti um ihre Telefonnummer bitten und sie anrufen müssen. Oder wenigstens eine Nachricht schreiben. Irgendwas. Und was hatte er getan? Wie ein Depp wochenlang darauf gehofft, dass sie wieder zurückkommen würde. Bis zum Ende des Schuljahrs hatte er gewartet, bis ihm klar geworden war, dass die Schulbehörde längst eine Vertretung für sie, die ja bereits als Vertretung für eine erkrankte Kollegin eingesprungen war, gerufen haben musste. Dann hatten für Kinder und Studenten die großen Schulferien begonnen – und er war in ein tiefes Loch gestürzt.

Bei schweißtreibenden Temperaturen hatte er den Stall vergrößert und ein paar weitere Schweine gekauft. Neben den Wiesen, durch die schon sein Großvater einen schmalen Bewässerungskanal vom Eisfluss umgeleitet hatte, hatte er einen Teich angelegt. Enten und Gänse hatte er gekauft, damit sie den Hühnern Gesellschaft leisteten. Die ersten mochte er und es gab immer mehr davon, aber die Gänse hatte er, nachdem sie eine nach der anderen als Braten auf dem sonntäglichen Mittagstisch bei Gitti und Leon gelandet waren, nicht mehr ersetzt. Im August hatte er endlich noch ein weiteres Waldstück ganz weit oben im Ultental gekauft, das an zwei andere angrenzte, die ihm bereits seit einigen Jahren gehörten. So besaß er neben der Baumschule mit den Obstbäumen unweit von Mela und den Wäldern mit Lärchen und Fichten endlich auch einen Wald mit den Bäumen, die er am meisten liebte, den Zirbelkiefern.

Und genau dort hatte er am Tag, an dem er den Kaufvertrag unterschrieben hatte, den Zeus mit einem gebrochenen Hinterlauf gefunden und mit nach Hause genommen. Von da an war er nicht einmal mehr tagsüber irgendwo einen Kaffee trinken gegangen – und betrunken hatte er sich auch nicht mehr. Der verletzte Welpe, der mittlerweile ein Riesentier war, war ihm viel wichtiger gewesen als sonst was oder wer – und war es immer noch.

Dass es dann im Herbst, als der Zeus längst wieder laufen konnte, eine fantastische Weinernte gegeben hatte, war nur das Tüpfelchen auf dem i – vor allem vom Finanziellen her. Er hatte die Ernte mit seinen Arbeitern eingebracht und den Most zur Gärung in die Fässer gefüllt – und ein paar Tage darauf war das Discostadl abgebrannt. Im rückwärtigen Teil des Lokals, in das Bertl keinen Fuß mehr gesetzt hatte, seitdem die Sabine in Mela aufgetaucht war, waren der Sepp und mit ihm seine russische Geschäftsführerin im Feuer umgekommen.

Bertl hatte seinen Cousin wirklich nicht gemocht, schließlich hatte ihn der sieben Jahre Ältere jahrelang schikaniert, nachdem seine Eltern bei dem Bergunglück umgekommen waren und ihn seine Tante und sein Onkel aufgenommen hatten. Die Faust in den Magen gerammt hatte ihm der Sepp – und noch viel mehr. Und später, als Bertl endlich auf den eigenen Hof gezogen war, war sein Cousin schon lang in der Politik gewesen und irgendwann war er Bürgermeister geworden. Aber nicht für seine Mitbürger, wie sein Wahlversprechen gelautet hatte, sondern für sich selbst. Dem Sepp Gamper war immer scheißegal, welche Probleme die einzelnen Mitbürger hatten. Er hatte sich nur um diejenigen gekümmert, die ihm gerade nützlich waren, hatte ihnen das Blaue vom Himmel versprochen und falls nötig tief in die Gemeindekasse gegriffen, um Worten auch Taten folgen zu lassen. Natürlich nur, um sich ihre ewige Dankbarkeit zu erkaufen. Dass er nebenbei ein Vermögen verdient und Apfelwiesen dazugekauft hatte, obwohl er sich nie um die seiner Eltern geschert hatte, und hinter dem Discostadl diese Wellnessoase, die eigentlich ein Nobelpuff war, dazugebaut hatte und all das ihm allein gehörte, hatte selbst Bertl nicht gewusst. Aber es wäre ihm ohnehin egal gewesen, weil er froh war, wenn er dem Sepp nicht begegnete – und trotzdem hatte ihn sein Tod schwer getroffen. Das, was Bertl heute in der Gemeinderatssitzung gesagt hatte, war sein absoluter Ernst gewesen. Der Sepp war nicht verheiratet gewesen, und es ging niemanden etwas an, ob er mit dieser Olga Terenkova etwas gehabt hatte oder nicht. Schon gar nicht, nachdem die beiden umgebracht worden waren, weil sie offenbar zu viel wussten oder irgendwem im Weg standen. Das hatte er schon damals gedacht und war so wütend gewesen, dass er wochenlang an nichts anderes mehr gedacht hatte. Stattdessen hatte er damals jede freie Minute bei seiner Tante und seinem Onkel verbracht.

Aber dann war Corona gekommen. Dieser beschissene Virus hatte schließlich den Rest erledigt und ihn zum

Einsiedler gemacht. Wochenlang hatte Bertl bestenfalls alle paar Tage zufällig den Leon getroffen, wenn sie einander auf dem Weg von einem zum anderen ihrer verschiedenen Grundstücke im Auto begegnet waren. Die Viecher mussten ja versorgt werden, denen war die Pandemie wurscht. Leons Rinder, Bertls Schweine und das Federvieh genauso, wie auch die Arbeit in den Wäldern und auf den Almen weitergegangen war – und in den Reben. Bertl war nie so glücklich darüber gewesen, dass er keine Apfelwiesen hatte, wie im letzten Jahr. Denn der Wein, der in den Fässern heranreifte, war noch besser als der im Jahr davor.

Dass er zwischendurch in diesem eigenartigen Jahr zugesagt hatte, bei den Gemeindewahlen zu kandidieren, war also kein Wunder. Alleinsein war nur dann lustig, wenn man sich bewusst dafür entschied, aber nicht, wenn man dazu gezwungen wurde. Denn dann wurde daraus Einsamkeit – und die fühlte sich beschissen an. Auch jetzt, wo man sich zwar wieder freier bewegen und mit Freunden treffen durfte. Wobei das gar nicht richtig war. Es war noch viel schlimmer als vorher. Denn jetzt, seit er wieder hautnah miterlebte, wie glücklich die anderen mit ihren Frauen oder Männern und ihren Familien waren, war ihm erst klar, was für ein Riesendepp er war.

Er hätte die Sabine damals anrufen oder ihr schreiben oder ihr hinterherfahren sollen – was auch immer. Mit Betonung auf damals. Denn mittlerweile waren fast zwei Jahre vergangen, und es war schlichtweg zu spät, um diesen Fehler auszubügeln. Bertl drückte den Unterarm, der nach wie vor über seinen Augen lag, noch fester auf sein Gesicht und biss sich auf die Zunge, um nicht aufzuschreien – oder loszuheulen. Er hasste sich dafür, dass er so war, wie er war, aber es half nix. Er hatte die große Chance verpasst, die einzige, von der er wusste, dass er sie hätte ergreifen sollen, um sein Leben zu ändern und so richtig glücklich zu werden. Mit Sabine wäre er das geworden – ganz sicher. Er wusste nicht, warum er das glaubte, aber es war so. Sie wäre die Richtige gewesen – und es war verdammt schwer, nicht daran zu denken, was hätte sein können, wenn ...

Bertl nahm den Arm runter, rollte sich zur Seite, machte sich so klein wie möglich und begann in Gedanken von hundert rückwärts zu zählen. Weit kam er nicht, der Schlaf übermannte ihn bald. Doch so anstrengend der Tag gewesen war, so war zwar sein Körper müde, aber der Geist hatte noch genug Kraft, um ihm einen Traum zu schicken, in dem sich eine Katze mit rotem Fell und grünen Augen, die Sabine unheimlich ähnlich sah, in seine Armbeuge kuschelte und leise schnurrend einschlief.

Kapitel 5

Die Sonne strahlte vom wolkenlosen Himmel und zum ersten Mal in diesem Jahr zeigte das Thermometer an der Hauswand fünfundzwanzig Grad an. Deshalb hatte Gitti gemeinsam mit ihrer Tochter Annie den riesigen Holztisch im Garten gedeckt. Jetzt saß sie einfach nur da, lauschte den Gesprächen ihrer Freunde und genoss den Sonntag. Die Pensionsgäste waren alle ausgeflogen und der Guflerhof gehörte ihnen allein. Chris schnappte sich mit den Fingern die letzte Bratkartoffel aus der Pfanne und schob sie Liesi in den Mund, die ihn daraufhin mit ihren fettigen Lippen küsste. Traudl, die über das ganze Gesicht strahlte, flüsterte ihrem Marcus etwas ins Ohr, was ihn zum Lachen brachte. Die Annie, die mit ihren zwölf Jahren bereits so groß war wie Gitti und somit eindeutig ihrem Vater Leon nachkam, grinste diesen an und stahl eine Kartoffel von seinem Teller. Nach dem harten Jahr, das hinter ihnen lag, waren sie alle rundum glücklich. Jeder von ihnen hatte einen Menschen, den er liebte und von dem er wiedergeliebt wurde – und sie selbst hatte außerdem noch ihre drei Kinder, auch wenn der Peter und die Susi beide im Ausland studierten und ihr manchmal fehlten. Aber sie waren in ihrem Herzen. Sie konnte sich gar nicht vorstellen, wie es sein musste, allein zu sein wie der Bertl, der jetzt nach dem letzten Hühnerflügel griff und ihn abnagte.

»Deine Hühner sind wieder einmal großartig«, meinte er dann in Gittis Richtung und griff nach einer Papierserviette.

»Ich bin dann weg, die anderen warten schon auf mich«, rief Annie, schnappte sich ihren Teller und verschwand im Haus.

»Deine Hühner, nicht meine«, berichtigte Gitti den Bertl lachend, während sie ihrer jüngsten Tochter hinterhersah, die sich mit ihren Freundinnen im Ort treffen wollte.

Bertl schüttelte den Kopf. »Es braucht nicht viel, um sie glücklich aufwachsen zu lassen, Gitti. Die wahre Kunst liegt darin, sie so zu braten.« Er deutete auf den mittlerweile leeren riesigen Keramikteller in der Tischmitte.

»Das kann doch a jeder.«

»Ihr Frauen vielleicht, ich sicher nicht. Ich muss immer drauf warten, dass wir alle zusammen sind, damit ich was Ordentliches zum Essen krieg.«

»Dann musst dir halt auch endlich eine Frau nehmen.« Sie zwinkerte ihm zu, aber anstatt ihr mit seinem typischen Lachen zu antworten, wurde er plötzlich ernst.

»Der Zug ist abgefahren, Gitti.«

»Geh, was redst denn da für einen Blödsinn!« Liesi kam ihr zuvor, aber sie sprach genau das aus, was allen anderen ins Gesicht geschrieben stand.

Der Bertl knüllte die Serviette, mit der er sich Mund und Finger abgewischt hatte, zusammen und warf sie auf seinen leeren Teller.

»Es ist, wie es ist, Liesi«, antwortete er dann. »Die eine, die mir gefallen hat, hab ich mir entwischen lassen, und eine andere will ich nicht.«

»Fängst du schon wieder damit an, Bertl?« Chris runzelte irritiert die Stirn. »Ich habe geglaubt, dass wir das Kapitel schon längst abgeschlossen haben!«

Bertl verzog den Mund zu einem schiefen Lächeln. »Ich red doch nicht von der Liesi. Die gehört zu dir und du zu ihr wie das Amen ans Ende vom Vaterunser.«

»Aber von wem ...«, begann Traudl – und brach mitten im Satz ab.

Das lang gezogene »Oh«, das danach kam, gaben sie zu dritt und zugleich von sich. Die Liesi, die Traudl und die Gitti.

»Du bist so ein Riesendepp!«, knurrte hingegen Leon und starrte seinen besten Freund über den Tisch hinweg an, der ihm mit einem Achselzucken antwortete.

»Wenn ich dir jetzt sag, dass ich das selbst weiß, können wir dann bitte über was anderes reden?«

»Wenn du meinst, dass du sie dann eher vergisst, dann irrst du dich, Bertl.«

Gitti hatte gar nicht mehr daran gedacht, dass heute die Filomena mitgekommen war, weil sie still drüben auf ihrem Platz saß, an dem sie sie nur sehen konnte, wenn sie sich vorbeugte, so wie jetzt.

Filomena Pinker war nicht nur für ihre Enkelin, sondern für sie alle wie eine Großmutter. Eine sehr weise Frau, die trotz ihrer zweiundneunzig Jahre vielen, die gut und gern ihre Kinder sein konnten, einen frischen und jugendlichen Geist voraushatte. Das mochte daran liegen, dass sie im Grunde genommen bis heute noch immer arbeitete, auch wenn sie nicht mehr selbst zu den Apfelwiesen fuhr, um die Arbeit ihrer Landarbeiter zu kontrollieren. Aber sie kochte nach wie vor vom Frühstück bis zum Abendessen für sich und Liesi und seit zwei Jahren auch für Chris und verwöhnte jeden mit Apfelstrudel, Apfeltaschen oder anderen Apfelbäckereien, der bei ihr vorbeischaute. Ratschläge gab sie hingegen nur, wenn man sie darum bat, lediglich ihre Sprüche, die oft

Zitate ihrer ungarischen Großmutter waren, die deklamierte sie gern. Aber dass Filomena so wie jetzt etwas von sich gab, was sehr persönlich klang, das gab es nie. Deshalb war es auch nicht verwunderlich, dass alle um den Tisch zwischen ihr und Bertl abwartend hin und her sahen.

»Und wieso weißt du das?«

Mehr sagte Bertl nicht, was nicht minder unglaublich war. Bis vor ein paar Jahren hätte er schnippisch geantwortet, mit irgendwas auf die Art wie »Was geht dich das an?«, oder auch »Was verstehst denn du davon, wo du doch nie einen Mann gehabt hast?«.

Filomena strich sich mit der Hand eine schlohweiße Strähne hinters Ohr, die sich aus ihrem Zopf gelöst hatte, den sie wie immer wie eine Schnecke am Hinterkopf festgesteckt hatte. Ihre hellblauen Iriden glitzerten im Sonnenlicht wie Eiskristalle und standen in krassem Gegensatz zu ihrer gebräunten Haut. Gitti kannte Filomena, seitdem sie zur Welt gekommen war, und fragte sich immer wieder, wie atemberaubend schön sie als junge Frau gewesen sein musste und warum sie zwar eine Tochter zur Welt gebracht, aber nie einen Mann an ihrer Seite gehabt hatte. Den Namen des Vaters ihrer Sofia hatte sie nie genannt und nie von ihm gesprochen – und ihre Mutter hatte es genauso gehalten. Die Filomena hatte den Namen ihres Vaters nie erfahren. Was für ein Glück, dass Liesis Mutter geheiratet hatte und die Liesi den Chris gefunden hatte, noch dazu auf diese abenteuerliche Art und Weise, die mit dem Film *Apfelblüten im Regen* zu tun hatte, aber noch viel mehr damit, dass er eigentlich mit ihr verwandt war, jedoch zum Glück …

»Weil ich vor vielen Jahren den gleichen Fehler gemacht hab wie du, Bertl.«

Filomenas Antwort unterbrach nicht nur Gittis wirre Gedanken, sondern alle rund um den Tisch schauten erstaunt zu der alten Frau mit den eisblauen Augen.

»Großmutter?« Liesi unterbrach das nachfolgende abwartende Schweigen mit diesem einen vorsichtig ausgesprochenen Wort, das sie sonst kaum verwendete. Alle nannten Filomena bei ihrem Namen – auch ihre Enkelin.

»Ich hab deinen Großvater geliebt, Liesi. Deine Mutter war kein Unfall. Ich war ja schon vierundzwanzig damals und alt genug, um zu wissen, wie ich eine Schwangerschaft hätt verhindern können. Aber ich hab's nicht getan – und er auch nicht. Vom ersten Tag an, als er auf den Hof kam und um Arbeit fragte und die Mutter ihn schon nach einer Woche zum Vorarbeiter gemacht hat, hab ich gewusst, dass ich ihn wollte – oder keinen.«

»Und er?«, fragte die Liesi atemlos.

»Er hat mich genauso geliebt wie ich ihn.«

»Aber warum habt ihr dann nicht geheiratet? Und wieso ist er nicht da?«

»Weil sein Vater einen Herzanfall hatte und er der einzige verbliebene Sohn war. Seine Brüder waren beide im Krieg gefallen, deshalb musste er heim.«

Liesi schob den Teller, der vor ihr stand, weiter weg, legte die Unterarme auf den Tisch und lehnte sich vor.

»So etwas ist ein Grund, dass man heimfährt, aber doch keiner, um die Frau, die man liebt und die schwanger ist, zu verlassen.«

»Wie kommst du drauf, dass ich schwanger war?«

»Warst du nicht? Er ist also doch wieder zurückgekommen?«

Filomena schüttelte langsam den Kopf. Hin und her und dann noch einmal.

»An dem Abend, als er den Brief von seiner Mutter erhalten hat, hab ich ihm sagen wollen, dass ich schwanger war. Aber er war ganz durcheinander, wie er den Brief gelesen hat, und dann hat er mich gebeten, ihn zu heiraten und mit ihm zu gehen, weil er den Familienbetrieb übernehmen musste. Ich hab Nein gesagt.«

Gitti schüttelte konsterniert den Kopf und spürte Leons Blick auf sich, bevor er seinen Arm um sie legte. Marcus drückte Traudls Hand, Chris hingegen sah fassungslos zu Filomena, und Liesi schrie laut: »Ja bist du denn von allen guten Geistern verlassen?«

»Nicht mehr«, erwiderte Filomena mit einem wehmütigen Lächeln. »Schon lang nicht mehr, aber damals muss es wohl so gewesen sein, sonst wäre ich mit ihm gegangen, auch wenn mir der Apfelhof gefehlt hätte.«

»Aber warum, Großmutter? Wieso hast du ihn gehen lassen?« Liesi hatte Tränen in den Augen.

»Weil es in dem Moment das einzig Richtige war. Ich hatte kein Recht, ihn festzuhalten. Er wär todunglücklich geworden, wenn er auf dem Apfelhof geblieben wär – noch dazu als Mann der Jungbäuerin.«

»Du hättest mit ihm gehen sollen.« Liesi unterstrich ihre Worte mit einem heftigen Nicken.

»Das konnt ich damals nicht. Ich hätte die Mutter mit allem allein lassen müssen. Ihr Bruder, mein Onkel Peter, war ihr nie eine große Stütze. Sein Adoptivsohn, der Jakob, hatte damals gerade erst das Madl geheiratet, das er geschwängert hatte und die dann bei der Geburt ihrer Tochter gestorben ist. Wenn ich nicht geblieben wär, wer hätt sich denn um die kleine Elisabeth gekümmert?«

»Du bist also wegen meiner Mutter geblieben?« Chris, der Elisabeths Sohn war, aber erst nach ihrem Tod vor zwei Jahren erfahren hatte, dass seine Mutter in Mela geboren worden und auf dem Apfelhof aufgewachsen war, starrte sie entsetzt an.

»Natürlich nicht«, beschwichtigte Filomena ihn. »Wie denn

auch? Es hat ja zu dem Zeitpunkt keiner wissen können, dass deine Großmutter ein halbes Jahr später bei der Geburt ihrer Tochter sterben würde. Das muss schon die Vorsehung gewesen sein, die mich damals zurückgehalten hat. Ein paar Wochen nachdem er weg war, hab ich mir überlegt, mein Kind in Mela zur Welt zu bringen und mich dann mit dem Kleinen auf den Weg zu ihm zu machen.«

Gitti hatte sich lang genug zurückgehalten, aber jetzt rutschte ihr die Frage geradewegs raus.

»Hättest ihn nicht einfach zwischendurch besuchen und dich mit ihm aussprechen können, Filomena?«

Die alte Frau schüttelte traurig den Kopf. »Damals war das nicht so wie heute. Bis in die hinterste Ecke von Südtirol war es eine lange Reise. Da wär ich einen ganzen Tag, vielleicht sogar zwei unterwegs gewesen.«

»Und was war mit Telefonieren? Du hättest doch nur aufs Postamt gehen und ihn anrufen müssen!«

»Ach Gitti. Wir haben damals sogar schon ein Telefon auf dem Apfelhof gehabt. Aber ich war feig. Und er war so ein lieber, aber auch so ein sturer Kerl. Er hätt mir niemals einfach so verziehen. Wahrscheinlich hätt er sich auch geweigert, mit mir am Telefon zu reden. Da hätt ich schon hinter ihm herfahren und zu Kreuze kriechen müssen. Und das wollt ich ja auch tun – aber eben erst, wenn ich sein Kind dabeigehabt hätte, denn dann hätt er mir sicher verziehen. Aber dazu ist es halt nicht mehr gekommen.« Filomena zuckte mit den Achseln, dann hob sie den Kopf noch ein wenig höher und wandte sich zum Bertl.

»Ich hab damals einen Riesenfehler gemacht und den Mann gehen lassen, den ich geliebt hab und von dem ich schwanger war. Jetzt glaub ich zwar nicht, dass zwischen dir und der Sabine mehr war als ein erstes Abtasten, aber wenn du nach fast zwei Jahren immer noch so viel an sie denkst, dann solltest über deinen Schatten springen und zu ihr fahren.«

»Welche Sabine denn?«

Der Bertl reagierte viel zu spät und halbherzig, als er die drei Wörter aussprach – und brachte alle zum Lachen.

»Dafür, dass du an dem Tag nicht dabei warst, als sich die beiden kennengelernt haben, hast du die Situation aber ganz gut durchschaut, Filomena«, meinte Leon grinsend.

»War das nicht hier bei euch in der Küche, wie ihr die Traudl gerufen habt, weil der Chris den Bertl mit einem Kinnhaken k. o. geschlagen hat?«, fragte Marcus ihn mit unschuldigem Gesichtsausdruck.

»War das nicht derselbe Tag, an dem wir erfahren haben, dass zwischen dir und der Traudl etwas lief, weil du mit ihr mitgekommen bist, Marcus?«

Gitti konnte es sich nicht verbeißen, ihn auf den Arm zu nehmen. Der Arme hatte monatelang darunter gelitten, dass er drei Jahre jünger war als die Traudl, weil er davon überzeugt war, dass sie auf reifere Männer stand – doch sie waren noch immer zusammen und er hatte das kühle Norddeutschland gegen Südtirol getauscht. Jetzt lachte er nur und küsste seine Traudl auf den Mund.

»Kinder, beruhigt euch wieder. Ihr seid ja alle schon glücklich vergeben. Jetzt geht es um mich, hat die Filomena gesagt.«

»Und um die Sabine«, fügte Liesi hinzu und schaute sich fragend um. »Falls sie nicht mittlerweile in festen Händen oder sogar verheiratet ist. Die Lockdowns im letzten Jahr haben ja zu einigen interessanten Verbindungen geführt. Viele sind im Internet zustande gekommen, hab ich gehört.«

Während Liesi sprach, wurde der Bertl sichtlich blasser. Früher wäre er rot angelaufen und hätte irgendeinen zornigen Spruch von sich gegeben, dachte Gitti. Stattdessen senkte er den Blick und starrte auf die Tischplatte.

»Aber das muss ja nicht der Fall sein«, fuhr Liesi fort. »Also, wer von euch hat zuletzt etwas von ihr gehört?«

Die Antwort war Schweigen. Auch Gitti sagte nichts. Sie wusste genau, dass niemand in Mela mit Sabine Kontakt hatte – außer ihr. Das wiederum wussten die anderen nicht – bis auf den Leon und die Liesi. Aber ihr Mann würde dichthalten, was er mit einem Händedruck bestätigte, mit dem er ihren erwiderte – und die Liesi auch.

»Wer will einen Kaffee?« Gitti stand auf und begann, die Teller einzusammeln und übereinanderzustapeln. Das Ablenkungsmanöver funktionierte perfekt, was ja klar war, weil keiner wusste, was er oder sie jetzt noch zum Bertl hätte sagen sollen. Gut so. Sie würde die Sache in die Hand nehmen, ohne irgendwem etwas davon anzuvertrauen. Und zwar so rasch wie möglich.

Kapitel 6

Sabines Stimmung stand in krassem Gegensatz zum Wetter, als sie wie jeden Montagvormittag den Kirchplatz überquerte. Sie warf die Briefe in den roten Briefkasten rechts an der Hausmauer, bevor sie die vier Stufen nach oben stieg und das Kaffeehaus betrat. Patisserie stand zwar über der Tür, aber der Kaffee war hier genauso gut wie Kekse, Kuchen, Eis und Torten. Doch sie verschwendete keinen Gedanken an etwas Süßes. Was sie brauchte, war eine ordentliche Dosis Koffein, sonst nichts.

»Wie immer, Sabine?«, fragte die Frau hinter dem Tresen, während ihre Kollegin eine weitere mit Schokoladenglasur überzogene süße Nachahmung der bei den Touristen beliebten Drei Zinnen in die Vitrine stellte, an deren Basis ein Edelweiß aus Zuckermasse klebte.

Sie antwortete mit einem Nicken und schaute sich in dem großen hellen Raum um. Auf dem langen gemütlichen Sofa mit den runden Tischplatten, die in gleichmäßigen Abständen frei schwebend an der Wand befestigt waren, saßen ausschließlich Touristen. Man musste sie nicht reden hören, sah es ihnen an der Kleidung an – und an dem verzückten Gesichtsausdruck, mit denen sie die Kalorienbomben betrachteten und das obligatorische

Handyfoto schossen, bevor sie sich daranmachten, die kleinen süßen Kunstwerke mit der Kuchengabel zu zerstören.

»Wartest schon lang?« Karin klang atemlos.

»Nein, gar nicht.« Sabine drehte sich zu ihrer Freundin um und versuchte sich in einem Lächeln, das offenbar misslang.

»Du schaust aus, als ob dir eine Laus über die Leber gelaufen wär.«

»Das täuscht, Karin. Keine Laus, sondern ein ganzes Ameisenvolk.«

»So schlimm?«

Sabine nickte der Bedienung hinter dem Tresen zu, die ihren Cappuccino über das Glas der Kuchenvitrine reichte, und griff nach dem Löffel, der auf der Untertasse lag. Sie stupste damit in den Kaffeeschaum und leckte ihn ab, bevor sie antwortete.

»Schlimmer. Bei uns klingeln alle Telefone ohne Unterlass. Wir kommen kaum mit dem Antworten nach, gar nicht zu reden vom richtigen Arbeiten.«

Karin lachte auf. »Und du meinst, dass es nur euch so geht?«

Allerdings, genau das dachte sie. Aber sie verschluckte die Antwort, die ihr auf der Zunge lag, und ging zum letzten Tisch ganz am Ende des Sofas, der zum Glück noch frei war. Karin setzte sich kurz darauf neben sie und stellte ihren Cappuccino ebenfalls auf den Tisch. Sabine suchte ihren Blick.

»Eure Geschäfte haben Ladenzeiten, Karin. Die Leut kommen zu euch, suchen was aus, probieren Sportjacken, Hosen, Schuhe oder sonst was und kaufen, was ihnen gefällt. Wenn ihr bei Ladenschluss die Türen absperrt, macht ihr Kasse und geht heim. Ich sitz jeden Tag bis acht oder neun im Büro, kontrolliere Kundenbestellungen und den

Lagerstand, schick Bestellungen an Lieferanten raus, organisiere die Lieferungen an unsere Kunden – und stell dann immer nebenbei fest, welches Fahrzeug grad wieder einmal ausfällt. Dabei haben wir erst zu Jahresbeginn einen zusätzlichen Gabelstapler und den neuen Lkw mit Hebekran gekriegt.«

»Mein Gott, Sabine, sei do net so tragisch! Bei uns geht auch net alles während der Öffnungszeiten. Du weißt ja selbst, dass ich in der Hauptsaison oft bis spät genau dasselbe mache wie du. Ist doch ganz wurscht, ob man Holz oder Kleidung oder Sportsachen verkauft. Angebot und Nachfrage bestimmen unseren Umsatz, und wir alle können nur verkaufen, was wir auf Lager haben. Insofern ...«

Sabine unterbrach Karin mit einer Handbewegung. »Entschuldige, du hast ja recht. Aber irgendwie funktionier ich im Moment nicht so richtig. Ich fühl mich wie eine Kettensäge, bei der die Kette locker sitzt.«

Karin öffnete einen zweiten Zuckerstick und rührte den Inhalt mit dem Löffel in ihren Cappuccino. Nachdenklich hob sie den Löffel an den Mund und leckte ihn ab.

»Du solltest mir endlich erzählen, was an dem Abend der Filmvorführung passiert ist, Sabine. Jetzt ist schon eine Woche vergangen, aber du bist immer noch so komisch – und dein Großvater auch.«

»Wie kommst denn da drauf?«, fragte sie kopfschüttelnd. »Wann hast du ihn denn zuletzt gesehen? Ich glaub nicht, dass sich der Nonno zu Sport-Egger verlaufen hat, um Kletterschuhe oder eine Lederjacke zu kaufen. Das wär ja ganz was Neues.«

»Der Vater hat ihn auf der Bank getroffen.«

»Und?« Sabine fixierte Karin, die einen Schluck von ihrem Kaffee nahm, bevor sie die Tasse wieder abstellte. »Der Johann war eigenartig, hat der Vater gesagt. Ruhig und ernst, gar net wie sonst.«

»Auf der Bank vergeht doch jedem das Lachen«, versuchte es Sabine mit ein bisschen Humor. »Außerdem hab ich dir ja gesagt, dass es bei uns zugeht wie in einem Wespennest. Der Nonno versucht halt, zu helfen, obwohl er wirklich nicht mehr arbeiten sollte, und sicher war auf der Bank wieder lang zu warten. Das mag er nicht.«

»Das mag niemand, Sabine.« Karin schüttelte den Kopf und fixierte sie. »Aber dass du gleich eine ganze Predigt hältst, um das Verhalten deines Großvaters zu erklären, das mag ich nicht. Du weichst mir aus und ich hab keine Ahnung, warum. Hab ich irgendwas gesagt oder getan, was dir gegen den Strich geht?«

Verflixt und zuagnaht! Das war das Letzte, was sie jetzt noch brauchte. Sie hob ihre Hand und legte sie auf Karins Unterarm.

»Das ist Quatsch, Karin. Das hat doch nix mit dir zu tun. Es ist einfach alles ein bisserl viel im Moment. Der Nonno und ich, wir hätten letzte Woche nicht nach Innsbruck fahren und einen Tag blaumachen sollen, das ist alles.«

Karin lächelte erleichtert. »Habt ihr wieder im Sacher gegessen?«

Unweigerlich musste Sabine schmunzeln. Alle wussten, dass der Johann Holzer das Café Sacher in der kaiserlichen Hofburg in Innsbruck genauso liebte wie seinen SL – und schon genauso lang, sogar noch ein paar Jahre mehr. Früher war er mindestens zweimal pro Jahr mit der Nonna hingefahren. Concetta Palumbo hatte dann immer zuerst ein neues Kleid gekauft, ein elegantes, das sie dann entweder zu einem Familiengeburtstag oder zu Weihnachten trug. Dann hatte sie zehn Minuten lang das Goldene Dachl bewundert, bevor sie mit ihrem Mann ins Sacher essen gegangen war. Sie hatte immer gesagt, dass sie den Duft der österreichischungarischen Monarchie nirgendwo so gut spüren konnte wie dort, auch nicht in Meran, obwohl die Südtiroler Stadt eine der liebsten der Kaiserin Sissi gewesen war.

»Was denkst du?«, erwiderte Sabine jetzt. »Der Nonno verzichtet doch nicht auf seinen Tafelspitz, und ich war schon als Kind in das Original Wiener Schnitzel im Sacher verliebt, aber das weißt du ja. Du warst ja auch einmal mit uns dort.«

»Das ist ewig her, Sabine. Das nächste Mal nehmt ihr mich mit, okay?« Karin hob das Handgelenk, schaute auf die Uhr und sprang auf. »So spät schon? Jessas! Ich hab dem Vater versprochen, dass ich zurück bin, bevor er nach Bozen fahrt.« Sie nahm sich nicht einmal die Zeit, um sich zu verabschieden, und lief zur Tür. Dort drehte sie sich kurz um und rief »Das nächste Mal zahl ich« – und verschwand.

Zum ersten Mal, seitdem sie sich erinnern konnte, war Sabine froh, Karin nur mehr von hinten zu sehen, und noch mehr, weil es ihr mit den ausweichenden Antworten über den Nonno gelungen war, sie abzulenken. Sie hatte keine Lust, mit ihrer Freundin aus Kindertagen über ihre Gefühle für einen Mann zu reden, der ihr seit zwei Jahren nicht aus dem Kopf ging. Bertl Kofler war tabu, ein Thema, das sie mit niemandem teilen wollte.

»Ist da frei?« Sabine bemerkte erst jetzt, wie viele Menschen im Lokal waren und auf einen Sitzplatz warteten. Kein Wunder um diese Uhrzeit. Sobald die Frühstücksbüfetts in den Hotels abgeräumt wurden, suchten die Spätaufsteher im Ort nach einer Alternative.

»Jetzt schon«, erwiderte sie, erhob sich und ging an der erstaunten Deutschen vorbei zum Verkaufstresen. Eine Viertelstunde später saß sie an ihrem Schreibtisch im Chefbüro ihrer Firma und griff nach dem obersten Dokument im Eingangskistchen.

Zur gleichen Zeit in Mela

Liesi steuerte den Tisch auf der überdachten Terrasse des Apfelkiachl an, an dem Gitti bereits auf sie wartete und an ihrem Kaffee nippte.

»Entschuldige bitte, ich war mit dem Gabor unten auf der Apfelwiese und hab die Zeit vergessen. Er ist zwar der beste Vorarbeiter, den ich mir wünschen könnte, und hat seine Arbeiter gut im Griff, aber hin und wieder muss ich mich sehen lassen.«

Gitti winkte lächelnd ab. »Auf die paar Minuten kommt es doch nicht an. Du weißt ja, wie gern ich hier sitze und nach links und rechts grüße.«

Liesi lachte auf. Wenn es eine Frau in Mela gab, die das Kaffeehaus im historischen Ortszentrum ihres Heimatorts nicht besonders mochte, dann war das die Gitti Gufler. Zum einen aß sie prinzipiell nichts Süßes, was sie nicht selbst machte, also auch nicht die dem Lokal namensgebenden Apfelküchle, die wahlweise mit Vanillesoße oder Schlagsahne serviert wurden. Zum anderen war ihr nichts verhasster als das andauernde Nicken und das Getuschel rundum. Hier gab es ein ständiges Kommen und Gehen. Wer zwischen seinen Erledigungen oder Terminen fünf Minuten abzweigen konnte, schaute kurz herein, trank einen Kaffee und wechselte ein paar Worte mit Bekannten, während er oder sie gesehen wurde. Und genau das mochte die Gitti ganz und gar nicht.

»Lügnerin.«

»Entweder ich red mir das schön, oder ich lauf davon. Hier fühl ich mich wie eine von unseren Kühen während des Almabtriebs. Fehlt nur noch, dass ich mir eine Glocke umhänge, damit ich noch mehr auffalle.«

Liesi griff nach Gittis Hand und drückte sie. »Du bist ein Unikat, Gitti. Wenn ich dich nicht hätt ...«

»... dann müsstest du mit der Traudl vorliebnehmen. Übrigens, hast du gestern den Ring gesehen, den sie zu verstecken versucht hat?«

»Natürlich. Das Blitzen von dem Diamanten war ja nicht zu übersehen«, erwiderte Liesi schlagfertig – und beglückwünschte sich im Geist, dass sie den ihren zu Hause in der Schmuckschatulle liegen hatte.

»Meinst du, dass das heißt, dass der Marcus sie gefragt hat, ob sie ihn heiraten will?«

»Und du?«

»Wahrscheinlich.«

»Eben.«

»Aber warum hat sie uns das nicht gesagt?«

»Das solltest nicht mich fragen, sondern sie, Gitti, aber wir wissen doch beide, warum. Oder nicht?«

»Das Übliche, Frau Thaler?«

Die Kellnerin stellte das kleine Tablett mit dem Espresso vor ihr ab, was ihre Frage unnötig machte. Sie dankte ihr dennoch, griff in ihre Hosentasche und legte vier Euromünzen auf den Tisch. »Der Rest ist für Sie.«

»Früher hättest du nie so viel Trinkgeld gegeben«, meinte Gitti.

»So viel ist das nicht, ich hab deinen gleich mitbezahlt.«

»Trotzdem. Ein Euro Trinkgeld für zwei Espressi ist viel – aber danke. Das nächste Mal, wenn du zu mir kommst, bekommst du zwei, und zwar gratis.«

Die beiden Freundinnen grinsten sich an, dann nahm die Gitti den Faden wieder auf.

»Ich glaub, dass Traudl und Marcus genauso auf den Bertl Rücksicht nehmen wie wir alle. Aber sie hätten trotzdem was sagen können. Ihr beide habt doch damals auch kein Geheimnis draus gemacht.«

»Da wart ihr aber auch alle dabei ... damals.«

Wie die Zeit verflog! Der Valentinstag, an dem Gitti, Leon, Traudl, Marcus und sie beide sich ein Fondue in der Küche des Apfelhofs gegönnt hatten, war schon über ein Jahr her. Noch vor dem Aufstehen hatte Chris ihr im Bett einen Heiratsantrag gemacht – und danach hatten sie sich geliebt, mit nichts anderem auf der Haut als dem funkelnden Verlobungsring auf Liesis Ringfinger. Wenn der Virus nicht aufgekommen wäre, hätten Chris und sie im letzten Herbst geheiratet. Offenbar dachte Gitti dasselbe.

»Habt ihr jetzt ein Datum festgesetzt?«

Liesi verneinte mit einem Kopfschütteln.

»Ehrlich gesagt ist es mir ziemlich egal, ob und wann wir heiraten. Wir sind glücklich und wir sind gesund, das ist wichtiger als ein Stück Papier.«

»Aber glaubst nicht, dass sich die Filomena freuen tät, wenn ihr heiraten würdet?«

Gitti sprach es zwar nicht aus, aber der Zusatz »solang sie noch lebt« hing in der Luft.

»Die Großmutter überlebt uns noch alle«, murmelte Liesi und leerte ihre Espressotasse mit einem Schluck. »Um sie mach ich mir keine Sorgen, aber um den Bertl. Das, was er gestern gesagt hat, geht mir nicht mehr aus dem Kopf.«

»Mir auch nicht, Liesi. Deshalb hab ich gestern am Abend auch versucht, die Sabine zu erreichen, aber ich bin auf ihrer Mailbox gelandet.«

»Und?«

»Gar nix. Ich hab aufgelegt, ich red nicht auf ein Band. Heute am Abend versuche ich es wieder.«

»Und was willst du ihr sagen? Dass der Bertl in sie verschossen ist und sie doch bitte nach Mela kommen soll, damit er ihr das sagen kann, weil er selber zu feig ist, zu ihr zu fahren?«

Gitti seufzte auf. »Das natürlich nicht.«

»Sondern?«

»Keine Ahnung. So gut kenn ich sie ja auch wieder nicht. Aber es sind sicher schon vier oder fünf Wochen vergangen, seitdem wir uns zuletzt gehört haben. Vielleicht auch sechs. Das war nach Ostern.«

»Niemand von uns kennt die Sabine wirklich«, meinte Liesi nachdenklich. »Sie war ja damals viel zu kurz da. Aber bei euch hat sie immerhin ein paar Wochen gewohnt, und du bist bis heute mit ihr in Kontakt geblieben.«

Gitti nahm eine der dünnen Papierservietten aus dem Ständer, riss ein Stück ab und begann, zwischen Daumen und Mittelfinger eine kleine Papierkugel zu rollen. Mit dem Blick konzentrierte sie sich darauf, als sie antwortete.

»Weil ich sie mag, Liesi, aber auch sie ruft mich manchmal an. Die Sabine ist so unkompliziert und so resolut, das hat mir vom ersten Moment an gefallen. Und in der Grundschule hier war sie bei den Kollegen und den Kindern gleichermaßen beliebt, das haben mir damals einige Leut gesagt, wie sie so überraschend abgereist ist. Irgendwie haben viele gehofft, dass sie zurückkommt, weil doch zwei Lehrer in Pension gegangen sind. Aber ich hab sie damals alle paar Tag angerufen, weil sie mir so leidgetan hat. Sie war ja noch nicht einmal dreißig, wie ihre Eltern bei dem Autounfall gestorben sind, und jetzt hat sie nur noch ihren Großvater und die Verantwortung für den Familienbetrieb.«

»Was machen die da genau?«

»Irgendwas mit Holz, ich hab ehrlich gesagt nicht gefragt. Aber das letzte Mal, wie ich mit ihr gesprochen habe, hat sie ziemlich gestresst geklungen. Ich glaub nicht, dass sie glücklich ist.«

»Das wär ich auch nicht, wenn ich den Apfelhof aufgeben und was anderes tun müsste. Andererseits kann ich verstehen, dass sich die Sabine so entschieden hat. Sie scheint mit ihrem Großvater genauso allein zu sein, wie ich es mit der Großmutter war.«

Plötzlich warf Gitti das Papierkügelchen in den leeren Aschenbecher und schaute auf. Liesis Augen blitzten blau, Gittis funkelten dunkelbraun.

»Zwei Freundinnen, ein Gedanke«, brachte es Liesi auf den Punkt.

»Du denkst also dasselbe wie ich?«

Liesi nickte. »Ich hab den Chris gefunden, und er hat sein altes Leben zwischen Los Angeles und München aufgegeben und ist zu mir nach Mela gezogen. Was wäre, wenn …«

»Die Sache hat nur einen Haken«, unterbrach Gitti sie. »Der Bertl gibt seinen Hof niemals auf. Der hat doch schon als Bub gelitten, wie der Koflerhof nach dem Bergunfall eurer Eltern von einem Fremden bewirtschaftet wurde, bis er achtzehn war.«

»Wenn der Berg nicht zum Propheten kommt, muss der Prophet zum Berg gehen.« Liesi zuckte mit den Achseln.

»Du bist wirklich die Enkelin deiner Großmutter, Liesi. Ihr mit euren Sprichwörtern.«

»Die sind oft gar nicht so falsch.«

»Aber nicht immer richtig«, parierte Gitti. »Den Bertl aus Mela wegzubekommen, ist genauso undenkbar wie dich oder mich.«

»Vergiss nicht, dass er in den Ferien nach der Mittelschule bei seinem Onkel in Kanada war.«

»Mit vierzehn und einen Sommer lang, um Eishockey zu trainieren. Aber obwohl sein Onkel Coach ist und ihm angeboten hat, drüben zu leben, ist er zurückgekommen und hat sich noch jahrelang freiwillig vom Sepp schikanieren lassen.«

»Jetzt ist er sechsunddreißig, bald siebenunddreißig, Gitti, und trauert einer Frau nach, die er seit zwei Jahren nicht mehr gesehen hat. Zwischen den beiden sind damals bei euch in der Küche die Funken geflogen, und an dem Abend, als wir die Urne mit Elisabeths Asche unter den Apfelbäumen vergraben haben, haben die beiden Händchen gehalten.«

»Was gar nix heißt. Das war halt ein emotionaler Augenblick für uns alle.«

»Also ich versteh dich nicht.« Liesi rollte mit den Augen. »Zuerst erzählst du mir, dass du die Sabine anrufen willst, um dem Bertl zu helfen, und jetzt tust du so, als ob zwischen den beiden nix wär.«

»Es war ja auch nix.«

»Wenn du den Bertl, der wie ein Hornochse auf eine Frau starrt und dabei die Stimme verliert, als nix bezeichnen willst, dann bitte. Aber die Episode hat sich in deiner Küche zugetragen und es gab einige Zeugen. Der Chris war auch dabei.«

»Also gut. Da war was zwischen den beiden. Elektrische Energie, aufgeladene Luft, eine Art Flirren, was auch immer. Der Bertl ist fast jeden Abend vorbeigekommen, um sich irgendwas vom Leon auszuleihen und am nächsten Tag zurückzubringen. Als ob er auf dem Koflerhof keinen Hammer und keine Zange hätte. Und die Sabine ist immer aufgetaucht, wenn er da war, und hat mich um eine Kopfschmerztablette oder Nadel und Faden gebeten. So viel Kopfweh und zu stopfende Löcher kann kein Mensch haben, hab ich mir immer gedacht. Am liebsten hätt ich die beiden gepackt und miteinander in der Vorratskammer eingesperrt.«

»Das hättest vielleicht tun sollen.«

»Hätt ich«, bestätigte Gitti. »Hab ich aber nicht. Aber ich hätt nicht gedacht, dass ich zwei Jahre später Amor spielen muss, weil die beiden zu feig sind, sich miteinander in Verbindung zu setzen.«

»Wieso die beiden?« Liesi runzelte die Stirn. »Es ist doch nur der Bertl, der sich so blöd anstellt.«

»Glaub das nicht, Liesi. Die Sabine fragt mich jedes Mal, wenn sie mich anruft, wie es euch allen geht. Sie nennt euch alle einzeln. Dich und den Chris, die Traudl und den Marcus und natürlich die Filomena, bevor sie nach dem Leon und den Kindern fragt. Aber den Bertl erwähnt sie nie.«

»Wie bitte?«

»Und sonst so? Hab ich wen vergessen?« Gitti malte Anführungszeichen in die Luft. »Das fragt sie immer und dann wartet sie.«

»Und du?«

»Ich erzähl ihr von ein paar Kindern aus den Klassen, denen sie Turnunterricht gegeben hat, oder irgendwas aus Mela. Aber den Bertl erwähne ich nie.«

»Du bist ein Aas, Gitti.«

»Bin ich nicht. Ich denk mir nur immer, dass sie schon irgendwann mit der Sprache rausrücken wird.«

»Seit zwei Jahren?« Liesi verstand ihre Freundin gar nicht mehr.

»Nicht ganz.«

»Auf ein paar Monate kommt es nicht an.«

»Uns nicht. Aber wenn nicht bald was passiert, zieht der Bertl hinauf in seinen Zirbenwald und wird Einsiedler.«

»Und dann lässt er sich einen wirren Bart wachsen, der ihm

bis auf die Brust reicht. So wie der Rübezahl.«

Gitti kicherte. »Also alles, was recht ist, aber das will ich mir beim besten Willen nicht vorstellen.«

»Dann tu endlich was!«, drängte Liesi nachdrücklich. »Wenn du mir erzählt hättest, wie eigenartig sich die Sabine während eurer Telefonate verhält, dann würden wir beide jetzt nicht hier sitzen und über ungelegte Eier reden.«

»Sondern?«

»Ich hätte schon längst mit dem Marcus und dem Chris einen Ausflug ins Hochpustertal organisiert, um ein paar Aufnahmen für einen wichtigen Werbefilm zu drehen. Einen mit Menschen. Du weißt doch, wie viel Spaß es dem Bertl gemacht hat, mit mir damals die Szene auf dem Golfplatz zu drehen.«

Gitti kicherte los und legte sich die Hand vor den Mund, um nicht laut zu prusten. Es schaute ohnehin ständig irgendwer zu ihnen beiden. Liesi tat so, als ob sie die Blicke nicht bemerken würde, und wartete, bis sie sich beruhigt hatte.

»Ich glaube nicht, dass er es noch einmal zulässt, dass du ihn mit einem Golfschläger an der empfindlichen Stelle zwischen seinen Beinen triffst, Liesi.«

»Seine Hose war gut ausgestopft und ich hab nicht wirklich fest zugeschlagen. Aber diese kurze Szene gibt *Apfelblüten im Regen* einen humorvollen Touch, findest du nicht?«

»Wir reden nicht über den Film, sondern über den Bertl, den wir irgendwie mit der Sabine zusammenbringen müssen. Ob sie sich dann anschweigen oder die Köpfe einschlagen, ist mir ehrlich gesagt egal. Hauptsache, er benimmt sich nicht noch einmal so wie gestern. Den Bertl Kofler in Form von einem Häufchen Elend ertrag ich nicht.« Gitti stieß einen Seufzer aus. »Auf jeden Fall find ich deine Idee mit den Filmaufnahmen gut. Kannst du das machen?«

»Nicht jetzt«, antwortete Liesi kopfschüttelnd. »Der Chris ist heute schon um fünf auf ein paar Tage nach München gefahren, und ich hab keine Ahnung, wann er zurückkommt. Du weißt ja, wie das ist, wenn er alle zwei oder drei Monate in der Firma vorbeischaut. Umso mehr jetzt, wo nach dem pandemiebedingten Stillstand eines Teils der Produktion alles wieder in Fahrt kommt. Die Heidelinde Wagner ist zwar großartig als Geschäftsführerin der Bergmann-Film, aber manche Dinge will und muss der Chef selbst machen.«

»Und der Marcus? Es geht ja nur um ein paar Fake-Aufnahmen, damit wir den Bertl ins Pustertal bringen.«

»Du stellst dir das alles viel einfacher vor, als es ist, Gitti. Da braucht es mehr als einen Regisseur allein, aber vor allem muss er verfügbar sein. Der Marcus dreht mit seinem Team ab heute einen Werbefilm am Kalterer See und danach für dieselbe Firma Videomaterial für eine Weingenossenschaft. Wenn das Wetter ihnen keinen Strich durch die Rechnung macht, werden sie in drei Wochen damit fertig sein, hat Chris gesagt.«

»Verflixt! Das war so eine tolle Idee von dir.«

»Deine gefällt mir besser, Gitti.« Liesi beugte sich vor und senkte die Stimme. »Ruf die Sabine heute Abend an, so wie du es vorhattest. Sonst fragt sie dich immer nach uns allen, hast du gesagt. Dreh den Spieß um und horch sie aus. Nach dem, was du mir jetzt gesagt hast, glaub ich zwar nicht, dass sie einen Freund hat, aber sicher ist sicher. Sie soll dir etwas über den Familienbetrieb erzählen und was sie da so macht. Und wenn du schon dabei bist, frag sie, was sie denn so am Abend und am Wochenende unternimmt. Du könntest sie doch einladen, zwei Tage nach Mela zu kommen ... vorausgesetzt, dass sie unbemannt ist.«

Gittis Mundwinkel gingen nach oben. »Natürlich«, erwiderte sie in verschwörerischem Ton. Dann griff sie nach ihrer Tasche und zog sie auf den Schoß. »Ich glaub, ich werd versuchen, die Sabine noch vor dem Mittagessen anzurufen.«

Liesi schmunzelte und sie standen beide auf. Nebeneinander verließen sie die Kaffeehausterrasse und blieben am Gehsteig stehen, sahen sich an. Sie umarmten sich und küssten einander dreimal auf die Wangen.

»Also dann«, sagte Liesi.

Gitti nickte. »Soll ich dich auf dem Laufenden halten?«

Liesi warf ihr einen entrüsteten Blick zu. »Natürlich nicht!«

»Hab ich mir gedacht«, erwiderte Gitti kichernd und wirkte plötzlich wieder wie die quirlige Vierzehnjährige, die sich den Klassenkollegen Leon Gufler geschnappt hatte und mit fünfzehn zum ersten Mal Mutter geworden war.

Liesi ging schmunzelnd zu ihrem Wagen. Als sie die Verriegelung mit der Fernbedienung öffnete, hörte sie Gitti, die ihr nachrief.

»Ich ruf dich sofort an, wenn ich sie erreicht hab.«

Liesi drehte sich nicht um, aber sie lachte immer noch, als sie fünf Minuten später in die Zufahrtsstraße zum Apfelhof einbog.

Kapitel 7

Sabine stempelte die Anweisung zur Zahlung auf die Rechnung, die sie soeben kontrolliert hatte, und legte sie zu den anderen in die Mappe für die Buchhaltung. Zugleich streckte sie den Arm aus, um nach dem nächsten Papier im Eingangskistchen zu greifen – und hielt mitten in der Bewegung inne. Ihre Augen folgten der Hand. Es waren nur noch vier oder fünf Blätter, doch jedes einzelne von ihnen bedeutete mindestens fünf Minuten oder auch eine halbe Stunde Arbeit. Sie schüttelte den Kopf und schaute auf die Uhrzeit auf dem Computerbildschirm. Halb sieben. Vor einer Stunde hatte Holzer-Holz wie jeden Wochentag geschlossen – und sie saß immer noch da. Auch das war nichts Ungewöhnliches. Nur warum tat sie das? Nach dem Tod ihrer Eltern hatte ihr Großvater darauf bestanden, zusätzliche vier Mitarbeiter einzustellen, und die Besten aus den Bewerbern ausgesucht, nachdem er mit allen persönlich gesprochen hatte. Drei Frauen und einen Mann, weil es Johann Holzer komplett egal war, dass es Lieferanten gab, die der Meinung waren, dass Frauen nicht zu ihrem Gewerbe passten. Sie selbst war der beste Beweis dafür, sagte der Nonno immer wieder, wenn er in der Firma vorbeischaute. Und das geschah täglich – wobei es nie einfach nur bei ein paar Minuten blieb. Mit Betonung auf geschah. Seit dem Abend der Filmvorführung war er kaum und wenn, dann nur ganz kurz, hier gewesen.

Hätten sie nicht letzte Woche den gemeinsamen Tag in Innsbruck verbracht und wären sie am Sonntag nicht gemeinsam wandern gewesen, würde sie denken, dass es ihm nicht gut ging. Aber dem war nicht so. Er war fit wie ein Turnschuh, wartete jeden Abend auf sie, egal wann sie heimkam, und sofern es nicht allzu spät war, aßen sie auch gemeinsam. Walli, die Haushälterin, deren Mutter schon für Sabines Großeltern gearbeitet hatte, bereitete immer zwei Teller vor, manchmal kalt, manchmal etwas, was man nur in der Mikrowelle aufwärmen musste.

Aber etwas war anders – und das bezog sich weiß Gott nicht nur auf ihren Großvater.

Sie hatten seither nicht mehr über das gesprochen, was er ihr erzählt hatte.

Der Nonno nicht, weil von seiner Seite ohnehin alles gesagt war, nahm Sabine an, und sie nicht, weil sie in jeder Sekunde, in der sie ihr Hirn nicht mit anderem beschäftigte, ohnehin an Mela dachte. *Apfelblüten im Regen*, dieser Film, der als Heimatfilm mit der unvermeidlichen Liebesgeschichte beworben wurde, die jedoch sehr gekonnt unzählige Werbebotschaften für Südtirol versteckte, hatte die vergangenen zwei Jahre zusammenschrumpfen lassen.

Sobald Sabine im Bett lag und die Augen schloss, war sie wieder in Mela. Sie konnte den Wiesenduft des Waschmittels riechen, nach dem Gitti Guflers Bettwäsche roch. Sie schmeckte die Süße von Gittis einzigartiger selbst gemachter Erdbeermarmelade auf der Zunge, mit der sie jeden Tag ihr Frühstück beendet hatte. Sie konnte sogar das glucksende Lachen der kleinen Annie hören, der jüngsten Tochter der Guflers, die alle Gäste auf dem Guflerhof mit ihren witzigen und altklugen Bemerkungen unterhielt. Unweigerlich landete sie dann gedanklich auf dem Balkon des Zimmers, das mehrere Wochen lang ihres gewesen war, und schaute über die Holzbrüstung und die Blumenkästen mit den unzähligen gelben und roten Zauberglöckchen hinüber zum Apfelhof. Die drei großen, alten, majestätischen Apfelbäume waren unübersehbar und ihre weiß-rosa Blüten so viele, dass Sabine ihre Farbe trotz der Entfernung zwischen dem hellen Grün der frühlingshaften Blätter erkennen konnte. Selbst jetzt und hier an ihrem Schreibtisch hatte sie das Gefühl, dort zu sein – aber das hatte nichts mit dem Film zu tun. Oder nur zum Teil. In dem Film gab es diese kurze Szene mit der Liesi und dem Bertl – und die hatte ihr schon den Atem geraubt. Nicht der Liesi wegen, sondern ... Egal. Sie durfte nicht obendrein an ihn denken. Das hätte ihr gerade noch gefehlt!

Denn das, was ihr der Nonno nach der Filmaufführung erzählt hatte ...

Nicht, dass Liesis Großmutter in *Apfelblüten im Regen* zu sehen war. Nein, viel schlimmer. Sabine musste nicht einmal die Augen schließen, um Filomena vor sich zu sehen. Die Frau, die sie an dem Abend vor zwei Jahren, als der Chris Bergmann die Urne mit der Asche seiner Mutter unter den Apfelbäumen vergraben hatte, kennengelernt hatte. Filomena Pinker hatte etwas aus dem Tagebuch ihrer Großmutter vorgelesen, die den Apfelhof und mit ihm eine Dynastie starker Frauen begründet hatte. Die alte Frau mit dem wachen Blick und den eisblauen Augen, die trotz ihres hohen Alters beeindruckend jugendlich wirkte, hatte sie angesehen, als ob sie ein Gespenst wäre – bevor sie ihren Händedruck erwidert und sich abgewandt hatte. Seit der vergangenen Woche wusste Sabine warum. Viele der Älteren bei ihnen im Dorf sagten, dass sie genauso aussah wie der Nonno, als er jünger war und dass auch heute keiner von ihnen beiden abstreiten konnte, dass sie miteinander verwandt waren. Dass seine Haare längst silberweiß und nicht mehr rot wie ihre waren, war unwichtig. Aber Liesis Großmutter hatte ihn ja zuletzt gesehen, als er noch nicht einmal fünfundzwanzig war, um einige Jahre jünger, als sie heute war.

Sabine an ihrer Stelle hätte einen Schock gehabt. Filomena nicht. Die alte Frau hatte sich zurückgezogen, ohne dass sie es bemerkt hätte. Sie war einzig auf den Bertl konzentriert gewesen, der nach ihrer Hand gegriffen und sie nicht mehr losgelassen hatte. Gut hatte sich das angefühlt. Sehr gut. Sie hatte sich gewünscht, dass der Abend nicht zu Ende gehen würde, aber alle mussten am nächsten Tag arbeiten, auch sie – bis spät, weil die Elternversammlung angesetzt war. Sie hatten nicht vereinbart, dass sie sich am darauffolgenden Tag sehen würden, aber das mussten sie nicht. Sabine hatte es einfach gewusst. Bertl war ja ohnehin fast jeden Abend, seitdem sie nach Mela gekommen war, auf dem Guflerhof gewesen. Deshalb hatte er sie auch nicht nach ihrer Handynummer gefragt. So wie sie ihn einschätzte, war er sicher keiner, der irgendwelche Nachrichten mit Smileys verschickte. Er war kein virtueller Typ, sondern ein gestandenes Mannsbild, ein echter Kerl, der mit beiden Beinen im realen Leben stand. Ein Mann, der ihr Herz zum Stolpern brachte, wenn er sie ansah, und in dessen braunen Augen so viel Wärme lag, dass sie sich an ihn kuscheln hatte wollen. Sie hatte sich vorgestellt, dass er sie mit seinen Armen mit den kräftigen Bizepsen an seine Brust ziehen und sie ihren Kopf an seine breiten Schultern lehnen würde ... und dann hatte Nonnos Anruf allem ein Ende gesetzt. Ihren Träumen und der Sicherheit, dass ihre Eltern immer da sein würden, wenn sie nach Hause kam.

Sabine seufzte auf. Dieses Grübeln tat ihr nicht gut. Sie musste sich ablenken, nicht mehr an all das denken. Sie musste Mela und alles, was mit dem Ort zusammenhing, aus ihrem Gedächtnis löschen. Auch die Gitti Gufler. Gestern am Abend hatte die Gitti angerufen und sie hatte das Gespräch nicht angenommen. Spät am Abend, als sie im Bett lag, hatte sie sich mies gefühlt und sich vorgenommen, sie heute am Vormittag anzurufen. Sie hatte das Telefon auch ein paarmal in die Hand genommen – und wieder weggelegt. Und dann, als sie Lieferscheine kontrollierte, während die Mitarbeiter alle Mittagspause machten, hatte das Telefon geläutet – und sie hatte auf das Display gestarrt, auf dem Gitti zu lesen war. Sie war froh gewesen, dass das Handy nach sechs oder sieben Mal läuten auf die Mailbox geschaltet und Gitti aufgelegt hatte. Sie würde nie eine Nachricht hinterlassen, das wusste Sabine – nur war sie deshalb nicht erleichtert, sondern fühlte sich noch mieser als am Vortag.

Die Gitti war nicht einfach nur ihre ehemalige Vermieterin, sie war viel mehr. Sie war für sie da gewesen, als ihre Eltern gestorben waren. Immer wieder hatte sie angerufen und ihr Belangloses erzählt oder einfach nur zugehört. Gitti war nicht wie die Karin, die sie schon ewig kannte und die von klein auf ihre engste Freundin gewesen war – auch wenn die Vertrautheit nicht mehr allumfassend war wie früher. Dennoch. Trotz ihrer Studienzeit in Bozen und der Jahre danach, die Sabine nicht in Toblach gelebt hatte, war ihre Freundschaft geblieben, hatte sich jedoch verändert. Karin war locker und fröhlich und tat immer noch so, als ob sie gerade erst zwanzig wäre. Sie dachte wenig an die Zukunft, und ihr liebster Zeitvertreib war es, Männern den Kopf zu verdrehen und mit ihnen ein paar heiße Stunden zu verbringen. Sabine war nie so gewesen, auch mit siebzehn oder achtzehn nicht, und seitdem sie nach Toblach zurückgekommen war und den Betrieb leitete, waren Holzer-Holz und ihr Großvater ihr Leben – und die Träume, die sie in die kurze wunderschöne Zeit davor und nach Mela zurückversetzten. Gitti war ein Teil davon. Die Frau, die schon fast ein Vierteljahrhundert verheiratet und doch nur sieben Jahre älter war als sie selbst. Sie wusste vom Leben mehr als viele andere, war klug und hatte das, was man Hausverstand nannte. Wenn Sabine mit ihr sprach, spürte sie diese Bodenhaftung und Beständigkeit, die im Leben so wichtig waren, zwei Eigenschaften, die die Karin auch in hundert Jahren nicht haben würde, weshalb sie ihr auch nie vom Bertl erzählt hatte – und ihr sicher niemals von Großvaters Vergangenheit erzählen würde. Aber die Gitti ...

Kurz entschlossen schaltete Sabine den Rechner aus, kontrollierte rasch mit einem Rundblick ihr Büro, machte das Licht aus und durchquerte den Eingangsbereich des Firmengebäudes, bevor sie die Alarmanlage einschaltete und abschloss. Sie ging zu ihrem Wagen und wartete, dass das Tor des Firmengeländes hinter ihr zuglitt, bevor sie von Toblach zum Ortsteil Niederdorf fuhr. Hoffentlich hatte der Nonno noch nicht zu Abend gegessen. Sie wollte mit ihm zusammensitzen, auch wenn sie wieder nur über Belangloses reden würden. Aber nach dem Essen würde sie ihm sagen, dass sie ein warmes Bad nehmen und sich entspannen wollte. Und dann ...

Es war feige, Gittis Anrufe nicht anzunehmen, nur weil ihre Stimme und das, was sie erzählte, sie immer nostalgisch werden ließen. Auch jetzt, seitdem ihre Sehnsucht nach Mela so sehr zugenommen hatte und sie so kribbelig und unruhig war, weil sie nachts davon träumte, wie es wäre, wenn ... Nein, es ging nicht um den Bertl. Ganz und gar nicht. Der wollte ja offensichtlich nichts von ihr wissen, sonst hätte er sich längst melden können. Schon vor der Pandemie und den Lockdowns. Und auch währenddessen, denn in dem abnormalen Jahr hatte zwar vieles nicht sein dürfen, aber telefonieren hätte man können. Also nein, es ging Sabine absolut nicht um den Bertl Kofler, als sie sich ausmalte, wie es wäre, nach Mela zu fahren. Es ging einzig und allein um den Nonno und eine kleine alte Frau mit weißen Haaren und eisblauen Augen, die vor fast sieben Jahrzehnten seine große Liebe gewesen war.

Sabine hatte sich gegen das Bad und für eine kurze Dusche entschlossen. Sie hätte es nicht genossen, dafür war sie viel zu aufgeregt. Was wiederum idiotisch war, dachte sie, als sie über ihren Nacken föhnte, wo die Haare nass geworden waren. Sie zog an dem Haargummi und fuhr mit beiden Händen durch ihre feuerrote Mähne, die mittlerweile weit über die Schulterblätter reichte. Sie richtete sich auf und griff nach der Bürste. Vielleicht sollte sie wieder einmal zum Friseur gehen, und zwar nicht nur, um die Spitzen zu schneiden, was sie alle drei oder vier Monate machte. Gedankenverloren hielt sie ein und zog die Haare alle über eine Schulter nach vorn – und schüttelte den Kopf. Blöde Idee. »Wenn ich so schöne weiche Locken hätte wie du, würde ich sie nie schneiden – auch nicht im hohen Alter«, hatte ihre Mutter immer gesagt, die ihre dünnen braunen Haare stets kurz getragen hatte. Mit einem tiefen Seufzer machte sie das Licht über dem Spiegel aus und ging in ihr angrenzendes Schlafzimmer. Das Handy lag auf dem Bett und leuchtete ihr im hereinfallenden Mondlicht entgegen. Jetzt oder nie. Sabine nahm es, entsperrte den Bildschirm und sah eine einzige Nachricht. Ein weiterer Anruf in Abwesenheit. Wenn das kein Zeichen war. Sie tippte auf den Kontakt und auf den grünen Hörer.

»Sabine, endlich!«

»Entschuldige, Gitti. Ich war unter der Dusche.«

Gittis fröhliches Lachen erklang. »Seit gestern Abend?«

»Nein, sonst hätte ich jetzt Schwimmhäute. Aber du weißt doch, dass ich das Handy nicht immer in der Nähe habe. Gestern war es zu spät zum Zurückrufen, und heute war ich den ganzen Tag so beschäftigt, dass ...«

»Du brauchst dich doch nicht entschuldigen, das ist ja normal, zumindest unter der Woche. Oder arbeitest du auch am Wochenende?«

»Nein, das nicht, aber wieso fragst du?«

»Weil ich finde, dass wir uns schon viel zu lang nicht mehr gesehen haben. Was hältst du davon, das Wochenende bei uns zu verbringen?«

Sabines Herz setzte aus. Eines war es, einen Plan zu fassen, was anderes, ihn umzusetzen.

»Das nächste?«

»Warum nicht? Der Frühling nimmt so richtig Fahrt auf, und du weißt doch noch, wie schön es bei uns in Mela ist, wenn die Apfelbäume blühen, oder nicht?«

»Wenn ich mich nicht mehr erinnert hätte, dann spätestens beim Public Viewing vergangene Woche.«

»Du hast den Film gesehen? Und?« Gitti klang aufgeregt – aber sie war es noch viel mehr. Sollte sie ihr sagen, was ihr der Nonno ...

»Der Hauptdarsteller ist fantastisch«, fuhr Gitti fort. »Die Traudl und ich hatten recht, oder nicht?«

»Na ja, wenn man auf blonde Schönlinge steht, die wie ein Männermodel ausschauen ...«, murmelte Sabine, aber offenbar laut genug, dass Gitti sie verstanden hatte.

»Tust du nicht?«, fragte sie prompt.

Sabine schluckte. Nein. Sie mochte Männer mit breiten Schultern und Oberarmen, die so ausgeprägt waren, dass man die Bizepse unter den karierten Hemdsärmeln nicht nur vermutete, sondern sehen konnte.

»Nicht wirklich.«

»Sondern?«

»Ach, eigentlich hab ich keinen bestimmten Typ.«

»Es gibt also keinen Mann in deinem Leben?«

Sabine schluckte. »Komisch, Gitti. Das hast du mich bisher noch nie gefragt.«

»Weil wir sonst immer nur von Mela reden, wenn wir uns hören. Aber das müssen wir ja heute nicht, weil du am Wochenende herkommst.«

»Tu ich das?« Sabines Herz hämmerte so laut, dass sie das Handy noch fester ans Ohr presste, weil sie Angst hatte, dass Gitti es hören könnte.

»Natürlich! Ich hab dein altes Zimmer schon für dich reserviert.«

Jetzt oder nie.

»Hast du noch ein zweites für mich? Ich komm nicht allein.«

Stille. Sendepause. Sabine konnte sekundenlang nur Gittis Atem hören.

»Du kommst nicht allein?«, fragte sie dann leise.

»Nein, deshalb brauch ich ja ein zweites Zimmer.«

»Ihr schlaft nicht im selben?« Gitti klang ein bisschen erstaunt, aber irgendwie auch enttäuscht. Eigenartig.

»Nein«, erwiderte Sabine schmunzelnd. »Ich liebe ihn zwar, aber das wär dann doch komisch in meinem Alter.«

»Was hat denn dein Alter damit zu tun?«

»Nicht nur meines, auch seines, Gitti. Ich red von meinem Großvater! Der hat in seiner Jugend eine Zeit lang in Mela gearbeitet, aber das hat er mir erst erzählt, wie er die Apfelbäume vor dem Apfelhof in dem Film gesehen und wiedererkannt hat.«

Sabine war sich sicher, dass die Gitti merkte, wie aufgeregt sie war. Nicht wegen dem, was sie sagte, sondern wegen dem, was sie verschwieg.

»Oh.« Das klang jetzt so, als ob Gitti ein Stein vom Herzen gefallen wäre. »Jetzt versteh ich. Du willst ihn nicht allein lassen. Wie alt ist er denn?«

Sabine atmete bei der Frage erleichtert auf. Das klang nicht so, als ob ihre Freundin in Mela irgendwas anderes vermutete als das, was sie ihr gesagt hatte.

»Zweiundneunzig«, antwortete sie. »Aber der Nonno ist rüstiger als wir beide zusammen. Es geht nicht drum, dass ich ihn nicht allein lassen kann, ich will ihm einfach eine Freude machen.«

»Nonno? Ist er Italiener?«

Sabine lachte auf. Das war so etwas bei ihnen in Südtirol, was sie einfach nicht verstehen konnte. Die Provinz Bozen war schon über hundert Jahre italienisch, da sollten sich eigentlich alle daran gewöhnt haben.

»Wir sind doch alle Italiener, Gitti, oder nicht?«

»Ja, das schon, aber du weißt doch, wie ich das meine. Also, ist er?«

»Nein, seine Muttersprache ist Deutsch, aber die meiner Großmutter war Italienisch, und so habe ich die beiden immer Nonno und Nonna genannt.«

Gitte seufzte erleichtert. »Das ist gut. Dann muss ich mich nicht anstrengen und ständig nach Wörtern suchen, wenn ihr da seid. Und ja, er kann das Zimmer neben deinem haben, außer du willst, dass er im Erdgeschoss untergebracht ist wegen der Treppe.«

»Gitti«, erwiderte Sabine lachend. »Der Nonno und ich sind gestern vom Pragser Wildsee zur Grünwaldalm gewandert, ihm machen ein paar Stufen wirklich nix aus.«

»Das klingt so, als ob er die männliche Variante von Liesis Großmutter wäre. Erinnerst du dich noch an die Filomena?«

Sabine brachte kein Wort heraus. Ihre Stimme war plötzlich weg, die Kehle eng. Sie schnappte nach Luft und musste husten.

»Alles in Ordnung mit dir?«, fragte Gitti zaghaft. »Entschuldige, Sabine, das wollte ich nicht. Ich bin manchmal wie ein Elefant im Porzellanladen. Der Tag, an dem wir alle auf dem Apfelhof waren, war ja nur zwei Tage bevor deine Eltern ... Entschuldige!«

»Gitti!«, rief Sabine. »Mein Hals hat nur gekratzt, keine Ahnung warum. Pollen vielleicht. Und ja, natürlich erinnere ich mich noch an Liesis Großmutter, obwohl ich sie nur einmal kurz gesehen habe.«

Sie suchte nach den richtigen Worten, aber das, was ihr Kopf dachte, konnte sie ja nicht so einfach aussprechen. Nicht, wenn sie Gitti nicht die ganze Geschichte erzählen wollte – und das war keine gute Idee. Sie wusste ja nicht einmal, ob und wie sie den Nonno dazu bringen würde, mit ihr nach Mela zu fahren. Auch heute hatte er beim Abendessen kein Wort über das gesprochen, was sie mittlerweile für sich als heikles Thema bezeichnete.

Der unreife Plan, den sie vor ein paar Stunden gefasst hatte, war voller Löcher, obwohl Gitti ihr mit der Einladung eine Steilvorlage geliefert hatte.

Ihr Großvater könnte rundheraus ablehnen, mit ihr nach Mela zu fahren.

Aber selbst wenn er mitkommen würde, hatte sie nicht die geringste Ahnung, wie sie mit ihm zum Apfelhof der Pinkers kommen sollte. Nicht, dass sie die Strecke nicht kannte, die paar hundert Meter Luftlinie waren kein Problem. Doch sie konnte sich ja nicht einfach selbst dort einladen!

Außerdem ... Der Nonno würde sich, sofern sie ihn überhaupt nach Mela bekam, mit Händen und Füßen sträuben – das war so sicher wie das Amen in der Kirche. Er hatte den Apfelhof im Herbst 1953 verlassen und war nie wieder zurückgekehrt. Warum sollte er es also jetzt tun, fast siebzig Jahre später? Hätte er das gewollt, so hätte er es irgendwann nach Nonna Concettas Tod tun können. Hatte er aber nicht. Fragt sich nur warum. Dachte er, dass Filomena geheiratet hatte, so wie er es getan hatte? Dass sie ihn vergessen hatte? Wobei, Sabine konnte sich nicht erinnern, dass irgendwer während ihrer Zeit in Mela Liesis Großvater erwähnt hatte. Andererseits ... Nicht alle Menschen wurden neunzig oder älter.

Plötzlich hatte sie eine Eingebung.

»Sag, Gitti, was ist eigentlich mit Filomenas Mann?« Die Frage war unverfänglich.

»Sie hatte nie einen, Sabine. Wieso fragst du?«

»Aber Liesi ist doch ihre Enkelin!«

»Man muss ja nicht heiraten, um ein Kind zu kriegen, Sabine. Das solltest du eigentlich wissen, immerhin sind Grundschullehrer auch für die Aufklärung zuständig, oder nicht?«, meinte Gitti lachend.

Sie ließ sich von der Heiterkeit anstecken. Das war auch viel angenehmer und ungemein erleichternd.

»Ja, klar weiß ich das. Aber nein, ich bin ja keine Lehrerin mehr, allerdings hatte ich großes Glück, weil ich während meiner Zeit an den verschiedenen Schulen nie Schüler aufklären musste. Die Sache mit den Bienen und Blumen liegt mir nicht so.«

»Ach Sabine.« Gitti kicherte. »Du bist so herzerfrischend. Ich freu mich schon auf das Wochenende – und die anderen sicher auch, sobald ich ihnen sage, dass du kommst. Wir essen ja am Sonntag immer alle gemeinsam hier bei uns, wie du weißt – und gestern war sogar die Filomena da. Vielleicht kommt sie wieder, dann hat dein Nonno jemanden in seinem Alter, mit dem er reden kann. Was meinst du?«

Nachdem Sabine das Gespräch ziemlich rasch beendet hatte, weil sie schlichtweg nicht mehr in der Lage war, unbeschwert und locker weiterzureden, fiel ihr ein, dass sie auch diesmal nicht nach dem Bertl gefragt hatte. Gitti erwähnte ihn nie. Plötzlich war das dumpfe Gefühl in ihrer Brust wieder da. Wie oft hatte sie sich schon ausgemalt, dass er mittlerweile geheiratet hatte und Vater geworden war – nicht unbedingt in dieser Reihenfolge. Wobei die aber total egal war, denn jetzt flatterte ihr Puls und sie zitterte bei dem Gedanken, dass er mit dieser Frau und womöglich sogar einem Baby am Sonntag auf dem Guflerhof auftauchen würde. Vielleicht sollte sie die Gitti noch einmal anrufen und nach dem Bertl fragen? Ihr für das Wochenende abzusagen, auch wenn sie dadurch die Möglichkeit zerschlug, dass ihr Großvater und Liesis Großmutter sich wiedersehen könnten? Oder aber ...

Sabine lief bloßfüßig aus dem Zimmer, klopfte an die Tür von Großvaters Schlafzimmer und öffnete sie, als sie meinte, etwas gehört zu haben. Sie trat bereits über die Schwelle, als er »Herein« sagte und sie neugierig anschaute. Sie hob den Zeigefinger der rechten Hand und ging auf ihn zu.

»Sag jetzt nichts, Nonno. Kein Wort, hast du gehört?«

Er sprach nicht, was sie irritierte, weil er doch sonst nie tat, was man von ihm verlangte. Stattdessen schaute er sie nur fragend an, hoch aufgerichtet und stolz, wie alle den Johann Holzer kannten. Daran änderte auch der dunkelblaue Pyjama nichts. Im Gegenteil. Das Oberteil war wie eine Jacke geschnitten und aus seidigem glänzendem Stoff, das Revers mit einer weißen Paspel verziert. Sabine spürte das Gefühl der Wärme, das sie immer erfüllte, wenn sie in seiner Nähe war. Sie liebte ihn von ganzem Herzen – und wenn sie irgendetwas tun konnte, was ihn glücklich machte, dann tat sie es. Aber noch nie war es so etwas Großes gewesen wie das, von dem sie hoffte, dass es sich verwirklichen würde.

»Wir beide fahren übers Wochenende weg. Entscheide du, ob du meinem Cinquecento vertraust oder ob du lieber deinen Mercedes-Benz nehmen willst.«

»Er heißt SL«, fiel er ihr ins Wort.

Sabine schmunzelte. Er würde nie tun, was man ihm sagte.

»SL, ich weiß.« Sie rollte mit den Augen. »Wie gesagt, die Entscheidung des Autos überlasse ich dir. Unsere Zimmer habe ich schon reserviert. Wir fahren am Samstag nach dem Frühstück.«

Sie beugte sich vor und drückte ihm ein Bussi auf die eine Wange, dann auf die andere, drehte sich um, um die offen stehende Tür bereits hinter sich zuzuziehen, als er sprach.

»Entschuldige, Sabinchen.«

Sie schaute über die Schulter, die Hand auf der Klinke. »Ja?«

»Sagst du mir bitte, wohin wir fahren? Ich muss wissen, was ich einpacken soll.«

»Nach Mela, Nonno. Wir fahren nach Mela.«

Sabine wusste später, als sie im Bett lag, noch immer nicht, was sie sich erwartet hatte. Doch das war ohnehin unwichtig, denn die Reaktion ihres Großvaters wäre keine der Optionen gewesen, die sie sich hatte vorstellen können.

Er hatte genickt und gelächelt. »Das ist gut, Sabinchen. Sehr gut.«

Ungefähr zur gleichen Zeit in Mela

»Na endlich!« Liesi nahm den Anruf beim ersten Klingeln an.

»Sag nicht, dass du den ganzen Abend gewartet hast, dass ich mich melde.« Gitti schmunzelte.

»Gut, dann sage ich es nicht. Vor allem weil es nicht stimmen würde, denn du hast gesagt, dass du sie mittags anrufen wolltest. Also warte ich schon viel länger!« Sie klang beleidigt wie ein kleines Kind.

Gitti lachte auf. »Da war die Sabine nicht erreichbar. Aber ich schwöre, dass ich bis vor einer Minute mit ihr gesprochen habe. Du bist also die Erste, die ich anrufe.«

»Bla, bla, bla. Mach's kurz, ich will die Leitung frei haben für den Chris.«

»Jessas, ich hab schon vergessen, wie unleidlich du immer wirst, wenn er ein paar Tage in München ist.«

»Ich bin nicht unleidlich, Gitti, er fehlt mir einfach. Ich schlaf nicht gut, wenn er nicht da ist.«

Gitti verbiss sich eine Antwort, allein schon deshalb, weil sie keine Ahnung hatte, wie es sich anfühlen würde, wenn Leon nicht neben ihr einschlafen und neben ihr aufwachen würde. Bis auf die paar Nächte nach den

Geburten ihrer Kinder, als sie im Krankenhaus bleiben musste, waren sie nie getrennt gewesen.

»Also gut, Liesi, ich machs ganz kurz. Sie kommt.«

»Wann?«

»Am Wochenende.«

»Was, echt? Das ist großartig!«

»Ja, find ich auch. Es hat nur einen Haken.«

»Sag jetzt net, dass sie mit einem Mann kommt.«

Gitti kicherte. »Den Gefallen kann ich dir net tun, sie

kommt nämlich mit einem Mann.«

»Net wirklich«, stieß Liesi enttäuscht aus.

»Doch, aber genau wegen ihm brauche ich deine Hilfe.«

»Was soll ich denn mit dem Mann von der Sabine anfangen? Ich hab doch selber einen.«

Gitti hielt sich inzwischen den Bauch vor lauter Lachen. Leon, dem sie ihr Gespräch mit Sabine bereits stichwortartig umrissen hatte und der sich nun neben ihr bäuchlings aufs Bett fallen ließ und auf den Ellenbogen aufstützte, grinste übers ganze Gesicht.

»Gar nix sollst mit ihm tun, Liesi. Du musst nur schauen, dass die Filomena am Sonntag beim Mittagessen wieder mit dabei ist.«

»Du spinnst, Gitti. Willst jetzt, dass meine alte Großmutter einen jungen Hupfer bezirzt, damit der Bertl freie Bahn hat?«

Sie hielt kurz die Luft an und schluckte das nächste Glucksen runter, bevor sie antwortete.

»Das mit dem Bezirzen ist gar keine schlechte Idee, Liesi. Der Mann, den die Sabine mitbringt, ist nämlich ihr Großvater, und er ist auch schon über neunzig. Es wär doch nett, wenn sich die beiden kennenlernen würden. Aber sag Filomena nichts von ihm.«

Liesi kicherte. »Genau so machen wir das, Gitti. Tolle Idee!«

»Ich freu mich schon auf das Wochenende«, sagte Gitti zu ihrem Mann. nachdem sie das Gespräch mit ihrer Freundin beendet hatte, schubste Leon auf den Rücken, verwuschelte seine Löwenmähne und kuschelte sich in seine Arme.

Kapitel 8

Bertl Kofler war mit Karl, seinem langjährigen Mitarbeiter und Winzer, seit Sonnenaufgang in den Reben unweit seines Hofs. Trotz des kalten zurückliegenden Winters hatten die Weinstöcke früh ausgetrieben. Die Rispen waren gewachsen und an ihnen hatten sich bereits die unscheinbaren und nur aus der Nähe wahrnehmbaren Blüten gebildet. Liebevoll berührte Bertl eine, hob sie ein wenig an und lächelte.

»Du schaust drein wie der Zeus früher, wenn du ihm ein Schüsserl Milch gegeben hast.«

Bertl ließ die Weinblüte los und wandte sich lachend zu Leon um.

»Damals war es ein Schüsserl, heute schlabbert er aus einem Kübel und frisst mir die Haare vom Kopf.«

»Was für ein Glück, dass du so viele hast.«

Leon trat näher und legte seinem Freund eine Hand auf die Schulter. »Hast Zeit für einen Kaffee?«

»Ich weiß nicht. Eigentlich wollt ich dem Karl helfen, damit wir heut mit allen Reben fertig werden.«

Trotz seiner Größe stellte er sich, noch während er sprach, auf die Zehen und schaute ein paar Reihen weiter. Endlich entdeckte er, wen er suchte.

»Magst auch an Kaffee, Karl? Wir machen dann gleich weiter.«

Der Mann mit dem wilden schwarzen Vollbart, der in krassem Gegensatz zu seiner Glatze stand, winkte ab und rief zurück.

»Geh nur, Bertl, des schaff i scho ohne di, und wann i hier fertig bin, fahr i rüber zum Vernatsch.«

»Soll i dir an Kaffee bringen?«

Karl wedelte nur mit dem Arm, was offenbar nein bedeuten sollte.

»Trinkt er überhaupt was anderes als Wein?«

Bertl lachte, legte nun seinerseits einen Arm um die Schultern seines Freundes, und ging aufwärts zum Hauptgebäude des Koflerhofs.

»Frag mich nicht, Leon. Egal, was ich ihm anbiete, er sagt immer Nein – und die anderen Arbeiter genauso. Vor allem die, die hier auf dem Hof leben. Wahrscheinlich, damit sie mich nicht nach drüben in ihr Haus einladen müssen. Dabei wüsst ich schon gern, wie das schmeckt, was da am Abend immer so gut riecht.«

»Als ob du dich beschweren müsstest. Die Marie kocht doch gut.«

Inzwischen waren sie vor dem Haus angelangt, wo Zeus in der Sonne lag, nur ein Auge öffnete und träge ein einziges Mal mit dem Schwanz wedelte. Bertl zog seine erdigen Schuhe mithilfe des uralten gusseisernen Stiefelknechts neben der Tür aus, bevor er sie aufstieß. Leon schmunzelte, als er die verschiedenfarbigen Socken an seinen Füßen sah, was so typisch war. Nicht, dass der Bertl farbenblind war, aber er hatte eben keine Gitti, die dafür sorgte, dass er nicht wahllos das anzog, was er in aller Herrgottsfrüh tastend in der Kommode zwischen die Finger bekam.

»Die Marie kocht gut, aber sie arbeitet ja net nur für mich.

Sie putzt ja auch die Praxis von der Traudl und jede Nacht in der Apotheke.« Leon betrat die Küche, wo Bertl flink gemahlenen Kaffee in die Moka füllte, den oberen Teil zuschraubte und sie auf die Herdplatte stellte, bevor er sich zu ihm umdrehte. »Außerdem macht die Marie immer dieselben Eintöpfe für mich und davon so viel, dass ich tagelang immer dasselbe essen muss.«

»Na, dann hat die Gitti wirklich eine gute Idee gehabt. Sie hat mich zu dir geschickt, damit ich dich frag, ob du für Sonntag ein Spanferkel hast.«

»Aber wir haben doch erst zu Ostern eins gegessen.«

»Des is doch scho ewig her, Bertl. Außerdem hat sie das im Ofen gemacht, aber jetzt, wo das Wetter schön ist, wollen wir es draußen auf dem Holzkohlengrill am Spieß machen.«

Bertl zuckte mit den Achseln und nahm die gluckernde Moka vom Herd, teilte den Inhalt auf zwei Tassen auf und reichte Leon die eine. Dann lehnte er sich an die Küchenzeile.

»Also das eine Ferkel, das ich schlachten könnte, hat sicher schon achtzehn Kilo. Da habt ihr dann die ganze nächste Woche noch was zu essen. Oder kommen eure großen Kinder dieses Wochenende?«

Leon hob die Tasse vors Gesicht, pustete hinein und verbrannte sich trotzdem die Lippen an dem heißen Kaffee, als er einen vorsichtigen Schluck nahm. Aber das war besser, als mit der Tür ins Haus zu fallen. Die Gitti hatte ihm ganz genaue Anweisungen gegeben, als ob es sich um eine Mission handeln würde, die über Leben und Tod entschied.

»Nein, die beiden kommen erst im Sommer nach Semesterende. Wobei der Peter ja heuer abschließt und dann bald zum Arbeiten anfangt, und die Susi wird einen Sommerjob direkt in Newcastle annehmen. Jetzt hat sie aufgrund des Brexits nur eine Chance, später nach dem Studienabschluss in England einen fixen Job zu finden, wenn sie vielleicht einen Arbeitgeber davon überzeugt, die Richtige zu sein. Sonst schaut es mit einer Arbeitserlaubnis nicht gut aus.«

»Sie will nicht zurückkommen?«

Leon hob die Achseln. »Sie ist doch erst im zweiten Jahr an der Northumbria, Bertl. Da kann noch viel passieren. Aber im Moment ist sie einfach nur froh, dass sie nicht mehr zu achtzig Prozent Fernunterricht aus dem Studentenheim machen muss und Newcastle wieder auskosten kann. Außerdem war internationales Tourismusmanagement immer ihr Traum und Englisch ist ihre Lieblingssprache.«

Bertl nickte. »Dann sind wir also die Üblichen?« Er begann an den Fingern abzuzählen, während er die Namen aussprach. »Liesi, Chris, Traudl, Marcus, Gitti, du und ich. Sieben.«

»Du hast die Annie vergessen.«

»Deine Kleine mag doch kein Spanferkel, weil sie nix isst, was sie vorher quietschlebendig gekannt hat, Leon.« Bertl kippte seinen Kaffee runter und stellte die Tasse in die Abwasch. »Sieben. Aber wenn die Gitti das so will, dann schlacht ich halt eins – wenn du mir dabei hilfst.«

»Das auf jeden Fall. Aber wir sind am Sonntag nicht nur sieben, Bertl.«

Leon stellte seine Tasse ebenfalls in die Abwasch und schaute seinem Freund in die Augen.

»Nicht? Wer kommt denn noch?«

»Die Filomena – und noch zwei Leut.«

»Sag jetzt nicht, dass ihr irgendwelche Hausgäste zu unserem Sonntagsessen eingeladen habt!« Bertl stieß einen Seufzer aus.

»Na ja, sie schlafen schon bei uns, aber die eine ist eine Freundin von der Gitti.«

Leon machte einen Schritt zur Seite. Bertl wischte sich die Hände an dem Geschirrhangerl ab, mit dem er die Tassen getrocknet hatte, und schaute ihn dabei fragend an.

»Aber die Freundinnen von deiner Frau sind doch alle von hier. Warum übernachtet die bei euch?«

»Weil sie nicht von hier ist.«

Leon fühlte sich wie eine Nuss, um die sich die beiden Zangenarme eines Nussknackers schlossen.

»Aso? Von wo ist sie denn?«

Jetzt oder nie. Leon stieß die Luft aus, die sich irgendwie in seinem Mund gesammelt hatte, ohne dass er es bemerkt hatte.

»Aus dem Pustertal.«

Bertl begriff sofort – und wurde kalkweiß. Er griff mit einer Hand nach dem Rand der Arbeitsplatte, die Fingerknöchel traten hervor. Er schluckte, starrte ihn an, schluckte wieder.

»Die Sabine kommt?« Seine Stimme war tonlos, die Augen weit aufgerissen.

Leon nickte.

»Mit ihrem Mann?«

»Nein, mit ihrem Großvater.«

»Sie hat also keinen Mann?«

Leon lachte schallend auf. Wenn diese Frage das einzige Problem vom Bertl ausdrückte, dann standen die Chancen wirklich gut, dass Gittis Aktion kein Fehlschlag wurde.

»Also, hat sie oder nicht?«, bohrte Bertl nach.

Leon grinste. »Glaubst du, sie hätte die Einladung von der Gitti angenommen und würde übers Wochenende kommen, ohne ihren Mann mitzubringen?«

»Ich würd es nicht tun, wenn ich einen hätt«, flüsterte

Bertl, räusperte sich, sprach heiser weiter. »Also eine Frau, mein ich.«

»Da hast du die Antwort.«

»Bist du sicher?«

Leon hob beide Arme und legte seine Hände auf Bertls Schultern. Er packte fest zu und schaute ihm in die Augen.

»Absolut sicher. Also, was ist mit dem Spanferkel? Kann ich der Gitti sagen, dass du es schlachtest?«

»Nein. Wir schlachten es gemeinsam, und dann bringen wir es rüber zu euch.«

»Jetzt?« Leon starrte seinen Freund an, dann kontrollierte er, welche Hose und welches Hemd er anhatte.

»Ja, jetzt oder nie. Wenn das Fleisch gut sein soll, muss es abhängen, das weißt du doch. Und bei dem Gewicht sind vier Tage gerade richtig. Wir wollen ja keine schlechte Figur machen mit euren Gästen, oder?«

Bertl zwinkerte ihm zu und wirkte dabei, als ob ihm das, was er gerade erfahren hatte, nichts ausmachen würde. Das nahm ihm Leon aber nicht ab und gab sich geschlagen. Irgendwie hatte er das Gefühl, dass er jetzt besser noch hierbleiben sollte. Lieber half er also seinem Freund sofort beim Schlachten, auch wenn er nicht das richtige Gewand anhatte. Sobald der Bertl nämlich das, was er ihm angekündigt hatte, wirklich begriff, fragte er ihn sicher, wieso die Gitti mit der Sabine in Kontakt war und er nichts davon wusste. Außerdem kam der Tierarzt ohnehin nie vor halb zwölf zur Kontrolle der Rinder, da er darauf spekulierte, dass ihn die Gitti dann zum Mittagessen einlud.

Es war später Abend, als Bertl es nicht mehr schaffte, sich gegen den wiederkehrenden Gedanken zu wehren, der ihn seit dem Gespräch mit Leon piesackte. Sabine. Er musste nicht die Augen schließen, um sie vor sich zu sehen. Ihren schlanken Körper mit den Rundungen an den richtigen Stellen. Die feuerroten Haare, die sie den ganzen Tag über zu einem Pferdeschwanz gebunden trug, aber am Abend offen ließ. Das eine wusste er, weil er sie damals ein paarmal gesehen hatte, wenn sie in ihrem roten Cinquecento zur Schule oder zurück zum Guflerhof fuhr. Und das nicht, weil sie an seinem Hof vorbeikam, sondern da er schon nach einer Woche ihren Stundenplan kannte und ihr manchmal hinterhergefahren war.

Na ja, nicht nur hin und wieder. Eigentlich jeden Tag.

Er hatte sie beobachtet, wenn sie vor der Grundschule aus dem Wagen gestiegen und sofort von ein paar Schülern umzingelt worden war. Ihr Lächeln hatte er gesehen und sich gewünscht, wieder neun oder zehn Jahre alt zu sein, um sie ebenso anhimmeln zu können wie die Kinder. Obwohl er sich damit ein Eigentor geschossen hätte, weil das, was er spürte, wenn er sie vor Augen hatte, so gar nichts mit kindlicher Schwärmerei zu tun hatte. Hundert Varianten hatte er sich überlegt, was er zu ihr sagen würde, wenn er sie endlich allein erwischen würde.

Um ein Date hatte er sie bitten wollen. Ausgerechnet er, der nie irgendeine Frau zum Essen ausgeführt hatte – außer der Liesi. Aber die hatte in ihm immer nur eine Art Bruder gesehen, mit ihm gelacht und gestritten, genau so, wie sie es als Kinder gemacht hatten. Von klein auf. Schon lang vor dem Bergunfall ihrer Eltern, bei dem alle vier auf dem Vellauer Felsenweg von einem Wettersturz erwischt worden und von dem schmalen, ungesicherten Grat abgestürzt waren – ins Bodenlose. Damals waren sie beide elf und plötzlich Vollwaisen. Heute wusste er, dass das, was er immer für die Liesi gespürt hatte, keine Liebe, sondern Beschützerinstinkt gewesen war. Das hatte er vor zwei Jahren, als der Chris Bergmann aufgetaucht war und sie sich in ihn verliebt hatte, schmerzhaft erfahren. Nicht zuletzt an dem Tag, an dem Chris ihn mit einem Kinnhaken in Gittis Küche k. o. geschlagen hatte. Und genau da war die Sabine Holzer plötzlich in der Küchentür aufgetaucht – und er hatte sie stumm angestarrt.

Wortlos war er gewesen, nicht nur in dem Moment, sondern all die Wochen danach, solang sie in Mela war. Wobei er schon geredet hatte, aber nie so, wie er eigentlich wollte – nämlich mit ihr allein. Fast jeden Abend war er hinübergefahren zum Guflerhof, um sich vom Leon einen Hammer oder eine Zange auszuleihen, obwohl sie doch beide wussten, dass seine Werkstatt besser ausgestattet war als die seines Freundes. Aber es war ihm eben nichts anderes eingefallen, um die Sabine zu sehen. Bis zu dem Abend, an dem sie dann alle auf dem Apfelhof waren und Chris die Urne seiner Mutter unter den drei Apfelbäumen vergraben hatte. Dass ausgerechnet er der Enkel von Filomenas Cousin Jakob Pinker war, den dessen Vater adoptiert hatte, hatten sie alle erst kurz davor erfahren, und daher war die Stimmung so eigenartig gewesen. Mystisch irgendwie.

Nur deshalb hatte er nach Sabines Hand gegriffen, als sie endlich aufgetaucht war und sich wie selbstverständlich ausgerechnet neben ihn gestellt hatte. Wahnsinnig gut hatte es sich angefühlt, ihre schlanken Finger festzuhalten, die sie ihm nicht entzogen hatte. Geredet hatten sie nichts, sich nur ein paar Blicke zugeworfen – bis Gitti und Leon heimgefahren waren, und sie mit ihnen.

Bertl hatte sich die ganze Nacht einen Idioten geschimpft, weil er sich wieder wie ein Hornochse benommen hatte, noch dazu ein stummer, und dann hatte er beschlossen, dass damit Schluss sein musste. Ein für alle Mal. Am nächsten Tag hatte er zum Hof seiner Freunde fahren und Sabine fragen wollen, ob sie mit ihm essen gehen wollte. Aber dann hatte eine Sau geworfen und er hatte auf dem Hof bleiben müssen. Und am nächsten Tag ...

Bertl öffnete die Balkontür seines Schlafzimmers und ging nach draußen. Er hob den Kopf, schaute hinauf in den sternenklaren Himmel und erinnerte sich zurück.

Feig war er gewesen. Seine neuen Jeans hatte er angezogen und dazu die blank polierten Schuhe, war ins Auto gestiegen – und ewig lang sitzen geblieben. Irgendwie hatte er es nicht geschafft, den Zündschlüssel ins Schloss zu stecken und den Motor zu starten. Stattdessen hatte er darüber nachgedacht, was eine Frau wie die Sabine denn an einem wie ihm finden sollte, der schon ewig allein lebte und nie eine Beziehung gehabt hatte, weil er geglaubt hatte, in seine beste Freundin verliebt zu sein. Wahrscheinlich hätte sie ihn ausgelacht und in die Wüste geschickt, denn sie war ja ausgerechnet in dem Moment in Mela eingetroffen, als er am absoluten Tiefpunkt war und sich vor all seinen Freunden zum Trottel gemacht hatte. Doch wenigstens hatte ihr niemand erzählt, dass er jedes Wochenende einen Abend im Discostadl gewesen war, sich Mut angetrunken und hin und wieder mit irgendeinem von den Madln, die aus Bozen oder Trient dort waren, um sich zu amüsieren, genau das gemacht hatte. Als die Erinnerung daran sein Hirn flutete, war er aus seinem Auto wieder ausgestiegen, zurück ins Haus gegangen und hatte sich in seinem Bett verkrochen. Nicht nur einmal. Bis er dann endlich den Mut gefunden und beschlossen hatte, tags darauf hinüber zum Guflerhof zu fahren und die Sabine endlich einzuladen – aber da war es zu spät gewesen.

Der Rest war längst Geschichte. Eine ausgesprochen schmerzhafte, beginnend bei seinem kläglichen Scheitern, Sabine zum Tod ihrer Eltern zu kondolieren.

Bertl zog im Geiste die Linien nach, mit denen man die einzelnen Sterne im Himmel verbinden musste, um den Großen Wagen zu erkennen, wobei ihm der Name Großer Bär viel besser gefiel. Ein Stück davon entfernt, etwas weiter oben am Nordhimmel, erkannte er den Kleinen Bären. Die beiden hatte ihm sein Onkel damals in dem Sommer in Kanada gezeigt, als er bei ihm, dem ehemaligen Spieler und Jugendtrainer der Eishockeynationalmannschaft, war. Viel hatte er von ihm gelernt und war mit einer gehörigen Portion Selbstbewusstsein und unheimlich stark ausgeprägten Muskeln wieder zurückgekommen. Letztere hatte er immer noch, sogar mehr davon, und zwar ohne sich in einem Fitnesscenter abzurackern. Die Selbstsicherheit jedoch, die er in der Oberstufe gehabt hatte, die war weniger geworden. Die brauchte er ja auch weder in den Reben noch im Stall, schon gar nicht oben in den Wäldern.

Aber jetzt hatte er ein paar Tage, in denen er das Vertrauen in sich wiederfinden musste.

Bertl hatte nicht die geringste Ahnung, warum Sabine am Wochenende kommen würde. Dass er mit dem, was er am letzten Sonntag beim Mittagessen so unüberlegt gesagt hatte, Gittis Fantasie angestachelt hatte und sie, die immer alle glücklich sehen wollte und am liebsten das Leben der anderen organisieren wollte, damit sie es auch wirklich waren, die Initiative ergriffen hatte, das lag auf der Hand. Nicht jedoch, wieso die Sabine nach so langer Zeit kommen würde.

Seinetwegen sicher nicht, das war ihm klar.

Aber warum sollte er nicht versuchen, das herauszufinden, was er damals nicht geschafft hatte?

Bertl wusste genau, was er fühlte, wenn er an sie dachte – seit zwei Jahren. Das hatte sich nicht geändert. Aber in diesem idiotischen Zustand konnte er nicht weiterleben.

Entweder schloss er das Kapitel ab, um ein neues zu beginnen – ohne Sabine Holzer in seinen Gedanken und Träumen –, oder aber das, worauf er damals gehofft hatte, war doch keine Einbildung gewesen.

Vielleicht mochte sie ihn auch ein bisschen? Oder ein bisserl mehr als das?

Aber wenn er weiterhin feig den Schwanz einzog, würde er das nie wissen.

Deshalb ... Das Ferkel war geschlachtet, die Gitti bereitete sicher ein großartiges Sonntagsessen vor – und er würde dort sein.

Wobei ... Leon hatte gesagt, dass Sabine am Wochenende hier sein würde. Das bedeutete, dass sie schon am Samstag kam. Nicht erst am Sonntag, wenn er sich vor allen seinen Freunden zum Affen machen würde, weil er sicher stottern oder gar kein Wort herausbringen würde, sobald sie vor ihm stand. Nein, er würde nicht warten. Irgendwie musste er es schaffen, sie allein zu erwischen, und zwar schon am Samstag.

Er nickte dem Mond zu. Genau so würde er das machen. Er war ein Mann, kein Waschlappen. Es war an der Zeit, dass er sich das selbst bewies, auch in seinem Privatleben. Nicht nur während der Gemeinderatssitzungen.

Kapitel 9

Liesi war todmüde. Sie hatte schon wieder kaum geschlafen. Sie schlurfte am Ende der Treppe durch die Diele zur Küchentür und drückte sie auf.

»Guten Morgen, Liesi.«

Ihre Großmutter strahlte mit der Sonne um die Wette, die grausam grell durch das Fenster hereinschien.

»Hast du einen Glückskeks gegessen?«

Filomena lachte. »Du weißt doch, was ich vom chinesischen Essen halte, also kennst du die Antwort.«

»Ursprünglich kommen sie aus Japan und dort isst man Sushi.«

»Noch schlimmer. Roher Fisch statt klebriger Enten mit honigsüßer Kruste. Nein, danke.«

»Filomena, diese Kekse macht man aus Waffelteig!« Sie schenkte sich Kaffee aus der großen Moka in die rote Tasse mit den weißen Herzchen, die ihr Chris geschenkt hatte, goss mit warmer Milch auf und ging zum Tisch, wo Filomena auf ihrem Platz unter dem Kruzifix saß.

»Den mag ich auch nicht«, sagte ihre Großmutter jetzt. »Übrigens, ich backe für Sonntag einen Apfelstrudel. Welchen Teig soll ich machen? Mürbteig oder Ziehteig?«

»Beide«, murmelte Liesi, griff nach einem Kipferl, zupfte

ein Stück ab und versenkte es genau so in ihrem Milchkaffee, wie es Filomena machte.

»Das wird zu viel, wenn wir vorher das Spanferkel essen. Wenn wir mehr Leut wären, aber so ...«

Liesi verschluckte sich – und kam endlich geistig im Hier und Jetzt an. Gitti hatte ihr gestern Abend noch eine Nachricht geschickt:

Das Ferkel hängt hier in der Speisekammer. Sag der Filomena nichts von der Sabine und komm morgen vorbei, wir müssen reden.

Eigentlich hatte sie endlich wieder eine Partie mit den drei Unverwüstlichen ausgemacht. Andrea, Erika und Grete hatten sich schon beschwert, weil sie auf WhatsApp kaum noch mitlas, und wenn, dann oft erst nach Tagen. Von den gemeinsamen Stunden am Golfplatz gar nicht zu reden. Sie hatte sich immer wieder mit der Pandemie entschuldigt, aber Tatsache war, dass sie schon vorher viel seltener auf dem Golfplatz war. Sie zog es eben vor, ihre arbeitsfreie Zeit mit Chris zu verbringen – und er die seine mit ihr. Aber er war immer noch in München, was wiederum der Grund für ihre erneute schlaflose Nacht war, also hatte sie vor zwei Tagen kurz entschlossen zugesagt. Aber da hatte sie nicht gedacht, dass die Gitti ihren Plan so rasch umsetzen würde.

Und jetzt sprach Filomena vom Spanferkel und davon, dass sie viel zu wenig Leute sein würden, als dass sich zwei Strudel auszahlen würden.

Das war zu viel und half ihr nicht dabei, alles für sich zu behalten. Vor allem weil sie nicht verstand, warum sie der Großmutter nicht sagen sollte, dass die Sabine Holzer mit ihrem Großvater kam. Aber bitte. Die Gitti war eine Autoritätsperson, und das seit der ersten Grundschule. Sie war klein und rund, aber wenn sie was sagte, kuschten alle. Abgesehen davon wusste die Liesi ganz genau, dass ihre Freundin nie irgendetwas sagte, nur um sich reden zu hören.

Nein, sie hatte immer für alles einen Grund. Aber um den in dieser einen speziellen Sache herauszufinden, musste sie Schritt für Schritt vorgehen.

Liesi stopfte sich den Rest vom Kipferl in den Mund, setzte die Tasse an die Lippen und trank sie leer. Dann sprang sie auf, als ob in dem Kaffee ein Aufputschmittel gewesen wäre.

»Mach einen Ziehteig, Filomena. Der ist weniger schwer nach dem Spanferkel.« Sie beugte sich vor und küsste ihre Großmutter auf die Stirn, bevor sie ihre Tasse zur Abwasch trug und zur Tür ging. Dort drehte sie sich noch einmal um. »Du musst heut nix für mich zu Mittag kochen. Ich hab ein paar Sachen zu erledigen, und dann fahr ich auf den Golfplatz, weil ich den drei Unverwüstlichen versprochen habe, dass ich mit ihnen spiele, und du kennst sie ja. Wenn ich heute wieder absage, dann kommt sicher irgendein Gerücht im Ort auf, und das brauch ich nicht.«

»Ach geh, Liesi. Über irgendwas reden die Leut doch immer. Lass sie. Aber dass du endlich wieder einmal mit Andrea, Grete und Erika spielst, das ist gut. Immer allein über den Platz zu laufen ist zwar auch gesund, aber so ein kleiner Wettkampf hat dir doch immer Spaß gemacht.«

»Früher, Filomena. Aber du hast recht. Ich werd mich ablenken. Vielleicht vergeht die Zeit dann schneller, bis der Chris endlich wieder zurück ist.«

Als Liesi fünf Minuten später das Haus verließ, meinte sie, Filomena immer noch lachen zu hören. Na ja, was wusste die Großmutter auch schon, wie sie sich fühlte. Sie hatte ja nie einen Mann an ihrer Seite gehabt.

Nicht einmal eine halbe Stunde später saß sie mit weit aufgerissenen Augen an Gittis Küchentisch und starrte ihre Freundin an.

»Das ... Na, des glaub i net. Da geht die Fantasie mit dir durch.«

Gitti schüttelte energisch den Kopf. Dann schob sie den Haarreifen zurück, der nach vorn gerutscht war.

»Glaub mir, Liesi, ich spür das. Ich hab einfach gemerkt, dass da mehr sein muss, wie die Sabine von ihrem Großvater gesprochen hat. Und dann hab ich sie gefragt, was sie mir verschweigt. Also. Ihr Nonno, wie sie ihn nennt, hat in seiner Jugend während einer Apfelernte in Mela gearbeitet – und ich trau mich wetten, dass er die Filomena kennt. Die beiden sind gleich alt und im Film hat er die Apfelbäume vom Apfelhof wiedererkannt. Das hätt er doch nicht, wenn er nie auf eurem Hof gewesen wär!«

Liesi winkte halbherzig mit der Hand ab und fragte zugleich: »Und was machen wir jetzt?«

Gitti lächelte sie an. »Weiter wie bisher. Also ich ohnehin und der Leon auch. Ihm hab ich es erzählt. Er muss ja eingeweiht sein, damit er sich nicht verplappert, falls er bei euch vorbeikommt. Es soll ja eine Überraschung für deine Großmutter sein, dass sie einmal jemand in ihrem Alter zum Reden hat, den sie vielleicht sogar kennt. Der Bertl weiß natürlich nix davon, der hat jetzt ganz andere Gedanken. Er hat übrigens für Freitag einen Termin beim Frisör ausgemacht.«

»Echt?«

Gitti nickte. »Ich war gestern Spitzen schneiden, wie er vorbeigekommen ist. Schnitt und Rasur, hat er gesagt.«

Gitti grinste und Liesis Mundwinkel wanderten nach oben.

»Ist dir eigentlich klar, was du da in Bewegung gesetzt hast?«

Gitti hob abwehrend die Hände hoch. »Ich hab nix gemacht. Wie hätt ich denn wissen sollen, was passiert, wenn ich eine Freundin im Pustertal anrufe?«

»Stimmt auch wieder. Aber eigentlich ist ja der Film dran schuld. Ich bin schon neugierig auf die Reaktion von Chris und Marcus, sobald sie es erfahren. Oder weiß es der Marcus schon?«

»Ja denkst du, ich hätt es der Traudl erzählt, bevor ich mit dir spreche?« Gitti verneinte mit dem Kopf. »Nein, ich hab ihr nur eine Nachricht geschickt, dass wir am Sonntag Spanferkel machen, und sie hat zurückgeschrieben, dass sie sich freut. Der Marcus kommt ja erst am Freitagabend vom Drehen zurück, aber das weißt du eh, und es reicht doch, wenn sie am Sonntag dabei sind. Außerdem kann ja niemand wissen, ob die zwei sich überhaupt aneinander erinnern. Wohl kaum. Ich hab nicht die geringste Ahnung, was Sabines Großvater in Mela gemacht hat. Wahrscheinlich war er einer der vielen Landarbeiter, die während der Apfelernte immer schon im Ort mitgeholfen haben. Ich hab sogar Probleme, mich an Gesichter von den Eltern der Mitschüler aus der Oberstufe zu erinnern, und die ist bei Susi und Peter nicht allzu lang her.«

Liesi nickte. »Übrigens hat der Chris auch noch bis Freitag in München zu tun, und das von Sabines Großvater will ich ihm erzählen, wenn er mir gegenübersitzt, nicht am Telefon.«

Jemand rief vom Flur: »Frau Gufler?«

Gitti rief: »Ich komm gleich«, und dann leiser an Liesi gewandt: »Das müssen die neuen Gäste sein. Aber wir haben eh nix mehr zu besprechen, oder?«

»Nein, aber du hast mir noch nicht gesagt, was ich am Sonntag mitbringen soll.«

»Nur die Filomena – und ihren Strudel.«

Normalerweise hätte Liesi jetzt gelacht, aber irgendwie fühlte sie sich nicht heiter, sondern war ausgesprochen nachdenklich. Deshalb nickte sie nur, verabschiedete sich von

Gitti mit den drei Küsschen und murmelte einen Gruß, als sie an den Pensionsgästen vorbei das Haus verließ.

Stunden später auf dem Apfelhof

Filomena Pinker stand am Fenster ihres Schlafzimmers und schaute hinunter auf den Ort. Längst war es dunkel und der Mond strahlte vom sternenübersäten Himmel. Sein Licht brachte die Wasseroberfläche des Eisflusses zum Glitzern, dort, wo es sich an den Steinen brach, die aus dem Flussbett hervorragten. So violent er im Winter sein konnte, wenn oben auf den Bergen der Schnee schmolz, so ruhig schien er jetzt im Frühjahr. Es hatte schon länger nicht mehr geregnet und die Temperaturen stiegen jeden Tag ein wenig mehr an. Oder es kam ihr nur so vor, weil es komplett windstill war. Oder aber ...

Sie griff sich in den Nacken und hob die Haare an. Die waren zwar nicht mehr so kräftig wie früher, als sie noch blond gewesen waren, aber sie waren immer noch lang und bedeckten ihren Hals, sobald sie den Zopf öffnete. Aber wem wollte sie denn was vormachen? Es lag nicht an den Haaren, ihrer Farbe oder Konsistenz oder aber dem Wind, der blies oder eben nicht, sondern an dem Film.

Seitdem sie *Apfelblüten im Regen* im Kulturhaus gesehen hatte, war sie unruhig. Sie fühlte sich anders als sonst.

Nicht, dass ihr irgendwas wehtun würde, denn sie war

pumperlgesund, wie ihr die Traudl jedes Mal bestätigte, wenn sie ihren Blutdruck maß und mit dem Holzstaberl ihre Zunge runterdrückte und sie »Aaaaaa« sagen musste, wie die kleinen Kinder. Die Traudl, die sie bereits auf ihren Knie geschaukelt hatte, war eine noch bessere Hausärztin als ihr Vater früher. So wie die Gitti eine großartige Mutter und ihre Liesi die beste Apfelbäuerin war, die man sich vorstellen konnte. Abgesehen davon, dass sie eine großartige Golfspielerin war, auch wenn sie heuer nicht mehr bei den Turnieren mitspielen wollte, weil sie ihre freie Zeit lieber mit dem Chris verbrachte, nachdem es letztes Jahr ohnehin wegen dieses Virus keine gegeben hatte. Filomena senkte die Arme, zog das lange Nachthemd nach unten und lenkte ihren Blick aus der Ferne weg und auf die Apfelbäume.

Es war genau der gleiche Zeitpunkt wie vor zwei Jahren, als Chris Bergmann plötzlich hier aufgetaucht war und nicht nur Liesi den Kopf verdreht, sondern auch ihr eigenes Leben auf den Kopf gestellt hatte. Zu erfahren, dass ihre Nichte, die sich nach ihrer Flucht vom Apfelhof und vor ihrem Vater nie wieder gemeldet hatte, Chris' Mutter gewesen und nicht mehr am Leben war, hatte ihr wehgetan. So viele Menschen hatte Filomena in ihrem Leben schon verloren – aber früher waren das eben die gewesen, die älter waren als sie selbst. Jetzt war sie zweiundneunzig und diejenigen, die starben, fast alle jünger als sie. Das tat noch mehr weh, weil es ungerecht war.

Sie hatte doch bereits ein langes erfülltes Leben gehabt, vielleicht nicht unbedingt immer glücklich, aber wer konnte schon von sich behaupten, nie unglücklich gewesen zu sein? So perfekte Geschichten wie die des Films, dessen Drehbuch Chris persönlich ausgesucht hatte und für den viele Szenen hier auf ihrem Hof gedreht worden waren, die gab es nur selten – wenn überhaupt. Der in Kreuzstich auf weißem

Leinen gestickte Spruch ihrer Großmutter Erzsebet, der unten in der Stube hängt, fällt ihr ein: *Das Leben ist nichts für Feiglinge. Nur wer wagt, kann auch gewinnen.* Und noch ein anderer, den ihre Mutter Agnes immer gesagt hatte: *Das Leben ist kein Zuckerschlecken.*

Für sie galt eindeutig nur der zweite. Nicht, dass sie sich beschweren würde, aber so, wie sie sich vor langer Zeit ihre Zukunft vorgestellt hatte, war es nicht gekommen. Doch jetzt, in ihrem Alter, dem nachzuweinen, was sie selbst kaputtgemacht hatte, bevor es wirklich beginnen konnte, hatte keinen Sinn. Sie war eben keine Schauspielerin in einem Film, in dem die beiden Hauptdarsteller allen Widrigkeiten trotzten und sich am Ende in den Armen lagen und rosigen Zeiten entgegensahen.

Sie wusste genau, warum sie so melancholisch war, seitdem sie *Apfelblüten im Regen* gesehen hatte. Dabei war es ja nicht so, als ob sie die Geschichte nicht längst gekannt hätte. Immerhin war sie doch von Beginn der Dreharbeiten an über alle Szenen informiert gewesen, vor allem, nachdem Chris hier aufgetaucht – und geblieben war. Er war ein guter Junge. Ein Mann, berichtigte sie sich und schaute durch das Fensterglas hinauf zum Mond. Einer, der ihre Liesi glücklich machte und noch bei ihr sein würde, wenn sie nicht mehr hier wäre. Chris Bergmann hatte nämlich das getan, was sie sich damals so sehr gewünscht hatte ...

Sie wischte sich eine Träne aus dem Augenwinkel, drehte sich um und durchquerte ihr Zimmer. Vor der Wand stehend streckte sie die Hand aus und öffnete die verborgene Tür zu dem engen Zwischenraum zwischen ihrem und dem benachbarten Raum. In dem schmalen dahinterliegenden Gang machte sie ein paar Schritte bis zur äußeren

Hausmauer und entfernte einen Wandziegel, wie zuletzt vor

zwei Jahren.

Sie zog die Schatulle aus dem Versteck, das ihre Großmutter Erzsebet hatte machen lassen, und entnahm ihr ein Foto. Erst als sie wieder in ihrem Zimmer war und sich auf die Bettkante setzte, hob sie es mit zitternden Fingern an.

Das Beben ihrer Hände hatte nichts mit ihrem Alter zu tun, sondern mit der Person, die auf dem Bild zu sehen war. Der Mann, den sie aus ganzem Herzen geliebt hatte. Sofias Vater und Liesis Großvater. Die Zeit hatte die Farben verblassen lassen. Aber damals waren Farbfotos noch selten und entweder blaustichig oder es lag über allem ein roter Schleier. Doch sie erinnerte sich immer noch, als ob seither nicht Jahrzehnte vergangen wären. Sie strich mit dem Zeigefinger über sein Gesicht. Er hatte gelocktes rotes Haar, das ihm in die Stirn fiel, und seine leicht schräg stehenden Augen waren von einem leuchtenden Grün. Ihretwegen hatte sie ihn immer »mein Kater« genannt.

Filomena erstickte das Schluchzen, das ihre Kehle hochkroch und ihr die Luft nahm. Dieser verflixte Film mit der herzzerreißenden Liebesgeschichte war schuld daran, dass sie ins Grübeln verfallen war und alles wieder hochkam, was sie hatte vergessen wollen. Nicht nur das Jahr 1953, das schönste ihres Lebens, bevor sie es mit ihrer Entscheidung zum schrecklichsten hatte werden lassen. Nein, vor allem den Moment, in dem die junge Lehrerin in dem emotionalen Moment, als sie die Urne mit Elisabeths Asche unter den Apfelbäumen vergraben hatte, aufgetaucht war.

Sabine Holzer. Was bis dahin nur ein Name für sie gewesen war, seitdem sich die Frau bei Gitti und Leon auf dem Guflerhof für die Zeit ihrer Vertretung in der Grundschule einquartiert hatte, hatte unvermittelt ein Gesicht bekommen. Eines, das von feuerroten Locken umrahmt war. Eines, das von grünen schräg stehenden Augen dominiert wurde. Katzenaugen. Ihre schlanke Gestalt und die Art, wie sie sich geschmeidig wie eine Katze bewegte. Wie ein Blitz hatte Filomena die Erkenntnis getroffen, dass diese Sabine nicht zufällig Holzer hieß wie so viele andere im Pustertal. Dem Tal, in das Johann damals dringend zurückmusste – und sie hatte mitnehmen wollen. Alles an der jungen Frau mit den roten Haaren und den grünen Augen hatte sie an ihn erinnert, so sehr, dass sie ihr gerade noch die Hand gereicht hatte und dann herauf in ihr Zimmer geflüchtet war.

Sie schüttelte sacht den Kopf, schloss die Augen und drückte die alte Fotografie an ihre Brust. Hätte sie geahnt, wie sehr sie ausgerechnet dieser Film, den Chris produziert hatte, aufwühlen würde, sie wäre nicht ins Kulturhaus mitgegangen. Jetzt war es zu spät, um das rückgängig zu machen, aber nicht, um endlich mit dem Grübeln aufzuhören.

Filomena öffnete die Augen, hob das Foto an ihre Lippen und küsste zart die Stelle, auf der das Gesicht des einzigen Mannes zu sehen war, den sie je geliebt hatte. Und dann, wie zuletzt vor zwei Jahren, schob sie es unter das Kopfkissen, drehte das Licht ab, zog die Decke hoch und schob eine Hand an die Stelle, an der es lag. Sie berührte altes Fotopapier, doch es fühlte sich an, als ob ihr Kater neben ihr läge. Er und die lange Nacht würden ihr helfen, endgültig mit dem abzuschließen, was sie ohnehin nicht ändern könnte. Morgen nach dem Aufstehen würde sie das Bild zurück in die Schatulle legen, diese wieder in das alte Geheimversteck bringen und es bis zu ihrem Lebensende nicht mehr hervorholen.

Kapitel 10

Samstag später Vormittag

Ihr Großvater hatte kein Wort mehr gesagt, seitdem Sabine in Bozen die Autobahn verlassen hatte und nach der Mautstelle auf die MeBo aufgefahren war, die Schnellstraße, die Bozen mit Meran verband und dem Flusslauf der Etsch folgte. Sie näherten sich der nächsten Ausfahrt. Auf der Tafel stand Terlano geschrieben, darunter Terlan in der zweiten Landessprache.

»Von hier kommt der Spargel, den du immer kaufst, richtig?«

Erstaunt wandte sie den Kopf nach rechts. »Ich hab schon geglaubt, dass ich allein im Auto bin.«

»Hab ich recht oder nicht?«

»Womit, Nonno?«

»Der Spargel, Sabinchen.«

Sie schmunzelte. »Ja, hast du. Und jetzt du.«

»Was?«

Ein erneuter Blick bestätigte ihr, dass er sie nicht ansah.

»Nonno!« Sie nahm eine Hand vom Lenkrad und drückte seinen Unterarm.

»Was denn?«

»Bist du sicher, dass du über Spargel mit mir reden willst, jetzt wo du endlich dein Schweigen beendest?«

»Kein gutes Thema?«

Sie lachte auf. »Du bist einmalig, Nonno. Wenn es dich nicht gäbe, müsste man dich erfinden.«

»Seit wann zitierst du Kalendersprüche?«, fragte er knochentrocken.

»Und seit wann spielst du tagelang den Schweigsamen, und wenn du dann endlich sprichst, redest du von Gemüse anstatt von dem, was dich beschäftigt?«

»Kannst du mir einen Gefallen tun, mein Kind? Fahr bitte bei der Raststätte raus, ich will einen Kaffee.«

Um was zu tun? Seinen Adrenalinspiegel, der sicher nicht minder niedrig war als ihr eigener, noch höher zu schrauben? Die Bemerkung lag ihr auf der Zunge, aber sie verbiss es sich, ihm zu antworten, setzte den Blinker und fuhr ab. Prompt zog der SL die Blicke aller auf dem Parkplatz auf sich. Der schwarze Lack glänzte mit den Chromleisten um die Wette – und der Großvater lächelte, als er aus seinem Wagen ausstieg, obwohl er auf der Beifahrerseite saß. Er hob den Arm, strich sich glättend über seine weiße Mähne, schob die Sonnenbrille mit der Schildpattfassung auf der Nasenwurzel nach oben und kam auf sie zu. Galant reichte er ihr seinen Arm – und Sabine spielte mit. Gott, sie liebte ihn so sehr! Dieser große elegante Mann, dem man sein Alter nur ansah, wenn man ganz nah vor ihm war, und selbst dann schätzte ihn niemand auf über neunzig, sondern bestenfalls Ende siebzig, war der wichtigste Mensch in ihrem Leben. Er war es immer schon gewesen, aber in den letzten zwei Jahren hatte sich zwischen ihnen etwas entwickelt, was Sabine nicht mit Worten beschreiben könnte, selbst wenn sie wollte.

Sie verstanden sich wortlos, teilten denselben Humor, viele Interessen, vor allem aber kommunizierten sie stumm miteinander. Auch jetzt, als er so tat, als ob sie seine jugendliche Geliebte wäre – und sie schmunzelnd mitspielte und ihm ein Küsschen auf die Wange drückte, während er ihr die Tür zum Raststättenlokal aufhielt. Er drückte seinen Rücken noch mehr durch, bevor er ihr eine Hand zwischen die Schulterblätter legte und sie vor sich her zum Tresen schob.

»Tesoro, vuoi qualcosa di dolce?«

Sabine biss sich auf die Lippe. Allein der Ton, wie er sie Schatz nannte und fragte, ob sie etwas Süßes wollte, war derart schnulzig, dass jeder Depp mitbekommen musste, dass der ältere ländlich-elegant gekleidete Herr einfach nur eine Rolle spielte. Aber offenbar machte er das besser als ein Schauspieler, denn Sabine bemerkte einige Schritte entfernt eine Frau, die ihrem Mann den Ellenbogen in die Seite rammte und mit dem Kinn in ihre Richtung deutete.

»Ma io ho te, amore, non mi serve nulla di dolce«, erwiderte sie mit einem Augenaufschlag, der den Blick, mit dem die verliebte Cockerspanieldame Susi in dem Disney-Zeichentrickfilm ihren Strolch bedachte, in den Schatten stellte.

Ich habe doch dich, Liebling, ich brauche nichts Süßes.

Jetzt klappte nicht nur die Kinnlade der Frau auf, sondern auch die ihres Mannes. Während Sabine mit ihrem Großvater bühnenreif das italienischsprachige Liebespärchen spielte, beide einen Espresso ohne Zucker tranken und das Lokal verließen, spürten sie unzählige Blicke auf sich – und lachten schallend los, als sie endlich im Auto saßen.

»Ich glaub, ich muss aufs Klo, Nonno«, prustete sie irgendwann.

»Nicht hier, Sabinchen. Halt durch.« Er nahm dieSonnenbrille ab und zwinkerte ihr zu. »Wo fahren wir denn von der Schnellstraße ab?«

»In Burgstall, das ist ...«

Schlagartig wurde er ernst und sie unterbrach sich.

»Vom Bahnhof dort bin ich damals heimgefahren«, sagte er mit einem Seufzer. Er verstaute die Sonnenbrille in dem Etui, das er aus der inneren Jackentasche nahm, und steckte es wieder zurück.

Sabine beobachtete ihn und blieb stumm. Darauf gab es nichts zu sagen. Sie konnte sich nicht im Entferntesten in seine Lage versetzen, denn so ähnlich sie sich waren, und so gut sie ihn kannte, er hatte vor nicht einmal zwei Wochen zum ersten Mal mit ihr über seine tiefen Gefühle gesprochen. Die für eine Frau, die nicht ihre Nonna war – und die er nie vergessen hatte. Fast sieben Jahrzehnte waren seither vergangen. Eine Ewigkeit, wenn man die Zeit mit den zwei Jahren verglich, seitdem sie aus Mela abgereist und nicht mehr zurückgekommen war. Obwohl man das wirklich nicht vergleichen konnte. Er hatte seine große Liebe gefunden gehabt und wollte sie heiraten. Zwischen ihr und ...

»Was hast du denn deiner Freundin gesagt, wann du kommst?«

Er unterbrach ihre Gedanken, die ohnehin nicht zielführend waren, weil sie nur noch verwirrter wurde, als sie ohnehin schon war.

»Gar nix, Nonno. Ich hab mit der Gitti nicht mehr telefoniert, sie weiß nur, dass wir heute kommen und eine Nacht bleiben.«

»Dann ist es sicher besser, wenn wir nicht jetzt nach Mela fahren. Das gehört sich nicht, dass man einfach so zum Mittagessen bei der Tür hereinfällt.«

Sabine drehte sich zu ihm und schaute ihn an.

»Hast du Schiss?«

»Und du?«

»Ich?« Sie schnappte erstaunt nach Luft. »Warum sollte ich denn ...«

Johann Holzer hob die Hand und legte sie sanft auf Sabines Mund.

»Meinst du, dass ich vergessen hab, was du mir damals von Mela erzählt hast? Besser gesagt, welche Namen du besonders betont hast?«

Sie starrte ihn an, griff nach seinem Handgelenk und drückte seinen Arm nach unten.

»Abgesehen von den Schülern, die mir am meisten ans Herz gewachsen waren, sicher die Gitti und den Leon, die Liesi und den Chris, und dann ...«

Sie brach ab. Hätte sie damals gewusst, dass ihr Großvater die Filomena Pinker persönlich kannte, sie hätte wahrscheinlich nicht von ihr gesprochen.

»Ich kann deine Gedanken hören, mein Kind. Aber du liegst falsch. Ich red nicht von der Filomena, sondern von dem Mann, von dem du immer wieder sprichst. Vom Bertl. Bertl Kofler heißt er, richtig?«

Hitze flutete ihre Wangen. Sie senkte die Lider, aber der Nonno umfasste sanft ihr Kinn und zwang sie, ihn anzuschauen.

»Mir scheint, wir haben beide Schiss vor dem, was in Mela passieren könnte – und zugleich Angst davor, dass nix passiert.«

Sabine schluckte.

Besser konnte man das, was sie fühlte, nicht ausdrücken.

Sie nickte leicht.

Ihr Großvater öffnete die Hand und legte sie an ihre Wange. Die tiefen Falten an seinen Augenwinkeln vermehrten sich ebenso wie die um seinen Mund, weil er sanft lächelte.

»Weißt du was? Ich war schon so lang nicht mehr hier in der Gegend, und die MeBo kannte ich bis heute nur dem Namen nach. Bis wohin geht sie denn?«

»Bis nach Forst, dort wo die Brauerei ist.«

»Du meinst das Schloss bei Algund?«

»Das Schloss gibt der Fraktion der Gemeinde den Namen, wo die Brauerei, ein Biergarten und ein Restaurant sind.«

»Isst man dort gut?«

Sabine zuckte mit den Achseln. »Ich war nie dort essen, auch nicht in dem Brauereirestaurant in Meran oder im Forst-Restaurant in Mela, aber von dem habe ich gehört, dass das Essen sehr gut sein soll. Warum, hast du Lust auf ein Bier?«

Johann Holzer schüttelte den Kopf. »Nein, gar nicht. Bier wird sicher nicht mehr mein Lieblingsgetränk. Ich dachte eher, wir könnten dort vielleicht eine Kleinigkeit essen, bevor wir zu deiner Freundin fahren. Was meinst du?«

In seinem Gesicht lag die gleiche Unsicherheit, die sie in sich spürte.

»Du willst Zeit schinden.«

»Du nicht?«, parierte er.

»Natürlich nicht!« Sabine seufzte gespielt auf und gab dann zu: »Na ja, ein bisserl vielleicht.« Sie war froh, wenn er sie nicht noch einmal nach dem Bertl fragte. »Also gut, gehen wir mittagessen. Aber ich hab keine Lust auf einen Biergarten. Lass uns irgendwo anders hinfahren, okay?«

Sie wartete seine Antwort nicht ab. Es reichte, dass er in die Innentasche seiner Jacke griff, das Etui herauszog, es öffnete und die Sonnenbrille wieder aufsetzte, bevor er sich anschnallte. Kurz darauf reihte sich Sabine mit dem SL wieder in den starken Verkehr der zweispurigen MeBo ein.

Als sie an der Ausfahrt von Burgstall, das rechter Hand lag, vorbeifuhren, vermied sie es, nach links Richtung Mela zu schauen, beschleunigte und scherte auf die Überholspur aus. Im selben Moment spürte sie Nonnos Hand auf ihrem Oberschenkel. Sanft strich er über den Stoff ihrer Hose.

Was auch immer sie beide hier erwartete, es bereitete nicht nur ihr ein mulmiges Gefühl. Hoffentlich würde das in ein paar Stunden, wenn sie etwas gegessen und mit einem Glas Wein begleitet hatten, verschwunden sein.

Auf der mit einer Markise gegen die Sonne geschützten Terrasse waren alle Tische besetzt. Johann Holzer war froh um die Sonnenbrille mit den Gleitsichtgläsern. Nicht nur, weil er alles, auch die Speisekarte, scharf sehen konnte, sondern vor allem, da er die Blicke rundum nicht erwidern musste. Niemals hätte er erwartet, dass es in dem Lokal unweit des Wasserfalls von Partschins, der dem Gasthaus den Namen gab, derart voll sein würde. Aber er hatte ja unbedingt die MeBo, diese Schnellstraße, die es in den Fünfzigerjahren noch nicht gegeben hatte, bis zum Ende fahren wollen. Zweispurig war sie, daher hatte sich der Verkehr nicht so schlimm angefühlt, aber dann hatten sie plötzlich im Stau gesteckt.

»Das ist ja wie bei uns im Pustertal«, hatte er gesagt, als Sabine nach der einem Schloss ähnelnden riesigen Brauerei in den Tunnel eingefahren war, auf den sofort ein zweiter folgte.

»Schlimmer, Nonno. Jetzt im Mai sind noch nicht so viele Urlauber da, aber im Sommer fahren alle durch den Vinschgau Richtung Reschenpass, wo die österreichische Staatsgrenze ist, und zum Stilfser Joch an der Schweizer Grenze. Oder sie kommen von dort oben. Das war früher sicher nicht so, wie du hier warst.«

»Ich war in Mela zum Arbeiten, Sabine, und das einzige Auto, mit dem ich damals hin und wieder gefahren bin, war der Topolino von der Altbäuerin, wenn ich etwas Wichtiges für sie erledigen musste. Ansonsten bin ich mit den anderen Landarbeitern mit dem Lastwagen zu den Apfelwiesen gefahren.«

Sabine hatte genickt und war kurz darauf von der Staatsstraße rechts abgebogen. Sie waren durch den Ort Partschins gefahren und dann weiter aufwärts zum Wasserfall. Den hatte er aus der Ferne gesehen. Beeindruckend war er, aber er hatte den Pragser Wildsee sozusagen vor der Haustür, und der war ein ebensolches Naturschauspiel.

Sabine hatte längst fertiggegessen und sich kurz entschuldigt. Jetzt legte sie ihm eine Hand auf die Schulter und setzte sich wieder an den Tisch.

»Schmeckts dir nicht, Nonno?«

Das Intermezzo an der Raststätte, als sie das verliebte ungleiche italienische Pärchen gespielt hatten, war längst vergessen.

»Doch, doch, gut ist es.« Um seine Worte zu unterstreichen, nahm er ein Stück Fleisch auf die Gabel und schob es sich in den Mund.

»Überzeugt klingst du nicht, dabei schaut dein Gulasch wirklich gut aus.«

Er nickte, trank einen Schluck Wasser und aß weiter, bis kein Fleisch mehr auf dem Teller lag. Die Knödel hatte er nicht einmal angerührt. Sabine deutete darauf und er schüttelte den Kopf.

»Ich hab nicht so viel Hunger, und wenn ich jetzt zu viel esse, kann ich später nichts mehr.«

»Das wär schlimm, da hast du recht. Die Gitti ist eine fantastische Köchin und sie hat mich nie wie die anderen Feriengäste behandelt, die Zimmer mit Frühstück buchen. Deshalb bin ich ja auch nie in ein Restaurant essen gegangen damals.«

»Warst ja auch nicht auf Urlaub dort, sondern zum Arbeiten.«

Das Kind am Nachbartisch, das schon die ganze Zeit über raunzte, schrie plötzlich auf. Besteck fiel zu Boden, ein Glas folgte. Der Vater verpasste dem kleinen Buben, der kaum älter als sechs war, eine Ohrfeige. Sabine runzelte die Stirn. Ihr Körper spannte sich an, als ob sie aufspringen wollte. Johann legte die Hand auf die seiner Enkelin und drückte zu.

»Lass, das geht uns nix an.«

Das Kind plärrte, die Mutter schrie den Vater an. Der blieb stoisch und griff nach seinem Bierglas.

»Solchen Leuten sollte man das Kinderkriegen verbieten«, murmelte Sabine.

»Anderen wiederum das Autofahren oder das Reden«, erwiderte er. »Aber es ist halt die Vielfalt, die uns Menschen ausmacht. Außerdem hat der Bub die ganze Zeit schon genervt, da ist dem Vater eben die Hand ausgerutscht.«

Sie funkelte ihn an. »Du findest das richtig?«

Er musste schmunzeln. Sie war genauso wie er, als er in ihrem Alter war.

»Das hab ich nicht gesagt, Sabinchen, nur, dass es uns nix angeht. Das weißt du doch als Lehrerin besser als die meisten Leut, dass man sich nicht in die Kindererziehung anderer einmischen kann.«

»Ex-Lehrerin, Nonno. Ich bin keine mehr.«

»Aber du wärst gern wieder eine.«

»Wie kommst denn da drauf?«

Er zuckte mit den Achseln. Die dralle Kellnerin kam und fragte, ob es ihnen geschmeckt hatte.

»Ausgezeichnet war es«, erwiderte Johann. »Wenn wir nicht zum Abendessen bei Freunden eingeladen wären, hätt ich auch die Knödel gegessen.«

Die Frau räumte mit einem Lächeln die Teller ab und verschwand.

Sabines fragender Blick suchte seinen. Sie wartete auf eine Antwort.

»Schau mich nicht so an, Sabinchen. Natürlich weiß ich, dass du lieber unterrichten würdest. Ich hätt auch gar nicht erwartet, dass du so lang unterbrichst. Es sind schon zwei Jahre. Du solltest dich bei der Schulbehörde wieder als verfügbar melden.«

»Um was zu tun, Nonno? Um irgendwohin weit weg von daheim geschickt zu werden und dich mit der Firma alleinzulassen? Seitdem wir uns den Film angeschaut haben, hast du dich kaum mehr blicken lassen.«

»Du hast mich nicht gesehen, aber ich war dort. Jeden Tag hab ich in der Sägerei nach dem Rechten geschaut und bin zu Kunden gefahren. Aber das weißt du ja, die Bestellungen landen doch alle auf deinem Tisch, oder nicht?«

Sabine nickte. »Das schon, aber ...«

»Die müsstest du übrigens gar nicht kontrollieren, das ist dir schon klar, oder?«

Sie runzelte die Stirn, griff nach ihrem Wasserglas, hob es

hoch und stellte es wieder auf den Tisch, ohne getrunken zu haben.

»Wie meinst du das, Nonno?«

»Unsere Leute sind gut. Die alten, die schon lang dabei sind, sind die besten, die man sich wünschen kann, und die vier, die du immer noch die neuen Mitarbeiter nennst, sind bald zwei Jahre dabei und ausgesprochen verantwortungsbewusst. Wir sollten endlich entscheiden, wen wir als Geschäftsführer einsetzen. Es steht ja nirgendwo geschrieben, dass ein Familienmitglied Holzer-Holz führen muss.«

»Das meinst du nicht ernst.« Sie schaute ihn entsetzt an.

»Doch, das tu ich. Das hab ich immer schon gedacht, auch damals, wie ich jung war. Nur waren das andere Zeiten. Wenn meine Brüder nicht im Krieg gefallen wären, hätte ich die Firma nie übernommen. Aber der Vater hat sich abgerackert und den Betrieb in den Nachkriegsjahren zu einem der größten im ganzen Pustertal gemacht, ich konnte einfach nicht anders, als heimfahren und meine Pflicht tun, wie er den Herzanfall gehabt hat.«

Sabine beugte sich vor und griff nach seiner Hand.

»War es das wert, Nonno? Du hast auf die Frau verzichtet, die du geliebt hast!«

»Wenn ich das nicht getan hätte, dann würdest du jetzt nicht mit mir hier sitzen, weil du nie geboren worden wärst. Und das, Sabinchen, wäre schrecklich.«

Er drückte ihre Hand.

»Aber ...«

Johann Holzer nahm die Sonnenbrille ab, legte sie auf den Tisch und suchte den Blick seiner Enkelin.

»Es ist, wie es ist, und es bringt gar nix, wenn man der Vergangenheit nachweint. Außerdem habe ich deine Nonna sehr gerngehabt, Sabinchen. Aber ich will nicht, dass du auf deine Träume verzichtest. Du hast fünf Jahre lang Bildungswissenschaften studiert und bist dafür in Bozen geblieben, obwohl du so eine große Stadt gar nicht magst, und hast dich danach von der Schulbehörde herumschicken lassen, weil du immer nur Lehrerin sein wolltest.«

»Es geht halt nicht immer so, wie man will, Nonno.«

Er atmete tief ein und unterdrückte den Schmerz, der immer da war, wenn er an den viel zu frühen Tod seines Sohnes und seiner Schwiegertochter dachte.

»Nein, leider nicht. Mir fehlen deine Eltern genauso sehr wie dir, Sabinchen, doch das bedeutet nicht, dass du für den Rest deines Lebens den Platz deines Vaters in der Firma einnehmen musst. Zwei Jahre sind genug. Du hast allen bewiesen, dass Holzer-Holz ein sicherer Betrieb und ein verlässlicher Vertragspartner ist. Nicht nur den Kunden und Lieferanten, sondern auch dir selbst. Der Umsatz ist im letzten Jahr wieder gestiegen, und das ist in erster Linie dein Verdienst – und das der Mitarbeiter, auf die du dich verlassen kannst. Das wird sich nicht ändern, Sabine, auch dann nicht, wenn du endlich wieder das tust, was dir Freude macht.«

Sie weinte nicht, aber die Tränen in ihren Augen waren unübersehbar. Johann tat das Herz weh.

Er wollte sie nicht fortschicken. Seine Enkelin war der einzige Mensch, der ihm geblieben war. Doch niemand hatte das Recht, einen anderen mit rückständigem Gefasel über Pflicht und Verantwortung und Familienehre daran zu hindern, sein Leben so zu leben, dass er glücklich wurde. Sabine war einunddreißig, schön und klug und charakterstark. Sie sollte nicht in Toblach festhängen und im Ort im Zickzack Luis Walder ausweichen müssen, weil der Bürgermeister nicht begriff, dass sie niemals mit ihm in die Kiste steigen oder gar seine Frau werden würde. Ganz zu schweigen von all den Kunden und Lieferanten, von denen so mancher viel zu oft bei Holzer-Holz aufkreuzte, als dass es Sinn machte. Hässliche und alte Männer, Schönlinge in jedem Alter, aber auch junge Burschen, deren Gesichter bestenfalls von Flaum bedeckt waren, kamen vorbei.

Johann war froh, dass seine langjährigen Mitarbeiter alle ein Auge auf Sabine hatten, die ihrerseits nicht mitzukriegen schien, was um sie herum geschah. Oder sie bekam es mit, was er aufgrund ihrer unbestritten überdurchschnittlichen Intelligenz annahm, und ignorierte es. Nur war das kein Zustand, zumindest keiner, der noch weiter andauern konnte oder sollte. Er selbst war alt, aber weder dement noch dumm genug, zu denken, dass er ewig leben würde. Zweiundneunzig war ein stattliches Alter, vor allem, wenn es einem so gut ging wie ihm. Doch das bedeutete nicht, dass es noch lang so weitergehen würde.

Jeder Mensch hatte ein Ablaufdatum und er war dem seinen sehr viel näher als dem seiner Geburt. Nur ihretwegen wünschte er sich, dass es ihm bis zum letzten Tag gut gehen würde, damit er für seine Enkelin da sein und auf sie aufpassen könnte. Aber er war kein Tagträumer. Irgendwann würde es vorbei sein – und wenn er Glück hatte, würde es ganz schnell gehen. Nur was, wenn nicht? Er wollte nicht irgendwann ein sabbernder, geistig verwirrter alter Mann sein, der von seiner Enkelin gepflegt wurde, die nur deshalb in Toblach geblieben war, weil ihr Pflichtbewusstsein über alles ging. Dabei vergaß er natürlich nicht, dass sie ihn liebte, was vollumfänglich auf Gegenseitigkeit beruhte. Doch sie hatte ein Recht auf ein erfülltes und glückliches Leben, eines, in dem er sie mit ihrer eigenen Familie sah. Mit Kindern und einem Hund, seinetwegen auch mit Katzen, obwohl er die nicht besonders mochte, vor allem aber mit einem Mann, der sie liebte. Und eben das war der springende Punkt, der ihm seit dem Tod ihrer Eltern nicht aus dem Kopf ging. Genauer gesagt seit dem Tag, an dem sie beide über Sabines Zeit in Mela gesprochen hatten.

Seit dem Autounfall und dem Doppelbegräbnis waren etliche Wochen vergangen, als er sich endlich ein Herz gefasst und ihr die Frage gestellt hatte und den Namen des Orts, in dem er vor Jahrzehnten so glücklich gewesen war und den er todunglücklich verlassen hatte, zum ersten Mal ausgesprochen hatte. Und dann hatte sie etwas gesagt, was ihm zuerst den Atem geraubt und dann seinen Puls in schwindelnde Höhe getrieben hatte. So groß Mela auch war und so viele Einwohner die Marktgemeinde auch hatte, seine Sabine hatte ausgerechnet Menschen kennengelernt, die auf die eine oder andere Art mit dem Apfelhof zu tun hatten – und Filomena lebte noch. Er war so sehr damit beschäftigt gewesen, sich nicht anmerken zu lassen, wie erschüttert er war, dass er dem anderen Namen, den sie außer dem ihrer Vermieterin mehrmals erwähnte, keine Bedeutung beigemessen hatte.

Erst Tage später war ihm der Name wieder eingefallen. Bertl. Bertl Kofler. Seither hatte sie ihn immer wieder erwähnt, aber nicht, nachdem sie mit ihrer Freundin Gitti telefoniert hatte, sondern bei den verschiedensten Gelegenheiten. »Der Bertl mag Rotwein auch lieber als Bier, so wie du, Nonno«, zum Beispiel. »Der Bertl ist auch so groß wie du, aber er mag karierte Hemden am liebsten.«

Es war offensichtlich, dass seine Enkelin ihn mehr als nur mochte – immer noch. Aber offenbar war dieser Bertl Kofler entweder dumm oder blind oder beides, sonst hätte er das doch bemerkt. Darüber, dass er sich zur Sabine ebenfalls hingezogen fühlte, bestand für Johann kein Zweifel. Jeder Mann, der zwei Augen im Kopf hatte, würde sich für eine Frau wie sie alle zehn Finger abschlecken. Außerdem hatte sie ihm ja erzählt, dass er jeden Abend auf dem Guflerhof aufgetaucht war, als sie dort wohnte, angeblich, um sich irgendein Werkzeug auszuleihen, obwohl er selbst einen großen Hof bewirtschaftete. Für Johann bestand also kein Zweifel, dass der Bertl einfach nur schüchtern war. Man musste ihm also auf die Sprünge helfen – und das war seine Mission.

Vor allem deshalb war er mitgekommen, wenn auch nicht nur. Gern würde er den Apfelhof noch einmal sehen, und vielleicht … Nein, in seinem Alter darauf zu hoffen, die Frau noch einmal zu treffen, die ihm vor langer Zeit das Herz gebrochen hatte, war dumm. Wer weiß, ob die Filomena noch lebte. Und wenn doch, so konnte viel passieren in zwei Jahren. Und so lang war es her, seitdem die Sabine sie getroffen hatte. Vielleicht würde sie ihn gar nicht mehr erkennen. Oder aber … Er verbot sich, den Gedanken weiterzuspinnen, hob die Hand und bestellte bei der vorbeilaufenden Kellnerin zwei Espressi.

»Sabinchen, versprich mir, dass du am Montag bei der Schulbehörde anrufst und dich ab dem kommenden Schuljahr als verfügbar meldest.«

Sie kniff die Augen zusammen. »Und was machen wir, wenn sie mir keine Stelle im Pustertal geben? Ich kann dich doch nicht alleinlassen, Nonno.«

Er lachte leise. Genau das war es doch, was er hoffte. Er würde mit seinem Freund aus Brixen reden, dessen Sohn in Bozen in der deutschsprachigen Bildungsbehörde arbeitete. Ein ziemlich hohes Tier war er inzwischen, hatte ihm der Bauunternehmer, der seit Jahrzehnten seinen Bedarf an Bauholz ausschließlich bei Holzer-Holz abdeckte, letztens erzählt. Dass er für die Bezahlung Sonderkonditionen bekam wie andere Stammkunden auch, war eine Tatsache. Normalerweise forderte Johann Holzer keine Gefallen ein, aber dieses eine Mal würde er sich nicht an seine eigene Regel halten. Sabine hatte ihre Präferenzen für Einsatzorte als Lehrerin während ihrer Vertretungszeit in Mela abgeändert und den Ort zum Hochpustertal hinzufügen lassen. Er würde dafür sorgen, dass sie eine Stelle genau dort bekommen würde.

»Du mach dir um mich keine Sorgen, Sabinchen. Egal, wo sie dich hinschicken, wir werden gemeinsam eine Wohnung für dich suchen, in der es auch ein Zimmer für mich gibt.«

»Zwei Espressi für die Herrschaften.« Die Kellnerin stellte die beiden Kaffee auf den Tisch.

Er schaute zu ihr auf. »Wenn Sie mir dann gleich die Rechnung bringen, bitte.«

Sabine suchte offenbar nach einer Antwort, fand aber keine. Gut so. Er griff nach seiner Tasse und trank sie leer. Kurz darauf zahlte er und stand auf.

»Komm, lass uns fahren. Ich würde noch gern alles bei Licht sehen.«

Kapitel 11

Bertl hatte jegliches Zeitgefühl verloren, aber ein Blick nach oben auf die Sonne, die sich der oberen Kante des Hausbergs näherte und bald dahinter verschwinden würde, reichte aus. Seine Nervosität war auf einer Skala von eins bis hundert nicht mehr zu messen.

»Hat sie sich immer noch nicht gemeldet?«, rief er.

Die Gitti kam gerade mit einer großen Schüssel durch die Tür, die an der Rückseite des Hauses von der Küche auf die Terrasse und in den Garten führte.

»Anstatt mich alle zehn Minuten zu fragen, könntest sie ja anrufen, Bertl«, erwiderte sie und stieß mit der Hüfte die Metalltür zur Vorratskammer auf, bevor sie darin verschwand.

»Ich hab ihre Nummer nicht.«

»Die kann dir die Gitti sicher geben«, meinte Leon und verrückte zum hundertsten Mal eines der für morgen vorbereiteten Holzscheite in der metallenen Wanne unter dem Spanferkelgrill.

»Sie könnte sie doch anrufen!«

»Könnte sie, wird sie aber nicht.« Gitti schloss die Tür zu der aus Steinblöcken gebauten rustikalen Vorratskammer, in der es selbst im Sommer kühl blieb, und kam grinsend auf ihn zu.

»Und warum nicht?«, hakte Bertl nach. »Es ist doch schon spät.«

»Warum machst du dir Sorgen? Fast zwei Jahre lang hat dich nicht interessiert, wie es ihr geht. Wieso ausgerechnet heute?«

Bertl senkte den Blick. Er starrte auf die Spitzen seiner Arbeitsschuhe. Die waren schmutzig, weil er am Vormittag im Ultental bei den Zirbelkiefern gewesen war. Dort hatte es letzte Nacht geregnet, was dem Zeus unheimlich gefallen hatte. Nichts fand er besser, als sich auf dem feuchten Waldboden zu wälzen, während sein Herrchen die herumliegenden Reste vom Baumschnitt sammelte, die man für die Destillation brauchte. Vier Stunden lang hatte er sich damit abgelenkt, Nadeln und Zweigspitzen auf die Ladefläche des Pick-ups zu werfen, bevor er heimgefahren war.

Er hatte geduscht, obwohl er das sonst immer erst abends machte. Er hatte sich rasiert, weil er das am Morgen absichtlich nicht getan hatte, und das, obwohl er am Vortag beim Frisör gewesen war und der ihn ohnehin rasiert hatte. Er hatte die Jeans angezogen, die ihm laut Liesi so gut passte. Dann hatte er mindestens zehn Minuten lang vor dem Schrank gestanden und sich nicht zwischen drei Hemden entscheiden können – wovon keines sein Lieblingshemd war. Das würde er nämlich morgen anziehen, daher war es heute tabu. Endlich hatte er sich für ein braun-blau kariertes entschieden, wobei der Unterschied zu den anderen beiden nur darin bestand, dass die Farbtöne eine Spur heller beziehungsweise dunkler und die Größe der Karos nicht ganz dieselbe war. Zum Schluss hatte er die Socken angezogen und zweimal kontrolliert, dass beide dieselbe

Farbe hatten. Währenddessen hatte er ständig gehofft, dass ihn der Leon anrufen und um Hilfe bitten würde.

Ein Spanferkel zu grillen war ja keine Hexerei, wenn man den Grill dafür hatte. Im Gegenteil. Es war einfach nur eine langatmige Geschichte, weil das Ferkel mindestens fünf Stunden rotieren musste. Einmal hatten sie sogar erst um drei gegessen, weil der austretende Fleischsaft bei jedem Anstechen immer noch ein wenig blutig war. Aber das Grillen bis zum richtigen Garpunkt war nur eine Zeitfrage, und die einzige Kunst bestand darin, dass man das Feuer nicht ausgehen ließ. Das, was davor kam, war Arbeit. Es reichte ja nicht, das Tier zu schlachten. Man musste es für das Grillen vorbereiten – und zwar am Vortag, außer man hatte Lust, am Sonntag um vier Uhr morgens aufzustehen. Während Bertl darüber nachdachte, war ihm eingefallen, dass sein Freund ohnehin immer früh auf den Beinen war, weil seine Kühe gemolken werden mussten und die Gitti ihren Pensionsgästen das Frühstück auf Wunsch auch schon um sechs Uhr servierte. Aber welcher Urlauber steht denn freiwillig so zeitig auf, und wenn, dann sicher nicht am Sonntag, wenn die Wochenendausflügler mit ihren Autos und Motorrädern die Straßen verstopften. Er hatte sich grübelnd vom Hundertsten ins Tausendste gesteigert, als sein Handy geläutet hatte.

Das war ihm prompt aus der Hand gerutscht und zum Glück auf den Teppich gefallen. »Ist sie da?«, hatte er gerufen, als er es endlich an seinem Ohr hatte. Leon hatte gelacht. »Nein, ist sie nicht. Aber wir brauchen deine Hilfe mit den Vorbereitungen für morgen. Hast du Zeit?«

Bertl hatte nicht geantwortet, sondern den Anruf beendet, das Handy in die Tasche seiner Jeans gesteckt, war über die Treppe nach unten gesaust, hatte seine Jacke von der Flurgarderobe geschnappt – und erst vor der Haustür bemerkt, dass er keine Schuhe anhatte. Das hatte er geändert, bevor er in seinen Wagen gesprungen und rasend schnell zum Guflerhof gefahren war.

Jetzt starrte er auf seine Füße und fragte sich, warum er ausgerechnet die Arbeitsschuhe angezogen hatte, die er doch jeden Tag trug und die außerdem schmutzig waren. Aber sein Kopf fand ohnehin keine logische Antwort, weil ihn ganz etwas anderes beschäftigte, weshalb er seine Frage von vorhin wiederholte.

»Warum rufst du sie nicht an, Gitti? Es ist doch schon spät.« Er schaute auf und fügte besorgt hinzu: »Vielleicht ist ihr was passiert!«

»Nein, es ist ihr nix passiert. Es geht ihr gut.«

Bertl begriff nur verzögert, dass es nicht Gitti war, die ihm antwortete. Sie bewegte ihre Lippen nämlich nicht. Außerdem war die Stimme genau die, die nachts im Traum mit ihm sprach. Er spürte, wie ihm warm wurde. Nicht von außen, sondern von innen heraus. Langsam wandte er den Kopf, dann die Achseln, schließlich den ganzen Körper in ihre Richtung. Er öffnete den Mund und atmete hektisch ein. Schön. Wunderschön. Sie war noch viel schöner, als er sie in Erinnerung hatte.

»Sabine!«, stieß er aus.

»Ja, Bertl?«

Sie lächelte. Nicht einfach so und nicht zu jemand anderem. Nein, sie lächelte ihn an.

Waren ihre Augen schon damals so grün gewesen? So leuchtend? Und ihre Haare? Die glänzten feuerrot und fielen in weichen Wellen über ihre Schultern.

»Mein Gott, bist du schön.«

Er wusste erst, dass er das nicht nur gedacht, sondern laut ausgesprochen hatte, als er jemanden lachen hörte. Die

Stimme kannte er nicht. Sie war älter und männlich. Der Mensch dazu war hinter ihr und trat jetzt neben sie. Der Kerl war so groß wie er selbst und schlank, stand aufrecht und trug eine von diesen dezent karierten Anzugjacken in Brauntönen, wie sie englische Adelige auf dem Land tragen. Jetzt kam er auf ihn zu und streckte die Hand aus.

»Du bist also der Bertl Kofler, der meiner Enkelin nicht aus dem Kopf geht.«

Bertl starrte in das gebräunte wettergegerbte Gesicht mit den vielen Falten, das von schlohweißem Haar umrahmt und von grünen, leicht schräg stehenden Augen dominiert wurde. Es bestand kein Zweifel, dass Sabine sie von ihm geerbt hatte. Er schlug ein und erwiderte den erstaunlich kräftigen Händedruck.

»Johann Holzer, aber du kannst mich einfach nur Johann nennen. Das gilt natürlich auch für euch«, sagte Sabines Großvater und wandte sich von ihm ab.

Bertl hörte Gitti und Leon, die etwas sagten, aber er verstand kein Wort.

Er hatte nur Augen für Sabine, die nicht mehr lächelte. Stattdessen biss sie mit den Zähnen auf ihre Unterlippe. Wie ferngesteuert ging er auf sie zu.

»Ist das wahr, Sabine?«

Er wusste nicht, woher er die Kraft genommen hatte, um zu sprechen. Wobei dem, was aus seinem Mund kam, der Ton fehlte. Aber sie verstand ihn trotzdem, was vielleicht daran lag, dass er nun so nah vor ihr stand, dass er ihren Duft riechen konnte.

Dass sie nicht nur die Worte erfasste, sondern auch ihren Sinn, wurde ihm klar, als sie ihm antwortete.

»Ist es, du Dummkopf. Auch wenn ich dich besser hätt vergessen wollen, so wie du mich.«

Er hob eine Hand und schob sich die Haare, die trotz des

frischen Haarschnitts über sein rechtes Auge fielen, zurück.

»Ich hab dich nicht vergessen, Sabine. Das könnt ich nie.«

»Und wieso hast du dich dann nie gemeldet?«

»Weil ich deine Telefonnummer nicht hab.«

Hinter ihm lachten Gitti und Leon auf, aber auch Sabines Großvater. Bertl hörte es, es ließ ihn jedoch kalt. Im Gegensatz zu der Frau, die vor ihm stand.

Er senkte seine Hand, jedoch nur ein wenig, streckte den Arm aus und legte seine Handfläche an Sabines Wange.

»Ich weiß, ich hätt die Gitti danach fragen sollen, aber ...«

Sie schmiegte sich in seine Berührung.

»Das hätt ich auch machen können, aber ...«

Bertl schluckte, und dann sagte er das Einzige, was wirklich war.

»Du hast mir gefehlt, Sabine.«

Sie lächelte, beugte sich vor und flüsterte: »Du mir auch.«

»Was halten Sie davon, wenn ich Ihnen Ihr Zimmer zeige, Herr Holzer?«

Gitti schaute zu dem Mann auf, der sie um einen Kopf überragte, und lächelte. Sie war begeistert. Hätte Sabine ihr nicht sein Alter verraten, so hätte sie ihn nicht mehr als auf fünfundsiebzig geschätzt.

»Davon halte ich viel, aber den Herrn Holzer vergisst gleich wieder. Ich bin der Johann.«

Er ergriff ihre Hand und deutete einen Handkuss an. Sie schmolz dahin – und warf ihrem Mann einen rügenden Blick zu.

»Sie sind ein richtiger Gentleman ... äh ... du. Der Leon hat mir noch nie die Hand geküsst.«

»Er darf dich ja auch auf die Lippen küssen, Gitti«, erwiderte Johann mit einem Zwinkern – und eroberte endgültig ihr Herz.

»Wenn du nicht Sabines Großvater wärst, würd ich dich jetzt von meinem Hof jagen«, murmelte Leon hörbar.

Alle lachten – auch Sabine und Bertl, die sich einen Schritt voneinander entfernt hatten und zu den anderen umdrehten.

Johann Holzer warf einen zufriedenen Blick auf seine Enkelin, dann einen ebensolchen auf den Mann neben ihr, schaute schließlich zu Leon.

»Erzähl mir was von eurem Hof. Ich kann mich gar nicht erinnern, dass der früher schon da war.«

Falls Leon sich über die Bemerkung wunderte, zeigte er es nicht. Vielmehr verzog sich sein Gesicht zu einem Lächeln. Seine Frau hatte ihm eingeschärft, dass er nicht zu verstehen geben sollte, dass sie ihm etwas von dem gesagt hatte, was Sabine ihr erzählt hatte.

»Der Grund hat den Eltern meines Vaters gehört. Der Großvater hat ihn als Weide für die Rinder benutzt. Das einzige Gebäude, das vor einem Vierteljahrhundert noch hier stand, war ein Heuschober mit einem Unterstand für die Viecher. Wie die Gitti schwanger war und wir geheiratet haben, hat er uns das Grundstück geschenkt und das Haus bauen lassen.«

Gitti hängte sich bei Johann, der ihr seinen Arm bot, ein. Gemeinsam folgten sie Leon, der mit ausschweifenden Gesten weitersprach. Er erzählte vom ersten Anbau und vom zweiten, betrat schließlich das Haus durch die Vordertür, nachdem sie Johanns Mercedes-Benz bewundert und die beiden Taschen aus dem Kofferraum genommen hatten. Keiner von ihnen schien zu bemerken, dass Sabine und Bertl ihnen nicht folgten – oder sie taten einfach so.

Sabines Herz schlug so laut und stark, dass Bertl seitlich an ihrem Hals den Puls erkennen konnte. Ihre Wangen glühten. Sie suchte seinen Blick und lachte verlegen. Er schob mit der für ihn typischen Handbewegung seine Haare aus dem Auge.

»Wieso lachst du denn?«

»Wir schauen beide aus wie nach einem Marathon.«

Er verzog den Mund. »Mir ist ziemlich heiß.«

»Mir auch.«

»Dabei ist es gar nicht mehr so warm.«

»Das kommt von innen, Bertl.«

»Bei dir auch?«

Himmel, Arsch und Zwirn. Er kam sich so blöd vor! Einen derartigen Unsinn gab er doch nie von sich, nicht einmal, wenn er sternhagelvoll war. Und das war er schon seit ewigen Zeiten nicht mehr gewesen. Aber Sabine war …

Ogottogottogott! Diese Situation überforderte ihn. Monatelang, ja fast zwei Jahre lang hatte er sich vorgestellt, was er zu ihr sagen würde, wenn er sie endlich wiedersah. Und jetzt stand er da und benahm sich mit seinen sechsunddreißig Jahren wie ein nicht einmal halb so alter dummer Bub.

»Ich muss …«, begann er.

»Ich muss …«, sagte Sabine zugleich.

Beide brachen sie ab, schauten sich an – und begannen zu lachen. Bertl griff nach Sabines Hand und zog sie mit sich zum großen Esstisch auf der mit Steinplatten ausgelegten Terrasse, an die der Rasen anschloss. Er schob ihr einen Stuhl zurecht, drehte den daneben so, dass sie einander anschauen konnten, und setzte sich ebenfalls. Dann griff er nach ihrer Hand und nahm sie ganz vorsichtig zwischen seine beiden.

»Weißt du, wie sich das anfühlt?«

Das Grün in Sabines Augen erinnerte ihn an den kleinen Jadebudda, der auf dem Regal im Flur seines Hofs stand. Sein Vater hatte ihn seiner Mutter während der Hochzeitsreise in Thailand gekauft, und der leuchtete auch so, wenn die Sonne hereinschien.

Sabine schüttelte leicht den Kopf und fragte flüsternd: »Wie denn?«

»Richtig fühlt es sich an« antwortete Bertl mit fester Stimme und setzte leiser hinzu: »Zumindest für mich.«

Ihre Wangen wurden noch eine Spur röter. »Für mich auch, Bertl.«

Er musste plötzlich an *Apfelblüten im Regen* denken und daran, wie schmalzig er diese Liebesgeschichte fand, die an den Haaren herbeigezogen war, aber ...

Er lächelte unsicher. »Das kommt mir jetzt genauso kitschig vor wie in dem Film vom Chris.«

Sabines Gesichtsausdruck wechselte zu amüsiert. »Du meinst diese Szene, wo die beiden sich endlich wiedertreffen und sich ewige Liebe schwören?«

Bertl nickte und vergrub seinen Blick in ihrem.

»Vielleicht ist das doch nicht so an den Haaren herbeigezogen, was meinst du?«

Sabine blinzelte zweimal hintereinander ganz rasch. »Möglich.«

Sein Lächeln wurde breiter. »Dann hast du also auch manchmal an mich gedacht?«

Sabine schüttelte energisch den Kopf.

»Nein, Bertl. Ich hab ständig an dich gedacht. Also nicht gleich. Ich meine ... am Anfang, also nach dem Anruf meines Großvaters, da erinnere ich mich an absolut nichts mehr. Ehrlich gesagt weiß ich gar nicht, wie ich von hier nach Toblach gekommen bin. Da ist alles im Nebel. Wenn ich den Nonno nicht gehabt hätte, der sich um alles gekümmert hat ... Es war ganz schlimm, aber so richtig ist mir alles erst klargeworden, wie sie die beiden Särge hinuntergelassen haben und ich die beiden Rosen in das Grab geworfen habe. Ich hab mich an der einen Rose gestochen, weil die noch einen Dorn hatte – und plötzlich war der Nebel weg. Später am Abend, als ich dann endlich allein in meinem Zimmer war, hab ich mich ans Fenster gestellt und da war der Mond am Himmel. Riesengroß und hell hat er geleuchtet, genau so wie hier an dem Abend, nachdem du drüben auf dem Apfelhof meine Hand gehalten hattest. Damals habe ich hier oben in meinem Zimmer auf dem Balkon gestanden und habe an dich gedacht. Nur hab ich damals nicht gewusst, dass es das letzte Mal war, dass wir uns gesehen haben.«

Bertl strich mit dem Daumen über Sabines Handrücken und senkte den Kopf. Sie stupste sein Kinn mit ihrer freien Hand nach oben, bis er sie ansah.

»Du hast nix falsch gemacht, Bertl, und ich auch nicht. Es war ja nix zwischen uns.«

Er riss die Augen auf. »Nix? Sabine! Ich hab noch nie für einen Menschen so was gespürt wie für dich, also sag das nicht!«

»Ich auch nicht, Bertl, aber du musst zugeben, dass ich das eigentlich nicht wissen konnte. Ich mein, du hast mich nie um ein Date gefragt, dabei hab ich jeden Tag darauf gewartet, dass du das endlich tun würdest, weil ich ohnehin gewusst hab, dass du am Abend wieder mit irgendeiner Ausrede hier aufkreuzen würdest.«

»Wie kommst denn darauf, dass das nur Ausreden waren?«

Sabine lachte glockenhell auf. »Also ich war ja noch nie auf deinem Hof, aber ich kann mir nicht vorstellen, dass du keinen Hammer und keine Zange hast.«

Er verzog einseitig den Mund. »War das so offensichtlich?«

Sie nickte vehement. »Allerdings – und nicht nur für mich. Deshalb versteh ich nicht, warum du mich nie gefragt hast, einen Abend miteinander zu verbringen.«

Er strich noch einmal über ihren Handrücken, dann ließ er sie los und kratzte sich am Kinn.

»Also ...« Er seufzte tief. »Ich weiß nicht, warum immer alle glauben, dass Männer wie ich nicht schüchtern sein können.«

»Was meinst du denn mit Männern wie du?«

»Na ja, groß und robust halt.«

»Du bist muskulös und groß und stark, Bertl, nicht robust. Womit ich nicht sagen will, dass du nicht so ausschaust, als ob du jeder Belastung standhalten würdest. Aber das ist rein körperlich so. Äußerlich halt. Innendrin bist du hingegen sensibel und hast genauso viel Angst davor, enttäuscht zu werden, wie ich.«

»Glaubst du das wirklich?«

»Natürlich tu ich das.« Sabine nickte. »Ich hab ja fast zwei Jahre lang Zeit gehabt, darüber nachzudenken, warum du dich nie bei mir gemeldet hast.«

»Das wollt ich ja, Sabine. Wirklich!« Erneut nahm er ihre Hand und umschloss sie ganz fest. »Aber weißt du, am Anfang, wie ich von dem Unfall deiner Eltern erfahren habe, da wusste ich einfach nicht, was ich hätte sagen sollen. Ich mein, du warst ja kein Kind mehr, so wie ich damals, wie meine Eltern bei dem Bergunfall gestorben sind, aber ich hab mir einfach vorgestellt, wie schrecklich es dir ging. Und weil ich weiß, dass Worte da nix ändern können, hab ich mir gedacht, dass ich ein paar Tage vergehen lasse. Irgendwann waren es dann Wochen, bald zwei Monate, dann drei. Da war es einfach zu spät. Ich hab mich so geniert, Sabine, weil ich einfach nicht gewusst habe, wie ich dir das hätte erklären sollen.«

Sie drückte seine Finger ganz fest.

»Und ich hab mich gefühlt wie auf einer Achterbahn. Einen Tag dachte ich genau das, was du mir jetzt gesagt hast, am nächsten war ich mir ganz sicher, dass ich mir dieses Knistern zwischen uns nur eingebildet habe. Aber das Komische war, dass ich einfach nicht aufhören konnte, an dich zu denken. Im Gegenteil. Je mehr Zeit verging, umso öfter warst du in meinen Gedanken.«

Bertl fühlte sich plötzlich ganz ruhig. Stark. Sicher. Heiß war ihm nicht mehr, aber warm. Innendrin. Es war, als ob jemand eine kleine Flamme angezündet hätte, die sich einfach nur gut anfühlte und all die Unsicherheiten verbrennen würde, wie ein Streichholz, das man an eine Mahnung hielt. Oder an einen Schuldschein. An irgendwas Unangenehmes, das sich einfach auflöste und verschwand.

»Was haltet ihr beide von einer Marende?«

Bertl und Sabine hoben beide ruckartig die Köpfe. Sie hatten gar nicht bemerkt, dass sie einander immer näher gekommen und ihre Gesichter nur noch wenige Zentimeter voneinander entfernt waren. Wieder waren ihre Wangen gerötet, als sie zu Gitti aufschauten, die plötzlich neben ihnen stand.

»Ich hab eigentlich keinen Hunger«, sagte Sabine hektisch.

»Ich auch nicht«, bestätigte Bertl eilig.

Gitti schmunzelte. »Der Sabine glaub ich das sogar, aber dir nicht, Bertl. Du hast doch zu Mittag nix gegessen. Und ein Kaffee kann niemandem schaden, oder? Außerdem hab ich Holunder-Pannacotta gemacht, die magst du doch so gern, und eine Buchweizentorte hab ich auch noch.«

Sie stand einfach da und schaute sie beide auffordernd an.

»Du kannst ruhig reingehen«, forderte Bertl sie auf.

»Nur mit euch gemeinsam, mein Lieber. Sonst warten wir bis morgen, dass ihr kommt.«

Sabine stand auf, jedoch ohne ihn loszulassen. Bertl erwiderte ihren Händedruck und richtete sich auf. Allerdings wäre er lieber mit ihr sitzen geblieben, und zwar allein und weit weg von den anderen, aber solange er sie festhalten und spüren konnte, war ihm alles recht. Außerdem hatte er wirklich Hunger. Denn was Gitti nicht wissen konnte: Seine letzte Mahlzeit war nicht das Frühstück gewesen, sondern ein Stück Schwarzbrot mit Speck gestern Abend, und davon hatte er fast die Hälfte Zeus gegeben, weil er so nervös gewesen war, dass er schon nach wenigen Bissen nichts mehr runtergebracht hatte.

»Beides, Gitti. Pannacotta und Torte.«

Gitti trat schmunzelnd zur Seite und deutete Bertl, vorzugehen. Er konnte ihren Blick in seinem Rücken spüren und wusste, dass sie lächelte. Wahrscheinlich würde sie ihn bis in alle Ewigkeit damit aufziehen, dass er mit Sabine Händchen hielt wie ein verliebter Teenager, während sie ins Haus gingen. Aber das war ihm so was von egal. Das Einzige, was zählte, war, dass sie es taten – und er hatte nicht vor, Sabine jemals wieder loszulassen. Und das meinte Bertl Kofler wörtlich.

Kapitel 12

Annie Gufler wusste immer schon, dass Erwachsene sich nur selten normal benahmen. Wobei sie sich trotz ihrer zwölf Jahre absolut darüber im Klaren war, dass ihre Normalität nicht dieselbe war wie die ihrer Mutter, ihres Vaters oder anderer Menschen, die alles selbst entscheiden durften, ohne angemeckert zu werden. Als sie kurz nach halb sieben – und somit ein paar Minuten zu spät, um rechtzeitig zum Abendessen zu erscheinen – die Haustür zum Guflerhof aufriss und in die Küche stürzte, merkte sie sofort, dass irgendetwas nicht stimmte. Es stand nichts vom Üblichen auf dem großen Esstisch. Dort, wo um diese Uhrzeit Teller, Besteck, Servietten und normalerweise die zwei großen Holzbretter, das eine mit Käse und das andere mit Schinken, Speck und anderer Wurst, stehen sollten, sah sie die leere hölzerne Tischplatte. Dass um diese Zeit nichts auf dem Herd vor sich hin köchelte, war normal, ihre Mutter benutzte ihn vom Frühstück bis zum Mittagessen tagtäglich – und danach nicht mehr. Das, was Annie jedoch zutiefst verwirrte, war die Tatsache, dass vor dem Hof im privaten Bereich nicht nur die Autos ihrer Eltern standen, sondern auch Bertls Wagen und ein uralter schwarz glänzender Mercedes.

Auf die Wagen der Hausgäste, die seitlich ihren eigenen

Parkplatz hatten, achtete sie nicht mehr. Früher, wie sie klein gewesen war, hatte sie jedes der deutschen und österreichischen Kennzeichen ganz genau studiert. Bei denen konnte man nämlich, im Gegensatz zu den italienischen, immer herausfinden, aus welchem Bundesland sie kamen, bei den Deutschen sogar den Landkreis, was im Grunde nichts anderes als ein Regierungsbezirk war. Das hatte ihr vor vielen Jahren ihr großer Bruder erklärt, bevor er nach Deutschland studieren gegangen war. Mittlerweile war der Peter schon ewig weg, und die Susi, ihre Schwester, war auf einer Universität in England, die einen unaussprechlichen Namen hatte, und lebte in Newcastle, was neues Schloss bedeutete. Manchmal am Abend, nachdem sie mit Susi auf WhatsApp schrieb, suchte sie auf Google-Maps die Stadt und stellte sich vor, im Sommer hinzufliegen. Die Sehnsucht nach ihrer Schwester war groß, aber die nach dem Sommercamp mit den Pfadfindern, dem Schwimmen im Eisfluss mit ihren Freundinnen und den Tagen mit ihrem Vater oben auf der Alm, wo die Rinder den Sommer verbrachten, war größer.

Doch all das wurde von ihrer Vorfreude in den Schatten gestellt, endlich die Sabine Holzer wiederzusehen. Die war die coolste Lehrerin gewesen, die sie in ihrer ganzen Grundschulzeit gehabt hatte, und dass sie damals hier bei ihnen wohnte, hatte alles getoppt. Nicht zu reden von ihren irre schönen feuerroten Locken und den grünen Augen, der Wahnsinnsfigur. Außerdem war sie richtig groß, wie ein Model, und bewegte sich wie eine Katze. Zwar hatte Sabine nur die Vertretung im Turnen gehabt, aber wäre es nach Annie gegangen, hätte sie für immer in Mela bleiben sollen. Stattdessen war sie nicht einmal bis zum Schulschluss geblieben, sondern Hals über Kopf heimgefahren, weil ihre Eltern bei einem Autounfall gestorben waren. Das war schlimm und traurig und hatte Annie unheimlich leidgetan –

aber das Schlimmste daran war, dass sie nicht zurückgekommen war.

Jetzt schaute Annie sich in der großen Küche um und fragte sich, warum sie eigentlich heimgekommen war. Ihr Onkel war nicht begeistert gewesen, dass er sie hatte fahren müssen, aber der hatte ohnehin immer was zu motzen. Sicher, es waren zwanzig Minuten von seinem Haus oben in St. Pankraz, aber das war ja keine Weltreise. Außerdem war sie die Lieblingsnichte ihrer Tante, die die jüngste Schwester ihrer Mutter, der ältesten von acht Geschwistern, war. Trotzdem hatte er gemurrt, obwohl sie es ihm doch schon am Vormittag gesagt hatte, als ihr Vater sie beim Haus des Onkels abgesetzt hatte. Aber egal. Jetzt war sie genau hier, wo sie sein wollte – aber allein. Sie ging zur Glastür, die auf die Küchenterrasse und in den Garten führte, und schaute hinaus, obwohl sie schon längst gesehen hatte, dass niemand zu sehen war. Kopfschüttelnd drehte sie sich um, ging den gleichen Weg wieder zurück, öffnete die Haustür und starrte auf den Mercedes.

Der konnte nicht Sabine gehören. Sie fuhr einen roten Cinquecento mit breiten Reifen und Sportfelgen, mit dem sie manchmal Annie in die Schule mitgenommen hatte, wenn auch sie schon in der ersten Stunde unterrichten musste. Seither waren zwar zwei Jahre vergangen, aber niemals hätte die Sabine dieses geile Auto gegen so einen altmodischen Mercedes getauscht. Was aber automatisch ausschloss, dass ihre Eltern mit Sabine in deren kleinem Auto irgendwohin gefahren waren. Ihr Vater hatte viel zu lange Beine und ihre Mutter konnte sie sich wirklich nicht auf dem schmalen Rücksitz vorstellen. Außerdem ... Wo hätten sie denn hinfahren sollen? Morgen kamen ohnehin alle zu ihnen zum Spanferkelessen. Also nein, irgendwas war komisch.

Mit gesenktem Kopf ging sie an der Hausmauer entlang zu dem schwarzen Auto, das irgendwie viel zu kantig war, innen aber echt teuer aussah. Sie hielt die Hände links und rechts an ihre Stirn und presste die Nase an das Glas des Seitenfensters. Alles war aus Leder – und rot. Irre!

»Gefällt er dir? Der ist mindestens dreimal so alt wie du.«

Annie wirbelte herum und starrte den Mann an, der auf sie herunterschaute. Er lächelte freundlich und hatte fast so viele Haare wie ihr Vater, nur waren sie schneeweiß. Ebenso die buschigen Augenbrauen über diesen Augen, die grün waren und sie an irgendwen erinnerten ... Annie schlug sich auf den Mund.

»Bist du der Großvater von der Sabine?«

»Bist du die kleine Annie?«, parierte er.

»Klein bin ich nicht, aber die Annie bin ich schon.«

Der alte Mann, der eine karierte Jacke mit Lederflicken auf den Ellenbogen trug und darunter ein eierschalenfarbenes Hemd, reichte ihr lachend die Hand.

»Du bist genauso ein Unikat wie deine Mutter, aber die Haarfarbe hast von deinem Vater.«

Annie schlug ein und merkte, dass er sich bemühte, ihre Finger nicht zu zerquetschen. Sie grinste und quetschte seine.

»Ich bin nicht aus Zucker«, raunte sie ihm zu.

»Ich mag sie schon jetzt«, rief der alte Mann über seine Schulter, und Annie hörte ihre Eltern lachen.

Sie stellte sich auf die Zehen, was natürlich nix brachte, weil der Mann einfach viel zu groß war.

»Lasst du mich bitte vorbei?«

»Gut erzogen ist sie auch«, meinte er lachend.

»Du aber nicht, sonst würdest mich vorbeilassen. Außerdem hast du mir deinen Namen nicht gesagt.«

Er ging in die Knie und legte seine Hände auf ihre Schultern.

»Johann heiß ich. Johann Holzer. Und ich hab mich gerade in dich verliebt, Annie Gufler.«

Er zwinkerte ihr zu, erhob sich und trat zur Seite. Annie war so verwirrt, dass sie stumm zu ihm aufschaute und eine Sekunde brauchte, bis sie sich bewegte. Erst da drehte sie den Kopf – und sah Sabine.

Ihr Gesicht begann zu strahlen.

»Endlich«, rief sie und lief los.

Direkt auf Sabine zu, die lächelnd dastand und einen Arm hob, als ob sie sie umarmen wollte. Annie merkte jedoch erst, dass es nur einer war, als sie begriff, dass sie den zweiten nicht bewegen konnte, was daran lag, dass ihre Hand mit einer anderen verschränkt war. Aber nicht mit irgendeiner, sondern mit der vom Bertl. Annie bremste einen halben Meter vor Sabine ab.

»Was bin ich froh, dich endlich wiederzusehen!«

Sabine beugte sich vor und hob schließlich auch den zweiten Arm. Annie flog an ihre Brust und lehnte ihren Kopf an Sabines Schulter, während Bertl knurrte.

Annie wunderte sich nicht mehr über Erwachsene. Die benahmen sich eben so gut wie nie normal. Der Bertl war das Paradebeispiel dafür.

Vor zwei Jahren war er um die Sabine herumgeschlichen wie ein verliebter Gockel, aber ohne einen Punkt zu landen, weil er viel zu dumm dafür gewesen war, sie auch nur ein einziges Mal zum Pizzaessen einzuladen. Wenn er sie gefragt hätte – und sie war damals erst zehn gewesen –, hätte sie ihm gesagt, dass er die Pizza bestellen und zu sich auf den Koflerhof hätte liefern lassen sollen, anstatt in eine Pizzeria zu gehen. Dann hätte die Sabine seinen Hof gesehen, der wirklich groß war, und nebenbei begriffen, dass es ihm ernst war. Aber dazu war es nicht gekommen. Genauso wenig war er auf die Idee gekommen, ihr hinterherzufahren. Himmel!

Die Sabine lebte ja nicht am anderen Ende der Welt, sondern im Pustertal! Aber nein, der Bertl hatte nix getan, nur noch mehr gearbeitet und noch mehr Grund dazugekauft, und außerdem war ausgerechnet er Gemeinderat geworden, obwohl er immer einem jeden unter die Nase rieb, wie sehr er Politik hasste. Aber jetzt, wo die Sabine endlich auf Besuch bei ihnen war und Annie sich so darauf gefreut hatte, mit ihr reden zu können, hielt er mit ihr Händchen – endlich! –, und jetzt knurrte er, weil die Sabine sie umarmte. Nein, es war wirklich ein Kreuz mit den Erwachsenen!

Annie seufzte und löste sich aus der Umarmung. Sabine strich ihr mit der Hand über den locker geflochtenen blonden Zopf, der über ihre Schulter nach vorn fiel.

»Lang sind sie geworden, deine Haare.«

»Deine auch.« Sie streckte die Hand aus und zog leicht an einer der feuerroten Locken.

Sabine lächelte. »Dir ist schon klar, dass ich dich jetzt mindestens eine Stunde lang über die Schule ausfragen werde, Annie, richtig?«

Bertl schnaubte.

Annie verdrehte die Augen. »Ich hab das Gefühl, da gibts jemanden, der was dagegen hat. Was hältst du von einer Kurzfassung, Sabine? Mehr als zehn Minuten gibts bei meinen Noten eh nicht zu sagen, ich hab lauter Einser.«

»Und was soll ich mit den restlichen fünfzig Minuten anfangen, du Musterschülerin?«

»Händchenhalten mit dem Bertl, Sabine. Das ist das einzig Logische, jetzt wo ihr beide endlich begriffen habt, wie der Hase läuft. Weil wenn du morgen heimfährst, verkümmert er wieder wie ein Baum, der kein Wasser hat.«

Es war nicht klar, wer zuerst zu lachen begonnen hatte, Tatsache war, dass sich ihr Vater den Bauch hielt und ihrer Mutter die Tränen über die Wangen rannen. Und Sabines

Großvater stand da, lachte dabei leise und schaute von seiner Enkelin zum Bertl.

»Ich verkümmer nicht. Wie kommst denn auf diesen Blödsinn, Annie?«, fragte Bertl murrend – und lächelte dabei, was wieder so eine typische Erwachseneneigenart und total unlogisch war.

»Das musst schon deinen Freund fragen, er hat das von dir gesagt.« Annie deutete auf ihren Vater, bevor sie die Hand Sabine hinhielt. »Komm, lass uns die zehn Minuten ausnutzen.«

Johann Holzer ertappte sich dabei, wie er schon wieder schmunzelte. Seitdem Sabine und er auf dem Guflerhof angekommen waren, passierte ihm das immer wieder. Er schloss den letzten Knopf des Oberteils seines Pyjamas, das ein Revers hatte und einer Jacke nachempfunden war, und warf einen Blick auf den Morgenmantel aus demselben leicht glänzenden Stoff, der am Haken an der Tür des Badezimmers hing. Eigentlich hatte er direkt ins Bett gehen wollen, aber er musste sich nichts vormachen. Bevor er das tun würde, wollte er endlich einen Blick aus dem Fenster dorthin werfen, wo seine Gedanken ohnehin ständig waren. Und das, obwohl er heute einen so ereignisreichen, vor allem aber ausgesprochen zufriedenstellenden Tag verbracht hatte wie schon lang nicht mehr.

Gitti und Leon Gufler waren genau so, wie zwei Menschen nur sein konnten, wenn sie sich zutiefst liebten. Man merkte ihnen an, dass sie immer schon füreinander bestimmt gewesen waren. Kaum zu glauben, dass die beiden erst achtunddreißig und schon fast ein Vierteljahrhundert verheiratet waren und drei Kinder hatten, von denen zwei im Ausland studierten. Wobei Johann darüber froh war, denn die kleine Annie und ihre Mutter hatten so viel zu erzählen gehabt, dass sie wahrscheinlich nicht zu Wort gekommen wären. Er wusste nun so viel über die Guflers und den Hof, dass es in ihm widerstreitende Gefühle hervorgerufen hatte. Er selbst hatte zwar ein gutes Leben mit seiner Frau geführt, aber etwas hatte ihm immer gefehlt. Umso mehr bewunderte er das Ehepaar Gufler, das mit unheimlichem Ehrgeiz und trotz der untypischen Entscheidung, in Mela weder Äpfel noch Wein anzubauen, sondern Rinder zu züchten und Ferienzimmer zu vermieten, ein gut gehendes Unternehmen aufgebaut hatte. Anders konnte er den Guflerhof wahrlich nicht bezeichnen. Er konnte nämlich hinter die Fassade des zugegebenermaßen nicht zuletzt aufgrund der Anbauten großen Bauernhofs sehen wie in eine Kristallkugel.

Nach der Marende hatte Leon vorgeschlagen, dass sie sich gemeinsam die Beine vertreten konnten, da er die unteren Zäune der Weide kontrollieren wollte, auf der die Rinder standen. Dass ebendiese lediglich ein kleiner Teil seiner Tiere waren, hatte er ihm nur nebenbei erzählt, wohingegen Gitti ausführlich vom Melken, der Käserei und davon gesprochen hatte, wie viele Tiere sie pro Jahr schlachteten und wen sie belieferten. Wie viele Südtiroler Unternehmer war Johann selbst auch einer, der anderen gegenüber eher verschlossen war. Es ging niemanden etwas an, wie viel mehr als das Offensichtliche er besaß, was in seinem Fall der Betriebsstandort von Holzer-Holz mit dem Firmengebäude, der Sägerei, dem Holzlager und dem Fuhrpark und nicht zuletzt seinem privaten Wohnhaus war. Die Guflers verhielten sich da nicht anders – und Bertl Kofler auch nicht.

 Wieder schmunzelte Johann Holzer, verzichtete nach einem weiteren Blick auf den Morgenmantel, machte das Licht im Bad seines Zimmers aus und ging zum Fenster. Er freute sich schon auf morgen. Bertl würde Sabine und ihn morgen nach dem Frühstück abholen, um mit ihnen rüber zu seinem Hof zu fahren. Als ob das nötig gewesen wäre. Johann hatte dennoch zugesagt, obwohl er gar nicht sehen musste, wie der junge Mann lebte. Die paar Bemerkungen, die im Laufe des Nachmittags und abends gefallen waren, zumeist seitens Gitti und Leon, weniger von ihm selbst, waren eindeutig gewesen. Bertl Kofler, der mit elf Vollwaise geworden war und bis zu seinem achtzehnten Lebensjahr bei der Schwester seiner Mutter und deren Mann gelebt hatte, war ebenso wortkarg wie erfolgreich. Er baute Wein an, züchtete Schweine, hielt Hühner und anderes Federvieh und besaß eine Baumschule mit Obstbäumen, die er nicht nur im Land, sondern auch weit über die italienische Staatsgrenze hinweg verkaufte. Aber das, wovon Johann wirklich etwas verstand, war der Zirbenwald, den er vor knapp zwei Jahren gekauft hatte. So wie Bertl ihn erwähnt hatte, hätte man denken können, dass es sich um ein paar Hektar handelte. Ein Stück Land eben, das irgendwo aus einer Erbmasse heraus verkauft worden war, weil es zu klein und demnach unrentabel und für die Erben uninteressant war. Dass er insgesamt achtzig Hektar Wald besaß – eine unwahrscheinlich große Fläche –, hatte ihm Gitti zugeflüstert. Die mochte den Bertl nämlich sehr gern und seine Enkelin nicht weniger. Längst hatte er begriffen, dass sie alles tun würde, um ihren Freund in Johanns Augen so gut wie möglich erscheinen zu lassen, als ob er auf der Suche nach einem Zuchtstier wäre, der seine Rinder beglücken sollte.

Johann lachte leise, hob den Blick und schaute zum Mond. Seinetwegen hätte Bertl ein armer Schlucker sein und schielen können. Sein Sabinchen war wie ausgewechselt, seitdem sie hier angekommen waren. Es war aber auch ein Schauspiel gewesen, als die beiden sich gegenüberstanden – absolut unverhofft. Hatte er zuvor immer nur vermutet, dass dieser Mann der Richtige für sie sein konnte, und das bereits, ohne ihn zu kennen, so wusste er es jetzt mit Sicherheit. Sie waren füreinander geschaffen, so wie damals, vor langer Zeit, er und …

Endlich gab er auf.

Johann Holzer senkte langsam den Kopf und sein Blick glitt weg vom Mond und hin zu dem Punkt, den er selbst dann zielgenau angepeilt hätte, wenn das Mondlicht ihn nicht direkt angestrahlt hätte. In Luftlinie lag der Apfelhof so nah – und das Gebäude hatte immer noch dieselbe Form wie 1953. Wären die drei Bäume davor nicht noch höher und so viel breiter, hätte er sich zurückversetzt gefühlt. Johann zog den Vorhang beiseite, der die Balkontür verdeckte, legte die Hand an den Griff und öffnete sie. Dann trat er hinaus auf den Balkon und stützte sich mit beiden Händen an der Brüstung ab. Er seufzte auf.

»Morgen krieg ich es heraus, Nonno.«

Er erschrak nicht und fragte nicht. Er wandte sich auch nicht zur Seite, wo Sabine auf dem Balkon ihres Zimmers stand, der von seinem nur durch eine Holzwand getrennt war.

»Das musst du nicht, Sabinchen. Mir reicht der Blick von hier.«

»Papperlapapp, Nonno. Du hast doch gehört, dass die Liesi morgen zum Mittagessen kommt. Ich werd sie einfach nach ihrer Großmutter fragen.«

Johann wandte sich seiner Enkelin zu. »Vielleicht ist es besser, wenn du das nicht tust. Falls sie nicht mehr lebt, reißt du mit einer solchen Frage nur eine Wunde auf.«

Sabine kam ganz nah an die Abtrennung. »Denkst du das? Ich meine, kannst du das spüren? Oder bildest du dir das nur ein?«

Er schüttelte den Kopf. Was sollte er darauf antworten?

So vernunftbetont er eigentlich war, die letzten Stunden hatten ihn glücklich und zugleich traurig, melancholisch und hoffnungsvoll gestimmt, vor allem aber war er verwirrt. Er wollte, dass sie noch lebte und es ihr gut ging. Anders konnte er sich Filomena gar nicht vorstellen! Andererseits ... Das, was er sich ausmalte, war die fantasievolle Vorstellung seines jüngeren Selbst. Viele Jahre hatte er sich mit Selbstvorwürfen das Leben schwer gemacht – und alles versucht, damit das Zusammenleben mit Concetta, der Frau, die er geschwängert und deshalb geheiratet hatte, nicht darunter litt. Irgendwann hatte er dann Frieden mit seiner Vergangenheit geschlossen, als er endlich begriffen hatte, dass er das Geschehene nicht ändern konnte. Es war, wie es war. Das wusste er – und doch hielt es ihn jetzt und hier nicht davon ab, zu träumen. Was er vielleicht besser im Bett tun sollte anstatt hier auf dem Balkon, nur weil er in Mela und der Apfelhof in Sichtweite war.

»Es wird frisch«, wich er Sabine aus und rieb mit überkreuzten Armen über den Stoff seines Pyjamas.

»Du hast mir nicht geantwortet, Nonno.«

»Weil es nichts zu sagen gibt, Sabinchen.« Er öffnete die Arme, streckte einen aus und strich Sabine über die Wange. »Bist du glücklich?«

Das grüne Augenpaar, das dem seinen so ähnlich war, blitzte auf und ein strahlendes Lächeln überzog ihr Gesicht.

»Sehr, auch wenn ich keine Ahnung habe, wie das weitergehen soll.«

»Darüber kannst du dir Gedanken machen, wenn es nötig ist. Jetzt genieß es einfach. Am besten gehst auch du ins Bett, dann träumst du von ihm.«

Sie nickte und er senkte den Arm.

Sie trat einen Schritt zurück, hielt ein, suchte seinen Blick.

»Wie findest du ihn denn, den Bertl?«

»Perfekt, Sabinchen. Einfach nur perfekt.«

Dass er ihr noch eine gute Nacht wünschte und zurück in sein Zimmer ging, bekam sie gar nicht mit. Johann schloss die Balkontür und spürte plötzlich die bleierne Müdigkeit nach diesem langen Tag. Er legte sich ins Bett und zog die Decke bis zum Kinn hoch. Er würde alles dafür geben, an Sabines Stelle zu sein, die ihre Zukunft noch vor sich hatte, war sein letzter Gedanke, bevor er seine Augen schloss und in einen traumlosen Schlaf fiel.

Kapitel 13

Zur selben Zeit nur wenige hundert Meter entfernt auf dem Apfelhof

»Wie geht es ihr denn?«

Chris Bergmann ließ das Buch sinken, das er in den Händen hielt, ohne sich auf die Lektüre konzentrieren zu können, und wandte sich Liesi zu, die ins Schlafzimmer trat und die Tür hinter sich schloss.

»Gut. Alles in Ordnung.«

Sie setzte sich auf ihrer Seite aufs Bett, schwang die Füße unter die Decke und legte sich ihm zugewandt hin.

»Ich mach mir wirklich Sorgen um sie, Liesi. So ruhig und verschlossen war sie doch nie.«

Chris gehörte nicht zu den Männern, die sich gern reden hörten. Wenn er etwas sagte, dann meinte er es.

Liesi streckte die Hand aus und strich ihm über die Stirn. »Du kriegst noch Falten, wenn du so viel grübelst.«

»Die hab ich doch schon längst«, wiegelte er ab, klappte das Buch zu und legte es auf den Nachttisch.

»Es geht ihr gut, Chris, glaub mir.«

»Sag jetzt nicht, dass du das weißt, weil du sie länger kennst als ich. Ich spür genau, dass irgendwas nicht in Ordnung ist.«

»Das hat aber nix mit ihrer Gesundheit zu tun, Chris. Von Zeit zu Zeit hat die Großmutter diese Phasen, in denen sie grübelt, und da sie immer alles mit sich selbst ausgemacht hat, macht sie das auch heute so. Weder du noch ich werden sie in ihrem Alter noch ändern.«

Chris schob einen Arm unter Liesis Nacken hindurch und zog sie näher.

»Nein, das werden wir sicher nicht, da hast du recht.« Er beugte sich vor und küsste sie sanft. »Übrigens habe ich schon Falten auf der Stirn, das solltest du eigentlich wissen.«

Sie lachte leise. »Wirklich? Das ist mir noch gar nicht aufgefallen. Vielleicht sollte ich mir das näher anschauen, was meinst du?«

»Meine Stirn?«

»Nicht nur die«, hauchte sie – und dann sprachen sie beide kein Wort mehr, weil sie anderes zu tun hatten.

Chris atmete tief ein und aus. Er war längst eingeschlafen. Das war immer so, wenn sie miteinander Liebe machten, wie Chris es nannte. Nur schlief auch sie normalerweise zufrieden in seinen Armen ein. Aber heute nicht.

Liesi drehte sich zum wiederholten Mal auf die andere Seite, zog die Beine an, schob die Hand unter ihren Kopf und legte die andere auf ihr Knie. Sie war aufgekratzt, nervös, besorgt – und sie fühlte sich schuldig.

Gitti hatte sie zu Wochenbeginn gebeten, Filomena nichts davon zu sagen, dass Sabine käme. Zuerst in der Nachricht nach ihrem Telefonat, am nächsten Tag auch noch persönlich, als sie zu ihr gefahren war. Wobei das eine mit dem anderen nichts zu tun gehabt hatte. Gitti hatte ihr nur ein Rinderfilet für Filomena und ein Kilo Fleisch für Gulasch gegeben, was Leon eigens nach dem Schlachten für sie zur Seite gelegt, dann jedoch vergessen hatte, es auf dem

Apfelhof vorbeizubringen. Die Gitti selbst war wiederum sehr mit den Hausgästen und den Reservierungen eingespannt, obwohl sie genug Mitarbeiter hatte. Aber sie traute eben den Zimmermädchen und der Frau, die im Anbau für das Frühstück der Gäste verantwortlich war, nicht zu, dass sie sich auf die gleiche Art um die Gäste kümmerten wie sie selbst. Was ja der Wahrheit entsprach. Nur kam sie daher äußerst selten vom Guflerhof weg. Sie hatte Liesi also lediglich gebeten, vorbeizukommen, um das Fleisch abzuholen, und noch einmal wiederholt, dass sie ihrer Großmutter nicht sagen sollte, wer am Sonntag außer der gewohnten Gruppe beim Mittagessen dabei sein würde.

Liesi hatte sich nicht daran gehalten. Nicht ganz.

Was war auch schon dabei?

Sie hatte Filomena heute Vormittag, während sie einen Kaffee getrunken und ihr zugeschaut hatte, wie sie mit flinken Fingern den Teig für den Strudel ausgezogen und mit Äpfeln, Bröseln, Pinienkernen und Sultaninen belegt hatte, die seit Tagen wiederkehrende Frage beantwortet.

»Sagst mir jetzt endlich, wer morgen außer den Üblichen kommt, Liesi?«

»Erinnerst du dich noch an die Sabine Holzer, die Lehrerin aus dem Pustertal?«, hatte sie mit einer Gegenfrage geantwortet.

Die Großmutter war mitten in der Bewegung erstarrt. Zumindest schien es einen Augenblick lang so, bevor sie sich abgewandt und nach dem Stiel des Pfännchens mit der geschmolzenen Butter gegriffen hatte, um den Strudel damit zu bestreichen. »Sonst noch wer?«, hatte sie dabei gefragt, ohne sie anzusehen – und Liesi hatte verneint.

Besser nur eine halbe Lüge, hatte sie gedacht. Zur Hälfte hatte sie die Bitte ihrer Freundin Gitti nicht erfüllt, zur anderen Filomena nicht gesagt, dass Sabine ihren Großvater mitbrachte. Das war alles – und absolut nichts Schlimmes, da es ohne Bedeutung war.

Aber weshalb ihre Großmutter zu Mittag kaum etwas gegessen und Chris' Frage, ob es ihr gut ginge, einfach ignoriert hatte, verstand sie nicht. Noch weniger, warum sie am Nachmittag nach oben gegangen war und etwas von einem Nachmittagsschläfchen gemurmelt hatte, was sie doch nie tat. Nur damals, an dem Tag, als der Chris zum ersten Mal auf den Apfelhof gekommen war und sie beide nicht die Augen voneinander lassen konnten, hatte sie das auch gesagt und getan. Um sie beide allein zu lassen, was nicht schwer zu erraten gewesen war. Heute aber ...

Liesi hatte nicht die geringste Idee, was los war. Sie hatten zwar gemeinsam zu Abend gegessen wie immer, aber da war Filomena ausgesprochen schweigsam gewesen. Chris hatte sie gefragt, ob alles in Ordnung war, und sie hatte bejaht – und kein einziges Wort mehr gesprochen. Eigenartig.

Vorhin, als sie wie jeden Abend in Filomenas Zimmer gegangen war, um ihr eine gute Nacht zu wünschen, hatte sie bereits geschlafen. Es kam nicht oft vor, dass sie so rasch einschlief, aber doch hin und wieder. Liesi hatte ihr übers Haar gestrichen und sie sanft geküsst und sich dabei wie jeden Abend gewünscht, ihre Großmutter noch viele Jahre lang bei sich zu haben. Auch wenn sie, so wie heute, einen einsilbigen, besser gesagt einen nahezu schweigsamen Tag hatte und nicht ein einziges Mal lächelte.

Niemand konnte immer gut gelaunt sein und lustige Sprüche auf der Zunge haben, selbst Filomena Pinker nicht. Merkwürdig war es dennoch. Mit diesem Gedanken schlief Liesi endlich ein.

Filomena Pinker hatte die Augen im selben Moment geöffnet, in dem ihre Enkelin die Tür zu ihrem Zimmer von außen hinter sich schloss, und tief geseufzt.

Wann hatte sie verlernt, ihre Regungen und Gefühle unter Kontrolle zu haben? Noch vor ein paar Jahren hätte Liesi ihr nicht angemerkt, wenn sie etwas beschäftigte. Aber wem wollte sie etwas vormachen? Alles war anders, seitdem Chris so überraschend in ihrer beider Leben aufgetaucht war. Mit ihm waren plötzlich all die Erinnerungen an seine Mutter Elisabeth wieder da gewesen, die Filomena gemeinsam mit ihrer Tochter Sofia aufgezogen hatte. Niemand hatte sie darum gebeten, sie hatte es einfach getan, wie das eben in einer Familie so war. Sie war allein gewesen, und Jakobs Frau war bei der Geburt der gemeinsamen Tochter gestorben. Ihr weltfremder Cousin hatte die Frau nur geheiratet, nachdem er sie geschwängert hatte, pflichtbewusst wie er war. Und weltfremd. Jakobs Bilder waren zwar wirklich schön, obwohl Filomena sie schon ewig nicht mehr angeschaut hatte, weil sie oben auf dem Dachboden waren. Ja, das Malen war Jakobs Lebensinhalt gewesen, denn abgesehen davon hatte er nie irgendwas Konkretes zum Leben auf dem Apfelhof beigetragen. Aber er war ja auch kein echter Pinker gewesen, sondern der Adoptivsohn ihres Bruders Peter. So gesehen konnte der Chris natürlich auch nichts von den Pinkerschen Familiengenen haben – und dennoch war er genauso scharfsichtig und emotional wie die Liesi und sie selbst.

Er spürte einfach, wenn seine beiden Lieblingsfrauen, wie

er sie nannte, etwas beschäftigte – und das war gar nicht gut. Nicht für ihn und die Liesi, weil sich die beiden Sorgen machten, und noch weniger für sie selbst.

Seit Tagen hatte sie dieses komische Gefühl, das sie immer überkam, wenn sich etwas zusammenbraute. Und das hatte nichts mit dem Wetter zu tun, denn obwohl ihre Knochen alt waren, hatte sie keine rheumatischen Beschwerden, wenn es umschlug. Gewitter und Sturm interessierten sie nur, weil ihre Apfelbäume darunter litten. Es war gar nicht gut, wenn sie Blüten verloren, und schrecklich, wenn die an den Ästen reifenden Äpfel Starkregen abbekamen und die Einschläge zu Faulstellen führten, was die Ernte erheblich verringern konnte. Das alles hatte sie im Laufe der Jahrzehnte nicht nur einmal erlebt – und überlebt. Ein komisches Gefühl im Bauch hatte sie aber niemals vor diesen wetterbedingten Ereignissen gehabt, sondern immer nur danach, wenn die Konten in Rot waren und die Existenz des Apfelhofs auf dem Spiel stand.

Nein, seitdem die Liesi ihr Gittis Bitte ausgerichtet hatte, dass sie doch bitte einen Apfelstrudel machen sollte, weil sie am Sonntag Spanferkel essen würden, fühlte sie sich, als ob sie etwas ausbrüten würde. Was sie ja eigentlich nicht beurteilen konnte, weil sie ihr Leben lang nie irgendetwas gehabt hatte, was man als Krankheit hätte bezeichnen können. An ihr waren sogar die Asiatische Grippe Ende der 50er-Jahre und die Hongkong-Grippe zehn Jahre später spurlos vorbeigezogen, obwohl viele Millionen von Menschen weltweit – und so mancher Dorfbewohner hier bei ihnen – daran gestorben war. Selbst dieses Coronavirus, das bei ihnen im Ort einige Menschenleben gekostet hatte und anderen immer noch mit seinen Nachwirkungen das Leben schwer machte, hatte sich nicht an sie herangetraut – obwohl sie angeblich zur absoluten Risikogruppe gehörte.

Was ein Riesenblödsinn war, weil sie zwar alt, aber pumperlgesund war. Filomena hatte sich also tagelang gefragt, warum sie sich so komisch fühlte – bis heute Vormittag. Fast hätte sie die ganze geschmolzene Butter über den Strudel geschüttet, so sehr hatten ihre Finger gezittert, als Liesi den Namen genannt hatte.

Sabine Holzer. Ob sie sich noch an sie erinnerte, hatte sie gefragt!

Wie denn nicht?

Obwohl zwei Jahre seit ihrer einzigen Begegnung vergangen waren, konnte sie sich an jede einzelne Sekunde erinnern. Chris hatte kurz zuvor das Loch unter den Apfelbäumen, in dem er die Urne mit der Asche seiner Mutter Elisabeth vergraben hatte, mit Erde aufgefüllt und die Stelle mit dem Spaten festgestampft.

Das war der Moment, in dem sie aufsah, leicht schwankte und sich an der Rückenlehne der Holzbank hatte festhalten müssen, um nicht zu fallen. Die Frau, die um die Hausecke kam, hatte rote Locken, grüne Augen und den geschmeidigen Gang einer Wildkatze. Sie hatte es gerade noch geschafft, sie zu begrüßen, um sich dann mit der Entschuldigung, dass der Tag lang gewesen war, ins Haus zurückzuziehen und nach oben zu gehen.

Sabine war das Abbild ihres Katers. Des einzigen Mannes, den sie je geliebt und an sich herangelassen hatte. Filomena hätte nicht ihren Nachnamen hören müssen, um sicher zu sein. Holzer oder nicht, die junge Aushilfslehrerin, die ein paar Tage darauf ihre Eltern bei einem Autounfall verloren hatte und überstürzt aus Mela abgereist war, musste Johanns Enkelin sein. Nein, falsch. Sie war seine Enkelin. Das war so sicher wie das Amen in der Kirche – und morgen würde sie die junge Frau wiedersehen.

Der Bertl hatte sie gemocht, Liesi und ihre Freundinnen,

aber auch Leon und Chris hatten das fulminante Aufeinandertreffen als Liebe auf den ersten Blick bezeichnet.

Geworden war aber nix daraus – genauso wenig wie aus ihrem Vorsatz, die Sabine Holzer besser kennenzulernen. Damals hatte Filomena gedacht, ausreichend Zeit dafür zu haben. Aber sowohl der Bertl als auch sie waren in gewisser Weise ebenfalls Opfer des Schicksalsschlags, den die junge Frau erlitten hatte. Anfangs hatte sie noch gedacht, dass sie zurückkommen würde, aber das neue Schuljahr hatte begonnen und niemand hatte ihren Namen erwähnt. Warum auch? Die Lehrerin, die sie vertreten hatte, war wieder gesund gewesen. Irgendwann im letzten Jahr, als diese Pandemie um sich gegriffen und das normale Leben unterbrochen hatte, hatte Filomena mit dem Thema endgültig abgeschlossen. Niemand fuhr irgendwohin, wenn er nicht musste. Sabine Holzer war, wo sie eben war, und sie in Mela. Niemals würde sie die Gelegenheit haben, die bildschöne Rothaarige beiläufig nach ihrer Familie zu fragen – hatte sie gedacht.

Aber jetzt war sie da. Drüben bei der Gitti und beim Leon. Heute sollte sie ankommen und über das Wochenende bleiben, hatte Liesi gesagt. Deshalb hatte Bertl eines seiner Ferkel geschlachtet, das sie morgen auf Leons Holzkohlengrill braten würden – und sie würde dabei sein.

Filomena setzte sich auf, stieg aus dem Bett, stellte sich ans Fenster. Drüben auf dem Guflerhof brannten im Anbau, wo die Ferienzimmer waren, noch ein paar Lichter. Daneben im Haupthaus brannte hingegen kein Licht mehr. Filomena strich abwesend mit der Hand über das Fensterbrett – und hielt mitten in der Bewegung ein.

Sie war beunruhigt, überrascht, entsetzt. Zum ersten Mal in ihrem Leben hatte sie nicht die geringste Ahnung, was sie am nächsten Tag tun würde.

Das Gespräch irgendwann, am besten, während alle ihren Strudel aßen, auf Sabines Familie bringen? Zwei Jahre nach dem Tod ihrer Eltern konnte man das sicher tun, ohne unsensibel zu wirken. Oder würde sie einfach, wie es ihre Art war, wenn sie mit den Jungen um den Tisch saß, still deren Gespräche verfolgen? Dabei unauffällig die junge Frau beobachten? Immerhin war es möglich, dass sie sich geirrt hatte. Andererseits ... Filomena atmete tief ein und wieder aus. Nein, geirrt hatte sie sich nicht. Ein einziger Blick hatte ihr vor zwei Jahren Gewissheit verschafft, ein zweiter würde daran nichts ändern.

Ein weiterer Gedanke schoss ihr durch den Kopf und begrub alle anderen unter sich. Sie trat vom Fenster weg, ging zurück zum Bett, legte sich hinein und zog die Decke zurecht. Es gab keinen Grund, warum sie sich mit Unnötigem belasten sollte. Sie hatte viel erlebt und schon genug Aufregungen gehabt. Die reichten für ein ganzes Leben, selbst ein langes, wie das ihre. Mehr brauchte sie nicht. Filomena Pinker schloss zufrieden die Augen. Sie hatte eine Entscheidung getroffen. Die jungen Leute würden morgen unter sich sein, denn sie würde zu Hause bleiben. Es war besser so.

Kapitel 14

Sabine Holzer wachte zur selben Uhrzeit auf wie immer. Das mochte am Kaffeegeruch liegen oder an dem der ofenfrischen Semmeln, die für Gitti zum Tagesbeginn gehörten wie ihre selbst gemachten Marmeladen, Eier in allen gewünschten Variationen und gebratener Speck. Aber nichts davon trieb sie aus dem Bett, sondern die Vorfreude auf Bertl, der sie und ihren Großvater nach dem Frühstück abholen würde. Sie duschte rasch, cremte sich ein, zog sich aber sorgfältig an, bürstete die Haare, bis die weichen Wellen perfekt über ihre Schulter fielen, und nahm sich die Zeit für einen Lidstrich und Mascara. Beide setzten ihre Augen noch mehr in Szene, der leichte Grünton ihrer Bluse tat den Rest. Eilig lief sie nach unten in die Küche – und sah sich erstaunt um, denn sie war leer. Sie nahm ein bauchiges Häferl aus dem Schrank, füllte es zur Hälfte mit dem bereitstehenden Filterkaffee und goss mit lauwarmer Milch aus der Stielpfanne auf, die auf dem Herd stand. Nach einem ersten Schluck und mit der Henkeltasse in der Hand machte sie sich auf die Suche nach Gitti – und fand sie, Leon und Bertl im Garten.

Gestern hatte er sich nur mit einem keuschen Kuss auf die Lippen verabschiedet, jetzt kam er strahlend auf sie zu, nahm ihr die Tasse ab, stellte sie auf den Esstisch, umfasste ihre Wangen mit beiden Händen und küsste sie richtig. Leidenschaftlich und ohne zu zögern, schob er seine Zunge zwischen ihre Lippen – und sie gab seiner Forderung nach, wie auch ihre Knie. Aber was machte es schon, wenn man weiche Beine bekam und sich die Zehen in den Schuhen krümmten?

»Das hätte ich schon gestern tun wollen«, murmelte er an ihrem Mund, während sich ihre Hände in seinem Nacken verselbstständigten und sich in seinen seidenweichen dichten Haaren vergruben.

»Warum hast du es dann nicht getan?«, fragte sie ihn atemlos und ihr Blick kollidierte mit seinem.

»Das wär nicht gut gewesen, Sabine.«

»Warum nicht?«

»Weil ich dann viel zu durcheinander gewesen wär und nicht mehr nach Hause hätte fahren können, ohne einen Unfall zu bauen.«

»Du bist ja ein Poet, Bertl Kofler.«

Er schüttelte den Kopf. »Das bin ich ganz sicher nicht, aber in dich verliebt bin ich, Sabine. Sehr sogar.«

Sie spürte, wie ihr warm wurde. Von innen heraus breitete sich die Wärme aus, stieg ihr zu Kopf, färbte ihre Wangen sicher rot – und machte sie glücklich.

»Das trifft sich aber gut, Bertl, ich nämlich auch in dich.«

Johann Holzer schloss sorgfältig die Manschettenknöpfe, kontrollierte den Sitz des Hemds in der Hose und schloss den Gürtel aus feinstem Kalbsleder, der farblich auf die Schuhe abgestimmt war, über der dunkelblauen Hose und griff nach seiner Jacke. Seitdem er vor vierzig Jahren während einer Geschäftsreise in Florenz einen schottischen Holzhändler getroffen hatte, trug er nahezu ausschließlich dezent karierten Glencheck. Nur bei Hochzeiten oder Begräbnissen passte er sich den Gepflogenheiten an und holte einen schwarzen Anzug aus dem Schrank. Sein Schneider hatte wieder einmal bewiesen, dass auch Italiener englischen Landlord-Stil perfekt umzusetzen wussten. Der leichte Stoff aus edelster Wolle wies Karos aus rostroten und braunen Fäden in verschiedenen Abstufungen auf sandfarbenem Untergrund auf und wirkte eleganter als die Jacke mit den ledernen Ellenbogen-Flecken, die er gestern getragen hatte. Er ging ins Bad, kontrollierte den Sitz des Kragens seines hellblauen Hemds und verließ sein Zimmer.

In der Küche war niemand, der für sechs Personen gedeckte Tisch unberührt. Dafür roch es trotz der frühen Stunde nach Holzkohlenfeuer. Er folgte dem Geruch und landete im Garten hinter dem Haus. Ein Spanferkel, dessen Ohren, Pfötchen und Schwänzchen mit Aluminium verpackt waren, rotierte auf dem Spieß über dem Feuer. Gitti reichte Leon einen Topf, in den er einen langen Pinsel versenkte, um mit goldbrauner Flüssigkeit das Ferkel zu bestreichen. Das brachte den Feinschmecker in ihm zum Lächeln, wohingegen sein Herz beim Anblick der anderen beiden Menschen rascher schlug.

Johann konnte sich nicht erinnern, wann er Sabine zuletzt so glücklich gesehen hatte. Doch obwohl er ein Mann war, konnte er sie bei Bertls Anblick sehr gut verstehen.

Johanns Mutter hätte Bertl Kofler als feschen Kerl

bezeichnet, seine Schwiegertochter, die Liebesromane geliebt hatte, als Sahneschnittchen. Unweigerlich musste er schmunzeln, wie vor gar nicht so langer Zeit, als sie ihm diesen Ausdruck erklärt hatte. Concetta hingegen hätte Bertl nicht beachtet und ihm auf seine Frage, was sie von ihm dachte, mit »Niente« geantwortet. »Nichts, weil ich nur Augen für dich habe, Johann.« Er hatte das seiner Frau auch immer geglaubt und sich lange Zeit schuldig gefühlt, weil sie ihn so sehr liebte, er für sie hingegen nur Zuneigung empfand, während er sein Herz einer anderen Frau geschenkt hatte. Seine Schuldgefühle hatte er jedoch am Tag ihrer Silberhochzeit abgelegt, nachdem seine Frau ihm nach ein paar Gläsern Wein zu viel die Wahrheit gestanden hatte. Concetta war zwei Jahre jünger gewesen als er und hatte bereits mit sechzehn begonnen, für seinen Vater zu arbeiten. Ein paar Wochen bevor er Toblach verlassen hatte, weil er es in seinem von der Trauer für seine verstorbenen Brüder erfüllten Elternhaus nicht mehr ausgehalten hatte. Er hatte die neue Schreibkraft zu der Zeit nicht bewusst wahrgenommen und noch weniger, als er Jahre später wieder zurückgekommen war. Sie jedoch hatte geduldig abgewartet, dass er heimkam, und dann noch viel länger. Sie hatte ihn mit zunehmend kürzeren Röcken und tieferen Dekolletés langsam, aber sicher in die Falle gelockt, davon ausgehend, dass auch er nur ein Mann wie alle anderen war und irgendwann die Kontrolle seinen unteren Regionen überlassen würde – und er hatte den Köder geschluckt. Niemals hätte er mit ihr eine Beziehung gehabt, sie offiziell als seine Freundin bezeichnet, ihr irgendwann einen Verlobungsring angesteckt. Sie hatten ein paarmal Sex gehabt – ausnahmslos im Büro und während der Mittagspause, wenn die anderen Mitarbeiter weg waren. Als sie schwanger wurde, hatte sie ihm im übertragenen Sinne das Messer auf die Brust gesetzt und ihn vor die Wahl gestellt. Er konnte sie heiraten, oder sie würde sich einen Anwalt nehmen und seinen Ruf ruinieren. Wahrscheinlich hatte er deshalb nie auch nur versucht, sich in sie zu verlieben. Er war ein Ehrenmann, aber lieben hätte er sie nie können. Doch er hatte sie irgendwann respektiert, da sie die Mutter seines Sohnes war – und er war von ihrer Liebe für ihn überzeugt gewesen. Jahrelang hatte er sich deshalb schuldig gefühlt. Dass sie geduldig wie eine Spinne jahrelang in ihrem Netz gesessen und ihn umgarnt hatte, weil sie sich mit der Position der Sekretärin nicht zufriedengegeben hatte und die Ehefrau eines Unternehmers werden wollte, hatte ihn zutiefst getroffen, als sie es ihm nach fünfundzwanzig Ehejahren gestanden hatte – und zugleich hatten sich seine Schuldgefühle in Luft aufgelöst. Sie waren einander auf gewisse Art und Weise ebenbürtig gewesen und hatten sich gegenseitig ein Vierteljahrhundert lang etwas vorgespielt. Concetta hatte ihm am Tag ihrer Silberhochzeit auch gesagt, dass sie gelernt hatte, ihn zu lieben. Er hatte das Wort Liebe in ihrer Gegenwart nie benutzt – bis zu ihrem Tod nicht.

Johanns Blick glitt von Bertls frisch geputzten Schuhen über die engen Jeans, die seine langen muskulösen Beine betonte, aufwärts. Sein Hemd ähnelte dem von gestern, nicht nur der Karos wegen, sondern auch farblich, und es passte zu ihm. Seine Schultern waren breit und die Oberarme kräftig, wie seine gewesen waren, als er in seinem Alter war. Nur hatte er nie Eishockey gespielt und schon gar nicht eine Jugendmannschaft trainiert, was noch etwas war, was der Bertl Kofler machte. Jetzt kam Bertl auf ihn zu und reichte ihm die Hand, die Johann ignorierte. Stattdessen zog er ihn in eine Umarmung und klopfte ihm auf die Schultern.

»Lass die Förmlichkeiten«, sagte er halblaut an seinem Ohr. »Du machst mein Sabinchen glücklich und somit auch mich.«

Bertl lächelte verlegen, als er zurücktrat. »Ich war so lang ein Riesendepp, weil ich ihr nicht nachgelaufen bin, jetzt werde ich versuchen, das wieder gutzumachen.«

»Guten Morgen, Johann. Was hältst du von einem Frühstück? Das Spanferkel dreht sich von allein.«

Gitti lächelte ihm zu – und er zog auch sie in die Arme, klopfte Leon im Vorbeigehen auf die Schulter und wurde von Sabine am Arm gepackt.

»Jetzt grüßt du alle, und ich bekomme nicht einmal ein Bussi zum Tagesbeginn, Nonno?«

Johann zwinkerte seiner Enkelin zu. »Ich bin sicher, dass du schon einen ganzen Vorrat davon vom Bertl gekriegt hast, da brauchst meines nicht.«

Sie lachten immer noch, als sie in der Küche um den Tisch herum Platz nahmen, während Gitti die gusseiserne Pfanne auf den Herd stellte und die ersten Eier aufschlug.

Zur selben Zeit auf dem Apfelhof

Chris Bergmann schaute zur Küchenuhr, die oberhalb des alten Holzofens hing, den sie im Winter immer noch täglich heizten.

»Sie steht doch sonst nicht so spät auf, Liesi.«

Er machte sich Sorgen. Zwar kannte er die Filomena, die seine Großtante war, erst seit zwei Jahren und hatte zuvor nicht einmal gewusst, dass sie existierte, aber seither lebte er hier auf dem Apfelhof. Klar, sie war zweiundneunzig, aber besser beisammen als seine Mutter Elisabeth in ihren letzten Jahren, die nach dem Tod seines Vater so unglücklich gewesen war, dass sie einfach nicht mehr hatte leben wollen. Sie lässt sich sterben, hatte ihm der Professor damals erklärt, der nicht nur Arzt, sondern ein enger Freund seiner Eltern gewesen war. Chris hatte sofort verstanden, was er meinte. Elisabeth Bergmann war ohne Sven Bergmann, ihre große Liebe, nur noch die abgebrochene Hälfte eines Ganzen gewesen. Aber die Filomena Pinker war eine starke Frau. Eine, die all die unverwüstlichen Gene der Erzsebet Pinkasz in sich trug, der einzigartigen Frau, die ihr Leben im Gefolge der Kaiserin Sissi während eines Aufenthalts des austroungarischen Hofstaats in Südtirol aufgegeben hatte. Nicht aus Liebe für einen Mann, sondern für ein Stückchen Erde mit einem windschiefen Schafstall in Mela. Obwohl Chris selbst ja nur der Enkel des adoptierten Sohnes von Filomenas Bruder war und somit eigentlich nicht ein einziges Pinkersches Gen in sich trug, konnte er spüren, wenn es einer seiner beiden Lieblingsfrauen nicht gut ging. Was bei Liesi nicht so verwunderlich war, weil er sie liebte, aber bei Filomena nur Einbildung sein konnte, behaupteten die beiden. Chris wusste es besser. Er, der ohne Großeltern aufgewachsen war, empfand für die alte Frau mehr, als er für eine Großmutter hätte empfinden können – und er wusste, wenn etwas nicht in Ordnung war. Das wiederum lag auch daran, dass Filomena trotz ihrer überschaubaren Größe, die manche für Zerbrechlichkeit halten konnten, die Natur eines robusten Ackergauls hatte. Nichts warf sie aus der Spur. Seitdem er hier lebte, hatte sie immer so präzise wie die Küchenuhr funktioniert, sodass man die Zeit gleichermaßen an dieser und an Filomena messen konnte – bis heute.

»Liesi!« Er verstand einfach nicht, warum sie sich keine

Sorgen machte.

Mit einem Seufzen wandte sie sich zu ihm um, allerdings erst, nachdem sie die gluckernde Moka auf dem Herd zur Seite gezogen und die Platte abgeschaltet hatte.

»In Gottes Namen, Chris!« Sie hob beide Hände, als ob sie eine Delinquentin wäre, die sich einem bewaffneten Polizisten ergab. »Dann geh ich halt einmal schauen.«

Liesi ging zur Küchentür – die in dem Moment von außen geöffnet wurde, als sie die Hand auf die Klinke legen wollte. Sie machte einen Schritt zurück.

»Guten Morgen, Kinder, wartet ihr schon auf mich?« Filomena blieb auf der Schwelle stehen und schaute zur Liesi, dann zu ihm.

Chris musterte ihren Gesichtsausdruck – und spürte, wie die Anspannung von ihm abfiel.

»Ich hab mir schon Sorgen gemacht«, sagte er dennoch.

»Wegen der paar Minuten?« Filomena schmunzelte.

»Na ja … Ich mein …«

»Dass ich eine alte Frau bin und man ja nie wissen kann, ob ich eines Morgens einfach nicht mehr aufwach, richtig?«

»Großmutter!« Liesi packte Filomena an beiden Schultern und schüttelte sie – mit Vorsicht. »Sag doch so was nicht!«

»Warum nicht? Ich bin zweiundneunzig, da denk ich schon manchmal drüber nach, was ein schöner Tod wär.«

Liesi wischte sich verstohlen eine Träne aus dem Augenwinkel, bevor sie ihre Arme um Filomena schlang. Chris zog hingegen scharf die Luft ein, ehe er nach der Zeitung griff, die aufgeschlagen neben seinem noch unbenutzten Teller auf dem Tisch lag.

»Komm, Liesi, jetzt lass mich wieder los, sonst zerknitterst das Kleid, und ich muss es noch einmal bügeln, bevor ich die Schürze anlege«, sagte Filomena resolut.

Liesi trat einen Schritt zurück, Filomena schloss die

Küchentür, und Chris senkte die Hand mit der Zeitung und musterte sie von oben bis unten.

»Ist das ein Sonntagsdirndl? Das hab ich ja noch nie an dir gesehen.«

Das Kleid war schwarz, das Oberteil lag eng an, der Rock schwang weit und war ziemlich lang, endete knapp oberhalb der Fußknöchel. Schlicht war es, was die weiße Bluse mit den oben aufgebauschten langen Ärmeln, die unterhalb der Ellenbogen eng wurden, wettmachte.

»Burggräfler Bäurisches Gewand, nennt man das, Chris.« Filomena ging zum Herd, griff nach der Moka und kam damit zum Tisch. Sie schenkte zuerst ihm etwas von dem Kaffee in die große Tasse, dann der Liesi, schließlich leerte sie den Rest in ihre eigene. Als sie sich umdrehen wollte, um die Kaffeekanne zurückzutragen, stand plötzlich Liesi neben ihr und nahm sie ihr ab.

»Setz dich, Filomena. Ich mach das schon.« Sie deutete auf die Kanne mit der Milch. »Wenn die nicht mehr warm genug ist, kann ich sie noch einmal ...«

»Passt«, unterbrach Filomena sie, die eine Hand an die hohe Kanne gelegt hatte, bevor sie sie am Henkel packte und Milch in alle drei Tassen goss.

»Burggräfler Bäurisches Gewand also.«

Chris faltete die Zeitung endgültig zusammen, streckte den Arm aus und legte sie auf die Kredenz. Dabei schaute er Filomena abwartend an.

»Ja, genau.« Filomena nickte, setzte sich auf ihren Platz unter dem Kruzifix, entfaltete die Stoffserviette und legte sie auf ihren Schoß. »Das haben die Frauen früher bei uns im ganzen Burggrafenamt am Sonntag getragen. Irgendwann hat sich das mit der Tracht vor allem bei den Frauen aufgehört. Jetzt sieht man Trachten nur noch zu besonderen

Festen wie dem Meraner Weinfest oder beim Almabtrieb, aber in der Großstadt so gut wie gar nicht.«

»Das ist richtig«, pflichtete ihr Liesi bei. »Aber die vielen Musikkapellen haben alle ihre Tracht. Und das Servierpersonal in so manchem Gasthaus und Restaurant ebenfalls, auch die Angestellten in vielen Hotels, obwohl das eher für die Frauen gilt, die anstelle von anzugähnlichen Uniformen Dirndl tragen.«

»Aber keine echten Trachten, Liesi.« Filomena fischte ein Kipferl aus dem Brotkörbchen, brach es in der Mitte auseinander und tunkte eine Hälfte in ihren Milchkaffee. »Die haben irgendwelche Dirndlkleider an, und manchmal sind sie knallbunt und kitschig und viel zu kurz. Außerdem ziehen die sie ja nicht an, weil sie ihnen gefallen, sondern für die Touristen. Die deutschen und amerikanischen Urlauber glauben, dass das bei uns zum Alltag gehört.«

»Also in München ist das anders.« Chris bestrich die untere Hälfte einer Semmel mit Butter und verteilte die selbst gemachte Erdbeermarmelade darauf, mit der die Gitti all ihre Freunde versorgte. »In der Innenstadt sieht man viele Frauen im Dirndl.«

Liesi lachte auf. »Vor allem die Asiatinnen, richtig?«

Filomena beobachtete den Blick, den die beiden tauschten, und fühlte sich in ihrer Entscheidung bestärkt.

Gestern vor dem Einschlafen war sie so sicher gewesen, heute daheimzubleiben. Aber dann, als sie beim ersten Zwitschern der Vögel aufgewacht war, war sie aufgestanden und hatte nach draußen geschaut. Das Foto von ihrem Kater hatte sie an ihre Brust gepresst und der Sonne zugesehen, die den Himmel zwischen den Bergen, die das Etschtal säumten, zuerst rötlich und dann zartrosa gefärbt hatte. Als die bunten Farben der Morgendämmerung denen des Tagesbeginns gewichen waren, hatte sie jede einzelne Blüte auf ihren drei geliebten Apfelbäumen erkennen können. Hoch waren sie geworden und in die Breite waren sie gewachsen. Jetzt bildeten sie ein Dach, unter dem Filomena die Holzbank von ihrem Fenster aus nur erahnen, aber nicht sehen konnte. Die Bank, auf der sie damals nicht sehr viele, aber ausgesprochen intensive Momente mit dem Johann erlebt hatte. Sie hatte sein Foto hochgehoben und es angeschaut. Nein, sie erlag nicht der Illusion, ihn jemals wiederzusehen. Sie wollte sich keinen hoffnungsvollen Gedanken hingeben, dass er noch am Leben sein könnte, denn das war eher unwahrscheinlich. Wenn sie ihn noch einmal hätte sehen wollen, dann hätte sie das vor zwanzig oder dreißig oder vierzig Jahren tun können. Die Zeit dafür hatte sie ja wirklich gehabt. Aber so stur, wie sie war, hatte sie eben immer gewartet und gedacht, dass vielleicht er irgendwann ...

Na ja. Egal. Dafür war es zu spät. Aber nicht, um seine Enkelin besser kennenzulernen. Sie musste ihr ja nicht sagen, dass sie vor langer Zeit ihren Großvater gekannt hatte – und schon gar nicht, wie gut. Dass das Mädel noch einmal nach Mela kam, war ein Geschenk des Himmels. Vor zwei Jahren hatte Filomena die einzige Chance vertan, weil sie von dem Aussehen und dem Gang und dem Körperbau der jungen Frau aus dem Pustertal so betroffen war, dass sie kein Wort herausgebracht hatte. Doch das konnte ihr nicht mehr passieren. Jetzt wusste sie ja schon, dass Sabine Holzer seine Enkelin sein musste. Vielleicht konnte sie heute ihre Hand ein wenig länger halten und würde etwas von Johann, ihrem Kater, in ihr spüren ... und wer weiß, es konnte ja sein, dass die Sabine ihr von ihm erzählen würde, wenn sie ihr ein paar vorsichtige Fragen stellte. Das war es, was sie sich wünschte.

»Und warum hast du ausgerechnet heute dieses Sonntagsdirndl angezogen?«

Chris stellte die Frage – und Liesi schaute stirnrunzelnd

und abwartend zu ihr. Seit dem letzten Sonntag, als Filomena dem Bertl beim Mittagessen ungefragt den Kopf zurechtgesetzt und mehr von sich verraten hatte als je zuvor, spürte sie, wie die Liesi sie beobachtete. Ihre Enkelin wusste ja auch mehr als sonst jemand über die Zeit, als sie jung gewesen war, aber Filomena konnte nicht in sie hineinschauen. Dennoch, dass es zwischen der Sabine und dem Mann, den sie geliebt hatte, eine Verbindung gab, konnte Liesi nicht einmal vermuten. Denn wenn dem so wäre, hätte sie ihr sicher nicht verraten, dass die Sabine Holzer das Wochenende auf dem Guflerhof sein würde und sie sich beim Spanferkelessen treffen würden.

»Weil heute Sonntag und das Wetter wunderschön ist. So einen wolkenlosen Himmel gibt es selten, vor allem, ohne dass es so heiß ist, dass man sich nur was ganz Leichtes anziehen kann. Außerdem trägt die Gitti am Sonntag auch oft Dirndl, während die Liesi und die Traudl lieber Hosen anhaben, da leiste ich ihr heute eben Gesellschaft.«

Kapitel 15

Einige Stunden später im Ultental

Sabine saß auf dem Rücksitz von Bertls Jeep und strich geistesabwesend mit einer Hand über das weiche Leder, während ihr Blick von links nach rechts schweifte. Sie konnte sich nicht sattsehen. Nach einem ausgiebigen Frühstück hatten Gitti und Leon sie aus dem Haus gescheucht.

»Es dauert noch viele Stunden, bis das Spanferkel fertig ist«, hatte Leon gemeint.

Und Gitti hatte hinzugefügt: »Ihr könntet ja, nachdem ihr Bertls Hof gesehen habt, ins Ultental hinauffahren. Es ist ja wirklich eine Schande, dass du damals nicht einmal bis nach St. Pankraz gekommen bist, Sabine!«

Und das war es. Das Tal war so unvergleichlich schön, dass sogar Bertls riesiger wundervoller Hof mit den Blumenkästen vor den Fenstern und auf dem Balkon, der von Weinreben umgeben war, dagegen verblasste. Die großflächigen Wiesen und Weiden mit ihrem frühlingshaft hellgrünen Gras stiegen beiderseits sanft bis zu den Waldrändern an, von wo die Berge der Ortler-Alpen steiler anstiegen.

Sie waren von Bertls Hof die Haarnadelkurven aufwärts

und schließlich durch ein System von Tunneln und Galerien gefahren. Nach nur zwanzig Minuten Fahrt waren sie fünfhundert Meter oberhalb von Mela durch St. Pankraz gekommen. Bertl war weiter talauswärts gefahren und sie hatten St. Walburg hinter sich gelassen. Kurz nach dem kleinen Ort war er auf einer Forststraße abgebogen und hatte schließlich am Rand eines Zirbelkieferwaldes gehalten. Sie waren ausgestiegen und Bertl hatte mit ausschweifenden Handbewegungen um sich gedeutet und ihnen gesagt, dass dieser und die angrenzenden Wälder ihm gehörten. Dass er dann den Blick gesenkt hatte, als ob er beschämt wäre, war einer dieser Charakterzüge, die sie so sehr an ihm mochte. Sabine hatte sich dabei ertappt, wie sie ihn ungläubig angeschaut hatte, während der Großvater so wirkte, als ob er bereits gewusst hätte, dass Bertl zwar von sich selbst behauptete, nur ein einfacher Bauer zu sein, während er Unternehmer war. Einer, der einen eigenen Winzer für seine Weinberge beschäftigte, eine Baumschule und riesige Wälder besaß, von denen Sabine dank ihrer Familie so einiges verstand – und Johann Holzer ohnehin. Sie hatten also über Lärchenholz und die aufwendige Herstellung des wertvollen und beliebten Zirbelkieferöls gesprochen, die Holzwirtschaft Südtirols im Allgemeinen, und schließlich waren die beiden Männer ins Fachsimpeln gekommen. So hatte sie Zeit gehabt, Bertl zu beobachten. Seine Bewegungen, die Art, wie er sprach, seine Haare aus der Stirn strich, und zwischendurch immer wieder zu ihr gesehen und dann endlich nach ihrer Hand gegriffen und sie nicht mehr losgelassen, bis sie wieder in den Wagen gestiegen und weitergefahren waren.

Das Einzige, was Sabine leidtat, war, dass Zeus auf dem Koflerhof hatte zurückbleiben müssen. Der riesige Hund mit dem weichen langen Fell und den Samtaugen hatte den

Nonno und sie vorsichtig beschnuppert, bevor er mit dem Schwanz wie ein Metronom zu wedeln begonnen und nicht mehr aufgehört hatte. Sie hatte sich gefragt, warum sie eigentlich nie ein Haustier gehabt hatten, bis ihr einfiel, dass ihre Nonna sich immer zickig benommen hatte, sobald ein Hund oder eine Katze in der Nähe waren. »Tierallergie«, hatte sie immer gesagt. »Nonna Concetta ist nicht allergisch, sie hasst es nur, wenn Tierhaare auf ihrer Kleidung sind«, hatte ihr der Nonno erklärt, als Sabine älter geworden war und sehnsüchtig den Hunden nachgeschaut hatte, die ihnen mit Herrchen oder Frauchen entgegenkamen, wenn sie wandern gingen. Aber nach Nonnas Tod hatte sich die Option, einen Hund zu nehmen, nicht mehr gestellt. Ihre Mutter hatte in der Bank gearbeitet, der Großvater und der Vater waren ebenfalls den ganzen Tag außer Haus, und sie selbst war in der Schule. Aber wenn sie sich damals einen Hund hätte aussuchen dürfen, dann wäre er genau wie Bertls Zeus gewesen.

»Wenn man im Osten lebt, der von den Dolomiten dominiert wird, kann man sich gar nicht vorstellen, dass es anderswo in Südtirol ein solch weites Tal gibt.«

Ihr Großvater klang nicht weniger begeistert, als sie selbst war, und genoss es sichtlich, neben Bertl auf dem Beifahrersitz zu sitzen – und zwar höchst entspannt. Das war eine absolute Premiere. Johann Holzer, der prinzipiell zu niemandem ins Auto stieg, weil er keinem Menschen vertraute – Sabine ausgeschlossen, aber ihr hatte er ja das Fahren selbst beigebracht –, saß neben Bertl ohne die geringste Anspannung.

»Die Gitti hatte recht«, stimmte Sabine zu. »Ich hab damals wirklich was versäumt. Hätte ich gewusst, wie schön es hier heroben im Ultental ist, wär ich jeden Tag hergekommen.«

»Wenn ich mich damals nicht so blöd benommen hätte,

dann wärst du schon oft hier gewesen.« Bertl warf ihr im Rückspiegel einen raschen Blick zu.

Sabine kicherte. »Du hast dich blöd benommen?«

»Wie nennst denn du das, wenn einer in meinem Alter bei der Frau, die ihm gefällt, den Mund nicht aufkriegt?«

»Ach so ist das? Ich gefall dir?«

Der Nonno lachte auf. »Ihr zwei seid mir ein schönes Paar.«

»Meinst du das im wörtlichen Sinn, Johann?«, fragte Bertl und schaute dabei stur geradeaus.

»Allerdings. Ihr passt gut zusammen. Das, was du zu wenig redest, redet die Sabine manchmal zu viel.«

»Nonno, das stimmt doch gar nicht! Ich rede nur, wenn ich etwas zu sagen habe.«

»Was oft der Fall ist«, erwiderte Johann knochentrocken – und Bertl bremste ab und hielt den Wagen an.

Er öffnete den Gurt, drehte sich seitlich, schaute zuerst zum Nonno und zwinkerte ihr dann zwischen den Vordersitzen hindurch zu.

»Es wär schlimm, wenn du nichts zu sagen hättest. Immerhin bist du ja Lehrerin.«

»War ich.«

»Bist du bald wieder«, konterte der Nonno.

Bertl warf Johann einen fragenden Blick zu. »Wie meinst du das?«

»Wenn mein Sohn und meine Schwiegertochter nicht bei dem Autounfall ums Leben gekommen wären, würde die Sabine schon längst in Mela unterrichten.«

»In Mela?« Bertl riss die Augen weit auf. »Aber ich hab geglaubt, sie war nur Vertretung.«

Johann nickte. »Ja, aber sie hat damals bei der Schulbehörde ihre Präferenzen abgeändert und Mela dem Pustertal hinzugefügt. Die Chancen, dass man sie hierhergeschickt hätte, waren also groß.«

»Aber warum ... Ich mein, wieso hat sie ... Und warum sagst du, dass sie bald wieder ...«

»Hey, ihr zwei, ich bin auch noch da!«, rief Sabine.

Beide Männer drehten sich schuldbewusst zu ihr um.

»Ich kann schon selber reden, Nonno.«

»Dann solltest es vielleicht auch tun und dem Bertl erzählen, was wir gestern besprochen haben, bevor wir nach Mela gekommen sind.«

Bertls Mienenspiel war unbezahlbar. Sabine sprach, und Johann fragte sich, warum sie hier ein paar Meter vor den ersten Häusern von St. Gertraud, dem letzten Ort im Ulten, wie die Einheimischen ihr Tal nannten, am Straßenrand standen und sich im Auto unterhielten. Von der verdrehten Position verspannte sich seine Halswirbelsäule. Aber wenn die beiden endlich über etwas Konkretes redeten, war es wohl besser, sie nicht zu unterbrechen. Er öffnete den Gurt und drehte sich ein wenig mehr.

»Der Großvater hat gemeint, dass ich wieder das tun sollte, wofür ich studiert habe und was für mich immer mein Traumberuf war.«

»In Mela«, fügte Bertl inbrünstig hinzu und ein Lächeln überzog sein Gesicht. »Und ab wann?«

Sabine und Johann lachten beide, doch während er sich innerlich beglückwünschte, gestern mit seiner Enkelin darüber gesprochen zu haben, bevor sie den Bertl wiedergesehen hatte, wurde sie ernst.

»Das kann Jahre dauern.«

»Nein, wird es nicht«, widersprach Johann ihr jetzt. »Morgen, gleich wenn die Schulbehörde öffnet, rufst du an. Dann schickst du ihnen eine Mail oder was immer die von dir brauchen. Ich bin sicher, dass du im September in Mela oder ganz in der Nähe unterrichten wirst.«

Sabine schüttelte den Kopf. »Deine Zuversicht hätt ich gern, Nonno.«

Er zuckte mit den Achseln und blieb stumm. Nicht die Zuversicht würde das Problem lösen, sondern der Sohn seines Freundes. Hunderte Male in seinem Leben hatte er seinem Gewissen erlaubt, ihn daran zu hindern, aufgrund seiner Beziehungen den leichteren Weg zu gehen. Immer war er der gewesen, der lange Wartezeiten und unzählige Behördenwege auf sich genommen hatte, um sein nächstes Ziel zu erreichen. Die Baubewilligung für das Haus auf dem Grund in Niederdorf anstelle seines Elternhauses. All die anderen, als er nach und nach den Betriebsstandort vergrößert hatte. Die Sägerei, die zweite Lagerhalle, schließlich die dritte. Das Garagengebäude für den Fuhrpark. Oder als er das neue Bürogebäude mit dem riesigen Ausstellungsraum bauen wollte. Immer hatte er alles genau so gemacht, wie es das Gesetz vorschrieb. Nie hatte er jemanden geschmiert, um sich einen Vorteil zu verschaffen, der letztendlich immer nur Zeit gewesen wäre. Johann Holzer war ein geduldiger Mann – aber hier ging es um sein Sabinchen. Sie hatte ihre Pläne geopfert, um bei ihm zu bleiben. Zwei Jahre waren in ihrem Alter sehr viel, vor allem aber hatte sie ihren Lebenstraum aufgegeben. Jetzt war es an ihm, ihr etwas zurückzugeben und ihr dabei zu helfen, ihn wieder aufzunehmen – an der Seite des Mannes, den sie liebte und der sie mit absoluter Sicherheit sehr glücklich machen würde. Vielleicht würde man ihm den Vogel zeigen und sagen, dass nur ein Verrückter nach ein paar Stunden, die er einen Menschen kannte, so etwas sagen würde. Johann würde diejenigen Trottel nennen, er wusste es nämlich besser. Denn wenn Johann Holzers zweiundneunzig Lebensjahre ihm Vorteile brachten, dann waren es die der

Lebenserfahrung und der Menschenkenntnis.

Bertl Kofler war der richtige Mann für seine Enkelin – und sie die Frau, die ihn glücklich machen würde. Sie waren füreinander geschaffen, und eine Stelle als Lehrerin in Mela das Tüpfelchen auf dem i. Im September würde sie den Posten haben. Jetzt musste er nur noch überlegen, wie er sie so rasch wie möglich aus Toblach wegschicken konnte. Bis dahin waren es sogar mehr als drei Monate, und der Bertl und sie hatten sich gerade erst wiedergefunden. Aber darüber würde er sich später den Kopf zerbrechen. Jetzt ...

»Warum stehen wir eigentlich hier, Bertl?«, fragte er und unterbrach das leise Gespräch zwischen den beiden, von dem er, so in Gedanken versunken wie er gewesen war, absolut nichts mitbekommen hatte.

Bertl verstummte und runzelte die Stirn. »Ach so, ja«, antwortete er mit einem intensiven Blick zu Sabine, bevor er Johann ansah. »Also. Das vor uns ist St. Gertraud, der letzte Ort im Tal und ebenfalls eine Fraktion der Gemeinde Ulten. Hier sind wir bereits im Nationalpark Stilfserjoch, einem der größten Naturschutzgebiete Europas. Südtirol, also die Provinz Bozen, ist nur eine von vier Provinzen, über die sich das Gebiet erstreckt.«

»Das hab ich gewusst, aber ich war noch nie hier.« Johann schaute hinauf zu den hohen Berggipfeln rundum. »Beeindruckend.«

»Es gibt etwas, was noch beeindruckender ist, Johann, und zwar die ältesten Nadelbäume Europas. Sie sind nur ein paar hundert Meter entfernt. Wenn ihr wollt, schauen wir sie uns an.«

So begeistert Sabine war, seitdem sie den Jeep abgestellt hatten und ein kurzes Stück gegangen waren, sie spürte, wie sie langsam immer nervöser wurde. Der Grund dafür war ein

Blick auf die Uhr gewesen, und zwar auf die digitale Anzeige auf dem Armaturenbrett, den sie vor dem Aussteigen erhascht hatte. Da war es zehn nach elf gewesen.

»Am liebsten würde ich sie alle drei mitnehmen an den Pragser Wildsee. Die würden dorthin passen.«

Der Großvater hatte den Kopf in den Nacken gelegt und schaute nach oben. Die höchste der drei Ultner Urlärchen war über sechsunddreißig Meter hoch, die dickste Lärche hatte einen Stammumfang von acht Metern. Doch das, was diese Bäume so einzigartig machte, war ihr Alter. Manche sagten, sie seien tausend Jahre alt, andere behaupteten sogar zweitausend. Tatsache war, dass sie bis zum Jahr 1930 zu viert hier gestanden hatten, bis ein schrecklicher Sturm eine von ihnen umgerissen hatte. Der Stamm war danach von den entsetzten Ultener Bürgern untersucht worden, und der Gemeindearzt – als ob er mehr davon verstehen würde als sonst wer – hatte zweitausendzweihundert Jahresringe gezählt. Diese Altersvermutung entsprach wohl eher dem Wunsche als der Realität, stellte man zu Beginn des neuen Jahrtausends fest, was jedoch der Erhabenheit der Urlärchen nichts nahm. Hier zwischen ihnen zu stehen in dem Bewusstsein, wie kurz ein Menschenleben im Vergleich zu dem der Urlärchen war, raubte Sabine den Atem – doch nicht ihre Nervosität.

Sie hatte weder gestern noch heute Morgen einen Moment mit Gitti allein reden können. Andererseits hätte das auch nichts gebracht. Sie selbst hatte ja während des Telefonats darum gebeten, dass keiner der Freunde erfahren sollte, dass ihr Großvater in seiner Jugend schon einmal in Mela gewesen war – und Gitti hielt sich daran. Wäre dem nicht so, hätte Bertl etwas gesagt, hatte er aber nicht. Sabines Magen bewegte sich wellenförmig, während sie versuchte, sich vorzustellen, was geschehen würde, wenn sie wieder auf dem

Guflerhof wären und Liesis Großmutter gegenüberstehen würden. Wobei ja nicht sicher war, dass Filomena käme. Allerdings, falls dem nicht so wäre, hätte Gitti es ihr sicher gesagt. Zumindest ...

Bertls Handy klingelte. Sabines Magen ballte sich zu einem Klumpen zusammen, ihr Gedankenkarussell stoppte.

»Was gibts denn, Leon?«, fragte Bertl, hörte kurz zu und lachte auf.

»Wie du willst. Ich stell auf laut.«

Er schaltete den Lautsprecher ein und plötzlich war Leons Stimme zu hören.

»Das Spanferkel ist in einer Stunde fertig. Ich hab den anderen auch schon Bescheid gegeben. Macht euch auf den Weg, sonst bleibt nix für euch übrig!«

Das Gespräch wurde unterbrochen.

Der Nonno nickte, drehte sich um und machte sich eiligen Schrittes auf den Weg zum Auto.

Bertl griff nach ihrer Hand, beugte sich darüber und küsste sanft ihren Handrücken. »Ich weiß nicht wann, aber irgendwann später will ich mit dir allein reden«, murmelte er, als er sich wieder aufrichtete, und ging los. Sabine folgte ihm wie auf Stelzen. Unsicher und wackelig. Als sie beim Wagen anlangten und sie Bertls Hand losließ, um rückwärts einzusteigen, merkte sie, dass ihre Handflächen eiskalt waren, und das, obwohl Bertl eine der beiden gewärmt hatte.

Was auch immer sie mit ihrer Spontanaktion, mit ihrem Großvater nach Mela zu kommen, in Gang gesetzt hatte, der Höhepunkt stand kurz bevor. Sabine atmete tief ein und langsam wieder aus, um ihren Magen zu beruhigen. Es half nichts. Bevor sie gestern aus dem Pustertal losgefahren waren, hatte sie sich zigmal ausgemalt, was passieren würde, wenn der Nonno und Liesis Großmutter einander wiedersahen. Da hatte sie Vorfreude gespürt. Jetzt war sie panisch. Sie hatte nicht die geringste Ahnung, ob es zu einer Explosion, einem Orkan oder einem Tsunami kommen würde. Die ich rief, die Geister, werd ich nun nicht los, hatte Goethe seinem Zauberlehrling in den Mund gelegt. Sabine fühlte sich wie der Zauberlehrling, dem sein Meister zu Hilfe eilt, um ihn vor dem Schlimmsten zu bewahren. Nur gab es in ihrem Fall niemanden, der das Bevorstehende noch verhindern konnte. Und wenn sie ehrlich mit sich war, sollte das auch niemand versuchen. Nicht so kurz vor dem Ziel – egal, was hinter der Ziellinie passieren würde.

Etwa zur gleichen Zeit auf dem Apfelhof

Chris Bergmann drehte Liesi an der Schulter zu sich herum, zog sie mit einer Hand näher und stupste mit dem Zeigefinger der anderen ihr Kinn an, bis sich ihre Blicke trafen.

»Also ich weiß nicht, was los ist, aber irgendwas stimmt nicht mit dir.«

»Gar nix stimmt nicht, wir sind einfach nur spät dran«, wiegelte sie ab und wollte einen Schritt zurücktreten, aber er ließ sie nicht.

»Liesi.« Er schüttelte den Kopf. »Du warst nicht einmal während der Frostnächte im April so nervös, als die Ernte auf dem Spiel stand. Oder im letzten Jahr, wie wir alle Angst hatten, dass die Hagelnetze den schrecklichen Unwettern nicht gewachsen sein könnten. Was ist los?«

Sie zog die Unterlippe zwischen die Zähne und überlegte, aber sie kam wieder zu keinem Ergebnis. Langsam schüttelte sie den Kopf.

»Ich weiß es nicht, Chris. Ich hab seit dem Aufwachen so ein komisches Gefühl.«

Er lachte nicht. Er schmunzelte nicht einmal. Normalerweise würde er sich vorbeugen und seine Lippen auf ihre legen. Chris wusste genau, welche Wirkung seine Küsse auf sie hatten – dieselben wie ihre auf ihn. Sobald ihre Zungen sich berührten und sie ihre Körper aneinanderpressten, vergaßen sie alles rundum. Das war einfach so, und zwar immer. Warum er also dachte, dass das jetzt nicht funktionieren würde, konnte er nicht sagen. Er wusste es einfach.

»Ist es wegen der Filomena?«

Liesi zuckte mit den Achseln, trat einen Schritt zurück und griff nach der leichten Strickjacke, die am Fußende des Betts lag.

Es war idiotisch. Seitdem Liesi damals beim Heimkommen zuerst seinen Wagen mit dem Münchner Kennzeichen und dann Chris auf der Holzbank unter den drei Apfelbäumen gesehen hatte, hatten sie einander immer alles erzählt. Nicht, dass sie einander minutiös berichten würden, was tagsüber beruflich passierte, dazu waren sie beide zu sehr eingespannt. Sie waren es beide gewohnt, Entscheidungen zu treffen und Mitarbeiter zu führen, jeder in seinem Metier. Chris hatte seine Filmfirma und sie den Apfelhof, einen der größten in Mela, weshalb ihre Meinung auch in der Obstgenossenschaft etwas zählte. Aber privat waren sie beide rasch zu einer Einheit zusammengewachsen und hatten sich daran gewöhnt, plötzlich keine Singles mehr zu sein, sondern ein

Paar zu sein, das so unwahrscheinlich harmonierte, dass ihre Freunde sie auch nach zwei Jahren immer noch argwöhnisch beobachteten. So, als ob Traudl und Gitti einerseits und Marcus andererseits, der Chris ja länger kannte als alle anderen, nur darauf warteten, dass sie irgendwann einmal streiten würden. Doch das geschah nicht. Chris und sie hatten keine Geheimnisse voreinander, versuchten jedoch, ihr Berufsleben aus dem Privatleben herauszuhalten. Meinungsverschiedenheiten zu allgemeinen Themen diskutierten sie aus. Was sie hingegen persönlich und privat betraf, erzählten sie einander immer. Fast immer, berichtigte sich Liesi jetzt. Nicht, dass sie Chris nicht erzählt hätte, dass Sabine ihren Großvater nach Mela mitbringen würde. Natürlich hatte sie das – so wie die Gitti es dem Leon gesagt hatte. Das war ja auch wirklich nichts, was man geheim halten musste. Aber irgendwie ... Sie machte eine wegwerfende Handbewegung, bevor sie in die baumwollene Jacke schlüpfte und an sich hinabsah.

»Ja, irgendwie hat es mit Filomena zu tun, denk ich. Sie ist eigenartig, findest du nicht?«

Liesi strich die Schürze glatt und kontrollierte die Schleife, die sie rechts gebunden hatte, was bedeutete, dass sie vergeben war.

Chris lachte leise. »Jetzt gibst du es also zu. Vor ein paar Stunden warst du richtig kratzbürstig, weil ich mir Sorgen gemacht habe.«

Liesi schaute zu ihm auf. »Ich mache mir keine Sorgen, Chris. Die Großmutter ist so gesund wie du und ich, und das wissen wir beide. Aber komisch ist sie trotzdem, seitdem sie den Film gesehen hat.«

»Mit dem Film hat das sicher nix zu tun, Liesi.« Chris schüttelte den Kopf und schloss die Manschettenknöpfe des Hemds, das er gegen das Shirt getauscht hatte, weil sie beide so elegant waren, wie er meinte. »Sie war doch selbst dabei, wie die Szenen hier auf dem Apfelhof gedreht wurden, und kannte die Geschichte von *Apfelblüten im Regen* schon längst, so oft wie wir darüber gesprochen haben.«

»Aber sie hat sich immer geweigert, den fertigen Film auf dem Computerbildschirm anzuschauen. Es hat sie halt beeindruckt, ihn dann fertig und auf der großen Leinwand im Kulturhaus zu sehen. Immerhin habt ihr den Apfelhof verewigt, und jetzt ist ihr klar geworden, dass alle Menschen ihr Zuhause im Kino sehen können.«

Chris schnappte sich seine dunkelblaue Freizeitjacke und zog sie an.

»Das kann ich verstehen, Liesi. Was ich aber nicht begreife, ist, warum sie dieses Festtagsdirndl angezogen hat und nicht am Abend der Filmvorführung. Da wäre das logisch gewesen, heute nicht. In einer Stunde werden wir alle nach Holzkohle riechen.«

»Sie hat uns doch gesagt, dass sie Lust darauf hatte, weil heutzutage alle zu selten Tracht tragen und eben Sonntag ist.«

»Stimmt.« Er nickte. »Wofür ich nicht undankbar bin, weil du sonst sicher nicht dieses schicke Dirndl angezogen hättest. Bist ein Augenschmaus, ich könnt dich stundenlang anschauen.«

Er sah sie an, als ob er es ihr am liebsten sofort ausziehen wollte, was seine Worte Lügen strafte. Liesi schmunzelte. Sie würde sich nicht beschweren, wenn er das tun würde – später. Sie überwand die kurze Distanz zwischen ihnen, legte ihre Hände auf seine Schultern, stellte sich auf die Zehen und küsste ihn. Lang und ausführlich, woran nicht nur sie Schuld hatte – sofern man davon sprechen konnte. Denn in Wirklichkeit waren die nächsten Minuten das reinste Vergnügen, und es war nur dem Klopfen an ihrer

Schlafzimmertür zu verdanken, dass sie voneinander abließen.

»Kinder, seid ihr fertig? Ich geh schon runter und warte draußen auf euch.«

Als Chris und Liesi aus der Haustür traten, fanden sie Filomena neben der Holzbank stehend unter ihren geliebten Bäumen. Sie hatte ihren Zopf heute besonders sorgfältig geflochten und am Hinterkopf zur Schnecke gedreht festgesteckt. In dem schwarzen festlichen Kleid sah sie größer aus, als sie war. Aber vielleicht lag es auch an der in verschiedenen Blautönen glänzenden Seidenschürze und dem Fransentuch aus demselben Stoff, das um ihre Schultern lag. Von der weißen Bluse blitzte nur ein wenig an ihrem Ausschnitt auf, da sie nun auch die zum Burggräfler Bäurischen Gewand passende schwarze taillenkurze Jacke trug. Ihre Augen leuchteten im Sonnenlicht nicht eisblau, sondern mit dem wolkenlosen Himmel um die Wette und auf ihren natürlich gebräunten runzeligen Wangen lag ein leicht rötlicher Schimmer.

Nein, dachte Liesi. Der Großmutter ging es blendend, nicht nur gut. Warum auch immer sie gedacht hatte, dass irgendwas mit ihr nicht stimmte, einen gesundheitlichen Grund hatte ihre Einsilbigkeit sicher nicht.

»Du bist wunderschön, Filomena«, kam ihr Chris zuvor, trat auf ihre Großmutter zu und küsste sie auf beide Wangen.

»Papperlapapp.« Filomena wischte seine Worte mit einer Handbewegung fort und deutete auf die Bank. »Red keinen Blödsinn, Chris. Trag lieber den Strudel ins Auto, bevor die Bienen begreifen, was unter dem Tuch ist.«

Liesi schaute schmunzelnd hinter dem Mann her, für den Hunderte von Menschen arbeiteten und der nun wortlos und mit einem kurzen Nicken der Aufforderung ihrer Großmutter nachkam, die ihm auf dem Fuß folgte.

Sie schloss die Beifahrertür zum Fahrzeugfonds hinter Filomena, bevor sie den Wagen umrundete und auf dem Rücksitz Platz nahm. Alles war gut, sogar perfekt. Warum sie dennoch ein flaues Gefühl im Magen hatte, als Chris aus der Privatstraße des Apfelhofs fuhr und ihr Blick direkt auf den von der Sonne beschienenen und nur wenige hundert Meter entfernten Guflerhof fiel, konnte sie sich nicht erklären.

Kapitel 16

Johann Holzer fühlte sich rundum wohl. Sein Blick glitt immer wieder hinüber zu dem liebevoll gedeckten Esstisch auf der Gartenterrasse. Nicht, dass Sabine und er am blanken Küchentisch essen würden, und seine Enkelin stellte abends sogar immer eine Kerze auf den Tisch. Aber es war nun einmal etwas anderes, ob man zu zweit aß oder im größeren Kreis. Außerdem entsprach das lindgrüne Leinentischtuch genau seinem Geschmack. Die weißen Teller und das blank polierte Besteck funkelten mit den Gläsern um die Wette. Fast schien es, als ob die Sonne direkt darauf scheinen würde und nicht durch die eierschalenfarbene Markise geschützt wäre, die Leon mit einem Knopfdruck ausfahren hatte lassen. Und dann waren da noch die leuchtend gelben Servietten und der Strauß mit den Wiesenblumen, die dem frühlingshaften Sonntag die Krone aufsetzten. Fast. Denn das, was den heutigen Tag wirklich zu etwas Besonderem machte, waren die fröhlichen Gesichter und die nicht abreißenden Gespräche rundum.

Traudl Gruber, die Hausärztin, die gemeinsam mit Gitti, Leon, Bertl und Liesi schon in die Grundschule gegangen war, war bezaubernd. Sie hatte beim Begrüßen zwar Johanns Hand ergriffen, ihn jedoch sofort in eine Umarmung gezogen, wie schon Gitti gestern. Dass der Mann an ihrer Seite ein Norddeutscher war, hätte ihm niemand sagen müssen. Marcus Berg bemühte sich zwar sehr, seine Aussprache dem Südtirolerischen anzupassen – aber seine Herkunft würde der Regisseur des Films *Apfelblüten im Regen* selbst in hundert Jahren nicht verleugnen können. Doch seine Aussprache war der einzige Hinweis auf seine Herkunft, denn er war gar nicht kühl, sondern vielleicht sogar noch eine Spur herzlicher mit seiner Traudl, wie er sie Johann gegenüber bezeichnet hatte, als Leon mit Gitti. Und den ertappte Johann immer wieder, wie er physischen Kontakt mit seiner Frau, mit der er fast ein Vierteljahrhundert verheiratet war, suchte. Selbst jetzt, mit den von der Holzkohle geschwärzten Fingern, strich er ihr mit den Knöcheln über die Wange – und schaute dann ganz entgeistert auf seine Hand, während Gitti lachend die Rußspuren von ihrem Gesicht wischte und ihn auf die Wange küsste. Das alles zu beobachten, tat Johann im Tiefsten seines Herzens gut, aber Bertl und Sabine brachten es zum Überlaufen.

Auch die beiden standen, wie sie alle, nicht weit von der Holzkohlenglut entfernt, über der sich ein mittlerweile gebräuntes, knuspriges Spanferkel auf dem Spieß drehte, doch hatten sie nicht einmal einen Seitenblick für das herrlich duftende Mittagessen – sondern nur füreinander.

Sie sprachen zwar mit den anderen, vor allem beantwortete Sabine Traudls Fragen, jedoch ließen Bertl und sie sich nicht aus den Augen. Ganz nah standen sie nebeneinander, aber doch so weit entfernt, dass sie sich nicht berührten. So, als ob sie vor ihren Freunden das Offensichtliche verbergen wollten – und doch nicht. Denn Bertl streckte immer wieder seine Hand aus und strich Sabine beiläufig über den

Unterarm. Jetzt – schon wieder. Aber diesmal war ihr Handrücken sein Ziel.

»Also, was meint ihr? Wollen wir anfangen?«

Bertl zog seine Hand zurück und schaute zu Leon.

»Aber die Liesi und der Chris fehlen doch noch.«

»Selber schuld, wenn sie sich so lang Zeit lassen. Wir trinken jetzt einmal ein erstes Glaserl als Aperitif«, erklärte Leon und schaute in die Runde. »Von euch weiß ich ohnehin, was ihr wollt«, meinte er an Traudl und Marcus gewandt, bevor er seiner Frau zuzwinkerte. »Dich brauch ich auch nicht fragen, Bertl, richtig? Du magst deinen Wein.«

Bertl schaute mit hochgezogenen Augenbrauen in die Runde. »Eigentlich hab ich ihn für alle mitgebracht.«

»Ja, wir trinken eh alle lieber deinen.« Gitti hob beschwichtigend beide Hände hoch und schob sich dabei eine Haarsträhne aus dem Gesicht, die aus dem Haarreifen herausgerutscht war. »Und ich bin sicher, dass die Sabine auch dabei ist. Sie hat ja deinen Wein schon damals geliebt.«

Johann beobachtete das zufriedene Lächeln Bertls, der nun endlich nach Sabines Hand griff und diese drückte, während sie ganz nah an ihn heranrückte und sich mit ihrem Arm gegen seinen lehnte.

»Dann bleibst also nur noch du, Johann.«

Er löste sich ausgesprochen ungern aus dem Anblick seiner Enkelin.

»Weiß oder rot oder lieber ein Bier, weil das zu einem Spanferkel eigentlich dazugehört?« Gitti zwinkerte ihm zu.

»Brauchst mir gar nicht andeuten, was ich antworten soll«, erwiderte Johann lachend. »Ich mag Wein auch viel lieber, und der Vernatsch vom Bertl gestern am Abend war wirklich gut. Aber ich probier auch gern einen anderen.«

»Sehr gut.« Sie nickte. »Leon, machst du das?«

Alle lachten. Es war wirklich lustig, wie sehr der Leon, der einen Kopf größer als seine Frau war, sich kommentarlos von ihr dirigieren ließ. Selbst beim Bepinseln des Spanferkels hielt er sich an ihre Anweisungen – und heute Morgen beim Frühstück hatte er sich erst an den Tisch gesetzt, als sie mit den Eiern und dem Speck fertig war und auf ihrem Sessel Platz genommen hatte.

Johann schaute Leon gedankenverloren nach, als er in der Vorratskammer verschwand, an deren Seitenwand sich der Grill befand und kurz darauf mit einem Tablett wieder herauskam, auf dem zwei Weinflaschen und Gläser standen. Während er einschenkte, warf Johann wieder einen Blick nach drüben zum Esstisch und begann die eingedeckten Plätze zu zählen. Es waren zehn. Die Gitti hatte Johann erzählt, dass sie drei Freundespaare waren, die nahezu jeden Sonntag gemeinsam aßen, und der Bertl bisher der einzige Single gewesen war, aber nun mit Sabine ein Paar bildete. Das machte acht Personen und er selbst war die Nummer neun, aber wer …? Plötzlich fiel es ihm ein.

»Wo ist denn die Annie?«, fragte er und nahm das Glas entgegen, das die Gitti an ihn weiterreichte.

»Ach, die ist so gefragt, dass es schon ein Wunder ist, wenn sie einmal daheim isst so wie gestern Abend«, winkte Gitti ab. »Da ist sie nämlich nur früher von meinem Schwager und meiner Schwester zurückgekommen, weil sie wusste, dass ihr kommt. Heute ist sie bei einer Schulfreundin, mit der sie für die Matheschularbeit lernen wollte, und am Nachmittag treffen sich die Mädchen dann noch mit ein paar Freundinnen und Freunden.«

Johann runzelte die Stirn und schaute rüber zum Esstisch. Den Blick, den Sabine und Gitti tauschten, bemerkte er nicht. Dafür spürte er, wie jemand mit einem Glas gegen seines stieß, und wandte sich den anderen zu. Sie hoben die Gläser, nippten an dem Wein, kommentierten ihn, tranken einen weiteren Schluck. Marcus erwähnte Chris und meinte beiläufig, dass es ein Wunder war, dass sein Chef bei all den Projekten, die seine Filmproduktionsfirma betreute, sich überhaupt jeden Sonntag freinehmen konnte. Johann musste nicht nachdenken, um die Namen zuordnen zu können. Chris Bergmann war derjenige, der mit der Liesi Pinker zusammen war. Nur die beiden fehlten noch – und seine Neugierde stieg zunehmend. Nicht auf ihren Aspekt, den kannte er. Immerhin war Liesi in dem Film gemeinsam mit dem Bertl kurz in der Golfplatzszene zu sehen gewesen, und obwohl sie da ein Käppi und verspiegelte Sonnenbrillen trug, hatte Johann die blonden Haare gesehen – und sofort an Filomena gedacht. Das war gewesen, noch bevor Sabine ihm bestätigt hatte, dass die junge Frau im kurzen Dirndl und mit dem Golfschläger Liesi Pinker war. Vielleicht wäre die Filomena, wenn sie beide fünfzig Jahre später zur Welt gekommen wären, auch eine Golfspielerin geworden und hätte dann in einem Film mitgespielt – und er hätte sie zumindest aus der Ferne sehen können. Johann seufzte leise, setzte das Glas erneut an die Lippen und hob es an.

Es war ein Kribbeln, das ihn mitten in der Bewegung einhalten ließ.

Er spürte es in seinem Nacken, dort, wo die akkurat geschnittenen Haare bei jeder Bewegung des Kopfes den Hemdkragen berührten.

Er senkte die Hand mit dem Glas und merkte, dass es ihm jemand aus den Fingern nahm, wusste aber nicht wer.

Hingegen spürte er die Präsenz der einzigen Person, die jemals dazu fähig gewesen war, dieses unwahrscheinliche Gefühl in ihm auszulösen – und erstarrte.

Das Kribbeln wurde stärker.

Seine Nackenhärchen stellten sich auf – und die auf seinen

Armen, obwohl sie von Hemd und Jacke bedeckt waren, ebenfalls.

Irgendwie verselbstständigten sich noch ein paar andere Komponenten seines Körpers.

So bewegte sich sein Adamsapfel ganz von allein auf und nieder.

Seine Augenlider zuckten plötzlich unkontrolliert, und irgendwo in einem remoten Winkel seines Gehirns entstand der Gedanke, dass er nur in die innere Jackentasche greifen, das Etui herausholen musste, um sich die Sonnenbrille aufzusetzen.

Kusch, raunte eine Stimme, die er als die seines Unterbewusstseins identifizierte. Richtig, konstatierte er für sich. Nicht das Sonnenlicht war das Problem, sondern ...

Er hatte es nicht oft erlebt, aber er kannte dieses eigenartige Gefühl, wenn ein paar Sinne etwas wahrnahmen, die anderen sich jedoch weigerten, diese Erkenntnis als real einzustufen. Die Entscheidungsfindung schwebte irgendwo im luftleeren Raum, schwerelos und zugleich so gewichtig, dass die Last ihn zu erdrücken drohte.

Ja.

Nein.

Vielleicht.

Ja.

Nein.

Das konnte nicht sein.

Sein komplett verwirrtes Unterbewusstsein gaukelte ihm etwas vor.

Der Wunsch war der Vater des Gedankens.

Er dachte so oft an sie, immer schon, aber vor allem in letzter Zeit, seitdem er den Film gesehen hatte ... Außerdem war er in Mela ... Kein Wunder, dass er sich etwas einbildete, was nicht sein konnte ... Oder doch?

Johann Holzer merkte nicht, dass rundum kein Wort gesprochen wurde.

Er bekam nicht mit, dass ihn alle beobachteten, verunsichert, oder sogar beunruhigt. Vielleicht dachten sie, dass ihm schlecht geworden war. Dem stand jedoch entgegen, dass sich niemand auf ihn zubewegte, um ihn zu stützen oder sogar einen Stuhl für ihn zu holen. Selbst Traudl Gruber, die Ärztin, verharrte abwartend.

Gitti schaute zu Liesi, die mit Chris stehen geblieben und ein paar Meter entfernt war, während Filomena langsam in ihre Richtung kam. Liesi hob die Achseln und vergaß, sie wieder zu senken.

Gitti vergewisserte sich, dass Johann weder bleich noch hochrot im Gesicht war. Nichts deutete darauf hin, dass es ihm nicht gut ging. Er stand einfach nur da, als ob er zu Stein geworden wäre. Hätte sie ihm das Glas mit dem Wein nicht aus der Hand genommen, wäre es ihm wahrscheinlich gar nicht entglitten, weil selbst seine Finger immer noch gekrümmt waren, als ob sie es hielten.

Langsam drehte Gitti den Kopf und sah zu Sabine.

Die bemerkte das nicht, ebenso wenig, dass Bertl zwischen ihr und ihrem Großvater hin und her sah – offensichtlich ohne das deuten zu können, was hier stumm vor sich ging.

Sabine schien genauso starr wie ihr Nonno, nur ihre Pupillen bewegten sich von ihm zu Filomena, die näher kam, und wieder zurück.

Vielleicht dauerte das alles zehn Sekunden, vielleicht acht oder gar nur fünf.

Niemand würde es sagen können, denn sie alle befanden sich in diesem zeitlosen Fenster. Es war wie in einem dieser Filme, wo plötzlich alles rundum als Standbild eingefroren wurde, während nur eine oder zwei Personen weiterlebten, als ob sie der Stillstand rundum nichts anginge. Superhelden waren das normalerweise. Aber hier, im großen Garten des Guflerhofs in Mela, gab es weder unendlich hohe Wolkenkratzer noch einen nachtschwarzen Himmel, der von einem Blitz erhellt wurde, oder einen Feuerball, der durch die Galaxie auf den Planeten zuraste.

An diesem Maisonntag schien die Sonne und die Quecksilbersäule des Thermometers war gerade so weit gestiegen, dass es nicht kalt und nicht heiß, sondern einfach richtig war. Weder waren Regenwolken in Sicht, noch wehte ein Lüftchen, unter das sich Böen mischten, die auf einen herannahenden Sturm hindeuteten. Das Einzige in Evolution war das Spanferkel, das sich dank des kaum hörbaren Elektromotors weiterhin auf seinem Spieß über der Holzkohlenglut drehte.

Und dann war da noch Filomena Pinker.

Wunderschön war sie anzusehen in ihrem Festtagsdirndl. Gitti konnte sich gar nicht mehr erinnern, wann sie Liesis Großmutter zuletzt in Tracht gesehen hatte – und schon gar nicht in dem Bäurischen Gewand. Die Schürze und das Fransentuch waren von glänzender Seide, die meisterhaft in verschiedenen Blautönen zu breiten Streifen verwoben war und die einzigartige Farbe ihrer eisblauen Augen zum Leuchten brachte.

Obwohl ...

Gitti meinte, mehr als das zu sehen. Fast schien es, als ob sie Tränen in den Augen hätte, als sie ganz nah an Johann Holzer herankam, der immer noch mit dem Rücken zu ihr dastand.

Filomena machte einen letzten Schritt, blieb stehen.

Langsam hob sie eine Hand.

Als sie mit ihren Fingerspitzen Johanns Arm berührte, schniefte Sabine auf – und ihr Großvater schien zum Leben zu erwachen. Wie ein Kreisel, den jemand angestupst hatte, drehte er sich um.

Filomena legte den Kopf ein wenig in den Nacken und schaute nach oben.

Er senkte das Kinn und sah zu ihr nach unten.

»Mein Gott, Filomena, ich hab ganz vergessen, wie wunderschön du bist.«

»Dafür sind deine Haare nicht mehr rot, Johann. Aber deinen Charme hast nicht verloren. Gott sei Dank!«

Einige Minuten zuvor ...

Filomena Pinker kannte sich besser als sonst jemand, was ja kein Wunder war. Eigentlich sollten alle Menschen das von sich behaupten können, doch manche hatten ein Selbstbild, das der Realität nur in kardinalen Punkten entsprach, also ihrem Aussehen. Und selbst da sah sich so mancher größer, muskulöser, attraktiver, mit dichterem Haar, kleinerer Nase oder volleren Lippen, auch wenn er – wahlweise sie – in den Spiegel schaute. In zweiundneunzig Lebensjahren hatte sie das über die Menschheit gelernt und war sich dabei immer selbst treu geblieben.

Sie war alt. Ihre Haut war schlaff und an der Länge der Rocksäume merkte sie, dass sie auch ein paar Zentimeter geschrumpft war. Schon ihr früherer Hausarzt, der Erwin Gruber, hatte das als normal bezeichnet. Die Traudl, seine

Tochter, hatte es ihr erklärt. Mit zunehmendem Alter nimmt der Flüssigkeitsgehalt im Körper ab, was sich auf die Elastizität der Bandscheiben auswirkte, die dadurch dünner wurden – und die Wirbelsäule somit kürzer. Aber ändern konnte man das nicht, also hatte sie sich damit abgefunden – wie mit den Zähnen, die zwar schön anzuschauen, aber nicht mehr alle ihre eigenen waren. Dafür hatte sie für die Ferne die Sehkraft eines Adlers, der seine Beute von hoch oben in den Lüften erspähen und erjagen konnte. Nicht, dass sie es auf jemanden abgesehen hätte, nur hatte sie gern alles unter Kontrolle, mit ihren Augen und mit ihren Ohren. Der liebe Gott meinte es nämlich auch in dieser Hinsicht gut mit ihr. Außerdem war ihr Gesicht immer gebräunt, weil es ihr stets egal gewesen war, ihre Haut gegen die Sonne zu schützen. Sie war als Tochter einer Apfelbäuerin am Land geboren worden und nicht als die einer reichen Dame in einer Stadt. Filomena hatte diese bleichen, zerbrechlichen Wesen nie beneidet, die – als sie jung war – das Haus tagsüber nur mit spitzenbesetzten und farblich auf ihre Kleider abgestimmten Sonnenschirmen verließen. Sie hatte bereits Hosen getragen, lang bevor dieser Yves Saint Laurent gegen Ende der Sechzigerjahre mit der Erfindung der Hosenanzüge für Frauen die Modeszene in Aufruhr versetzt hatte. Die internationale wohlgemerkt, die sie selbst nur aus den Modejournalen kannte, die beim Zahnarzt in Meran im Wartezimmer lagen. Darüber hatte sie damals nur den Kopf geschüttelt – und weiterhin, wenn sie die Arbeitshosen für die Landarbeiter kaufte, auch welche in der kleinsten Größe bestellt und für sich abgeändert. Schon mit vierzehn, während des Kriegs, hatte sie das Traktorfahren erlernt. In der ersten Nachkriegszeit, als auf dem Hof jede Frau zählte, weil die Männer nur nach und nach zurückkehrten und um Arbeit baten, hatte sie die Körbe mit den geernteten Äpfeln auf dem Anhänger selbst gefahren, was sie aber noch viele Jahre nicht davon abhielt, auf ihrem Pferd von einer zur nächsten auf dem großen Gemeindegebiet verstreuten Apfelwiesen des Apfelhofs zu reiten und nach dem Rechten zu schauen – und zwar in Hosen und wie ein Mann im Sattel sitzend. Doch all das hatte sie nie davon abgehalten, sich als Frau zu fühlen und Röcke oder Kleider zu tragen. Vor allem die Tracht hatte sie immer geliebt. Warum sie ihre schönsten Dirndlkleider irgendwann immer seltener getragen hatte, fragte sie sich jetzt, während sie mit ihren sonnengebräunten Händen über die seidige Schürze strich.

Aus dem Augenwinkel merkte sie den Seitenblick, den Chris ihr zuwarf, bevor er nicht weit unterhalb der Abzweigung zu ihrem Hof in den Weg zum Guflerhof einbog. Natürlich hatte sie bemerkt, dass Liesi und er sich seit Tagen Sorgen um sie machten – unnötigerweise. Aber die beiden sprachen sie ja nicht darauf an, sondern mauschelten miteinander, wenn sie dachten, dass sie es nicht mitbekam. Besser so. Was hätte sie ihnen denn auch sagen sollen? Dass sie, seitdem sie im Kulturzentrum den Film gesehen hatte, nicht nur in ihren Träumen von nostalgischen Erinnerungen überrollt wurde? Oder dass Bertls Bemerkung genau vor einer Woche beim gemeinsamen Mittagessen in ihr eine Saite zum Klingen gebracht hatte, von der sie überzeugt gewesen war, dass sie längst gerissen war und irgendwo verrottete? Aber nein, das war ja gar nicht nötig. Sie hatte ja ihren Mund nicht gehalten, sondern dem Bertl geantwortet. Die eine, die mir gefallen hat, hab ich mir entwischen lassen, und eine andere will ich nicht, hatte er gesagt. Sie hatte nicht die geringste Ahnung, weshalb sie darauf nicht einfach nur mit besänftigenden Worten reagiert hatte. Ihre privatesten Erinnerungen hatte sie ausgeplaudert ...

»So, wir sind da.« Chris machte den Motor aus.

Als ob das nicht offensichtlich wäre, dachte Filomena und biss sich auf die Zunge. Widerspenstig fühlte sie sich heute. Von all der Melancholie der letzten Zeit war nichts mehr zu spüren. Sie fühlte sich beschwingt, seitdem sie aufgewacht war und festgestellt hatte, dass sie über Nacht ihre Vorsätze vom gestrigen Abend über den Haufen geworfen hatte. Dazu gehörte auch die wunderschöne Tracht, die sie endlich wieder einmal trug. Bäurisches Gewand war irgendwie nicht der richtige Name dafür, fand sie. Vielmehr fühlte sie sich wie eine von diesen hochgestochenen Damen in ihrer schönsten Robe. Nur die Schuhe, schwarz und schlicht und mit wenig Absatz, zeigten, dass die Trägerin eine einfache Frau war. Eine Bäuerin im Sonntagsgewand eben.

»Soll ich dir beim Aussteigen helfen, Filomena?«

Sie hatte gar nicht gemerkt, dass die beiden schon längst ausgestiegen waren und die Liesi in der geöffneten Beifahrertür stand.

»Aber geh. Das kann ich schon noch.«

Sie fühlte sich leicht wie eine Feder, als sie ihre Beine seitlich drehte und aus dem Wagen stieg. Mit den Fingern zupfte sie das Fransentuch zurecht und strich glättend über die Schürze, schaute sich dabei um. Auf den privaten Plätzen hier direkt vor dem Hof sah sie das Auto vom Marcus neben dem vom Bertl.

»Sind scheinbar schon alle da.«

Liesi zwinkerte ihr zu. »Heute kommen wir zuletzt wie das Brautkleid bei einer Modeschau.«

»Weil ihr die Schönsten seid, meine Lieblingsfrauen.« Chris kam von der Haustür des Guflerhofs auf sie beide zu, küsste zuerst Liesi auf den Mund und dann sie auf die Wange, bevor er den Wagen mit der Fernbedienung verriegelte. »Die Mehlspeis hab ich schon in die Küche gestellt, wir können gleich außen herum gehen.«

Filomena hörte ihn zwar und setzte einen Fuß vor den anderen, aber nicht seine Worte waren der Grund dafür. Sie fühlte, wie all ihre Muskeln und Sehnen sich anspannten und sich ihr Körper plötzlich viel jünger anfühlte.

Wie von einem Magneten angezogen ging sie auf die Hausecke zu, roch den unverkennbaren Duft nach Spanferkel, der sich mit dem von frisch gemähtem Gras mischte. Sie hörte fröhliche Stimmen und leises Lachen, noch bevor sie die Menschen sah.

Leon und Gitti standen am nächsten zum Grill.

Traudl lehnte mit dem Rücken an Marcus' Brust, der sie mit einem Arm umschloss und in der anderen Hand ein Glas mit Rotwein hielt.

Bertl lächelte auf eine Art und Weise, die sie bei ihm ein einziges Mal gesehen hatte. Zwei Jahre war das her – und der Grund war derselbe. Die große schlanke Frau mit dem feuerroten Haar und den grünen Katzenaugen, die jedoch nicht zu ihm sah, sondern zu ihr.

Ihre Unterlippe hatte sie zwischen den Zähnen, die Sabine Holzer, als ob sie jeden Moment hineinbeißen wollte. Aufgeregt war sie.

Ach, wie gut sie die junge Frau verstand – weil sie den Grund dafür kannte. Denn, ja, sie wusste es!

Filomena setzte einen Schritt vor den anderen und steuerte ihr Ziel an.

Niemand musste etwas sagen, ihr erklären, wer der große schlanke Mann war, der mit dem Rücken zu ihr vor dem rotierenden Spanferkel stand.

Immer hatte sie seine Präsenz bereits gespürt, noch bevor sie ihn sehen konnte. Auch damals, als sie mit dem Pferd den Weg zum Apfelhof entlang galoppiert war und ihren Rappen mit einer unsanften Bewegung der Zügel und den Fersen in seinen Flanken, ohne in den Trott oder Schritt zurückzufallen, zum Stehen gebracht hatte. Vor dem hoch aufragenden Mann mit dem dichten feuerroten Haar, der ihr furchtlos mit einem unergründlichen Lächeln entgegengekommen war.

Jetzt waren seine Haare nicht mehr rot, sondern weiß wie ihre eigenen auch. Doch sein ureigenster Duft, der den des Spanferkels in den Schatten stellte und sie einzuhüllen schien, war immer noch derselbe und vermischte sich mit dem von Zirbelkiefern.

Kapitel 17

Mai 1953

Filomena Pinker, die auf ihrem schwarzen Rappen durch das lang gezogene Gemeindegebiet von den Apfelwiesen an der Etsch hinauf zum am Hang des Hausbergs liegenden Apfelhof ritt, war für die Menschen in Mela ein gewohnter Anblick. Nicht jedoch für die Auswärtigen, ausschließlich Männer, die sich zu zweit oder in kleinen Grüppchen, selten allein, über die kilometerlange Straße von Burgstall durch das Gemeindegebiet aufwärts Richtung Ortszentrum bewegten. Schlank, um nicht zu sagen mager, waren sie und gingen müden Schrittes. Die meisten, da endlich ein weiterer Arbeitstag zu Ende war, manche jedoch, weil die Arbeitssuche wieder nicht erfolgreich gewesen war.

Der Krieg war vor ziemlich genau acht Jahren zu Ende gegangen und das Friedensabkommen von Paris hatte die Provinz Bozen im Februar 1947 endgültig Österreich abgesprochen und Italien zugeteilt. Dennoch waren die Folgen des schrecklichen Krieges immer noch zu sehen und zu spüren. Heimkehrer durchquerten Europa auf dem Rückweg aus der Gefangenschaft weit drüben im Osten. Sobald sie über die Alpen waren, suchten sie nach Arbeit, sehnten sich nach einer Mahlzeit, nach Wasser und einem Stück Kernseife, nach einer Lagerstatt in einer Scheune oder einem Stall, bevor sie weiterzogen, darauf hoffend, dass ihre Familien auf sie warteten.

Filomenas vierundzwanzigster Geburtstag lag erst wenige Wochen zurück. Ihre blonden langen Haare flocht sie jeden Morgen zu einem strengen Zopf, den sie dann routiniert am Hinterkopf wie eine Schnecke mit Klammern feststeckte, bevor sie den alten Herrenhut über ihren Kopf stülpte. Oben war er mehrfach eingedellt, das Hutband längst nur noch Erinnerung, der braune Filz speckig – und er erfüllte seinen Zweck. Zu Kriegsbeginn war sie noch ein Kind und unbedarft gewesen, in den nachfolgenden Jahren zum Mädchen herangewachsen. Damals hatte sie damit begonnen, Männerhosen mit ihren flinken Fingern auf ihre zunehmend weiblichere Figur abzuändern, weite Herrenhemden zu tragen und ihre blonden Locken gebändigt unter dem Hut zu verstecken.

Ihre Großmutter Erzsebet, die vor zwei Jahren im achtzigsten Lebensjahr eines Morgens einfach nicht mehr aufgewacht war, hatte ihre Veränderung mit einem zustimmenden Nicken wahrgenommen. Filomenas Mutter Agnes hingegen trug weiterhin Röcke und dirigierte die Arbeit auf den Apfelwiesen vom Apfelhof aus. In Ermangelung eines Ehemanns, den sie nicht im Krieg verloren, sondern einfach nie gehabt hatte, hatte sie auf dem Hof das Sagen und im sprichwörtlichen Sinn die Hosen an. Sie stellte die Arbeiter ein, sorgte dafür, dass alle in der großen Scheune einen Schlafplatz hatten, und dafür, dass die Männer dreimal täglich zu essen bekamen. Wer spurte, konnte bleiben und erhielt am Samstagabend seinen Wochenlohn. Wer vergaß, sich und seine Kleidung zu waschen, seinen Bart nicht stutzte oder es gar an Respekt mangeln ließ, der konnte gehen – und zwar sofort. Wobei die entsprechende Aufforderung unmissverständlich ein Befehl war und einem Ultimatum gleichkam. Verschwand er nicht innerhalb weniger Minuten, nachdem Agnes Pinker das Machtwort gesprochen hatte, wurde er von kräftigen Armen vom Hof entfernt. Doch die waren weder die von Filomenas Onkel Peter, der seine Schwester anhimmelte, wie er schon seine Mutter angehimmelt hatte, noch die seines Ziehsohnes Jakob, des Traumtänzers, sondern stets wechselnde der Arbeiter. Die Wahl fiel immer auf die, die am längsten auf dem Hof waren, wobei lang für maximal sieben oder acht Monate im Grunde genommen das falsche Wort war.

Filomena Pinker hatte also ausreichend Erfahrung mit Männern, die dazwischen wankten, sie mit gierigem Blick anzustarren oder aber ihre Köpfe zu senken, vor allem dann, wenn die Altbäuerin in der Nähe war. Die Blicke der ausgehungerten Kerle am Straßenrand, wenn sie an ihnen hoch oben im Sattel ihres Rappens vorbeiritt, ließen sie daher kalt. Und zwar nicht mehr oder weniger wie die der Jungbauern, die ihr im Laufe der Jahre den Hof gemacht hatten. Die meisten von denen kannte sie seit der Kindheit, hatte mit einigen von ihnen Schreiben und Lesen gelernt – und hielt von keinem etwas. Ein paar hatten zum Glück geheiratet und ließen sie in Ruhe. Die anderen waren allesamt entweder Raufbolde oder Tunichtgute oder einfach nur Marionetten ihrer Väter – und auf ihre Mitgift aus.

Erzsebet Pinkasz, ihre Großmutter, hatte aus einem alten Schafstall und einem Fleckchen Erde mit Biss und Ehrgeiz den Apfelhof gemacht – und war eine Melaner Legende. Ihre Mutter Agnes, die sich einzig aufgrund des eingedeutschten Namens Pinker von ihrer Mutter unterschied, hatte von dieser das Ruder übernommen, dirigierte das Leben des Apfelhofs wie der Kapitän ein

Piratenschiff und kaufte nach und nach weitere Apfelwiesen und Grund dazu, auf den sie weitere Apfelsorten pflanzte. Filomena hatte nie infrage gestellt, dass ihre matriarchalische Familie das Geheimrezept dafür hatte, selbst im Krieg immer das Oberwasser zu behalten. Natürlich, manche Jahre waren wirklich schwer gewesen, und als die Bomben in Meran und Bozen alles in Schutt und Asche legten, dachte niemand an irgendwelche Exportstrategien von Äpfeln oder gar die Umsetzung derselben. Zwar war Italien offiziell im September 1943 aus dem Krieg ausgetreten, doch die Nazis hatten sich ins gemachte Nest gesetzt – auch mitten in Bozen. Erst seitdem die Alliierten am 1. Mai 1945 der sogenannten Operationszone Alpenvorland des Deutschen Reichs ein Ende gesetzt hatten, hatte die Veränderung eingesetzt. Der Übergang von der Kriegszeit zur Besatzungszeit verlief nahezu problemlos, doch dann kam es in Südtirol immer wieder zu aufsehenerregenden Geschehnissen.

Zuerst war da die Befreiung ehemaliger KZ-Häftlinge aus Dachau in Niederdorf und am Pragser Wildsee im Hochpustertal. Und dann gab es den nicht enden wollenden Flüchtlingsstrom unübersehbaren Ausmaßes.

Etwa eineinhalb Millionen Italiener befanden sich bei Kriegsende in Deutschland und Österreich. Illegal zurückkehrende Optanten, die sich vor dem Krieg für die Auswanderung aus ihrer Heimat entschlossen und die italienische Staatsbürgerschaft aufgegeben hatten. Juden, die vor den Pogromen in Osteuropa flüchteten und über Italien nach Israel oder die Vereinigten Staaten auswandern wollten, und natürlich Nazis, die vor der alliierten Justiz auf kürzestem Weg südlich flohen. Südtirol war ein Hexenkessel, auf den zwar keine Bomben mehr niederfielen, dafür aber Hunderttausende, die teils vor etwas oder jemandem flüchteten und verfolgt wurden oder aber in ihre alte Heimat zurückkehren wollten. Allein im Mai 1945 waren dies neunzigtausend Personen, die seitens alliierter Behörden und des Roten Kreuzes in eiligst eingerichteten Flüchtlingslagern und behelfsmäßigen Unterkünften untergebracht wurden. Erst im Laufe des nachfolgenden Jahres 1946 war die Lage übersichtlicher geworden. Nur die illegalen Optanten, die Südtiroler, die vor dem Krieg freudig ihr Land verlassen hatten und den Lockungen Hitlers gefolgt waren, hatten nach dem Krieg plötzlich keine Staatsangehörigkeit mehr. Die italienische hatten sie aufgegeben und ihr gelobtes Land, das Deutsche Reich, gab es nicht mehr. Auch das von Hitler annektierte Österreich anerkannte die Staatsbürgerschaft des nun zur feindlichen Besatzungsmacht deklarierten Nazi-Regimes nicht. So landeten die reumütigen und rückkehrwilligen Südtiroler für Monate oder gar Jahre in Sammellagern in Nordtirol. Nicht anders erging es den Südtiroler Soldaten, die den Zweiten Weltkrieg überlebt hatten. Himmler hatte sie alle aufgrund ihrer geografischen Herkunft in den Rang von SS-Einheiten erhoben, und so wurden sie interniert. Im ehemaligen KZ Dachau, in der Nähe von Triest unweit der neu entstehenden Grenze Jugoslawiens und südlich von Rom. Für die anderen, die in Deutschland festgehalten wurden, dauerte es Jahre, bis sie endlich freikamen.

Kein Wunder also, dass die Wirtschaft in ihrer Heimat nur sehr langsam in Schwung kam. Vom Beginn des Jahrhunderts bis zum Jahr 1934 hatte sich die Südtiroler Obstproduktion nahezu verzehnfacht. Damals gab es in Südtirol zwölf Obstgenossenschaften und sechzig private Obstexporteure. Dann kamen die Faschisten und die Nazis und mit ihnen der Krieg. In den Nachkriegsjahren, auch noch vor drei Jahren, war der Obstabsatz nach Deutschland, Südtirols wichtigstem

Handelspartner aus Vorkriegszeiten, nur etwa die Hälfte von dem des Jahres 1938. Darüber konnten auch die sich im Vergleichszeitraum verzehnfachten Exporte nach England nicht hinwegtrösten.

Aber man musste mit dem leben, was man hatte, und das Beste daraus machen. Im Falle der Familie Pinker waren das die Äpfel, die auf ihren Apfelwiesen wuchsen, seitdem Filomenas Großmutter Erzsebet Pinkasz Ende 1889 das Gefolge der Kaiserin Sissi verlassen hatte und in den Schafstall gezogen war, an dessen Stelle der Apfelhof entstanden war. Und ja, ihnen ging es gut. Besser als vielen anderen auf jeden Fall, was daran lag, dass sie mehr bewirtschafteten Grund hatten als die meisten, und ihre Mutter ein Händchen dafür hatte, ihre Äpfel zu verkaufen. Nicht kiloweise, sondern in großen Mengen, während Filomena sich um die Bewirtschaftung der Wiesen kümmerte. Sie war jung und liebte es, zu ihren über das gesamte Ortsgebiet Melas verstreuten Apfelwiesen zu reiten und die Arbeiter anzuweisen. Dennoch war sie auch heute am Ende eines langen Arbeitstages müde und wollte nur noch heim. Es war zum Aus-der-Haut-Fahren, dass keiner der Männer, die bei ihnen vorstellig wurden, länger blieb. Nicht, dass viele von ihnen das Zeug zum Vorarbeiter gehabt hätten, aber wenn endlich einer bleiben würde, könnte man ihm nach und nach mehr Aufgaben übertragen und schauen, was daraus wurde. Aber nein. Die einen, die aus dem Süden des Landes kamen, tauschten zwar problemlos die Tomatenfelder Kampaniens mit den Südtiroler Apfelwiesen und lernten mit den Äpfeln genauso gut umzugehen wie mit den Paradiesäpfeln, aber sie wollten nicht mehr als Kost und Logis und den Lohn, mit dem sie wieder so rasch wie möglich heimwollten. Und die anderen ... So mancher war nur hier gestrandet, weil er nicht als abgemagerter

Kriegsheimkehrer zu seiner Familie zurückwollte, sondern als der Mann, der er vorher gewesen war. Und so blieb Filomena nichts übrig, als weiterhin selbst die Leute anzuleiten und ihnen zu sagen, was sie tun sollten – was sie morgen nicht wie gewohnt tun würde können, wenn sie nicht endlich heimkam, sich wusch und etwas aß, bevor sie schlafen ging. Wer mit den Hühnern aufstehen wollte, musste auch mit ihnen zu Bett gehen, hatte die Großmutter immer gesagt.

Filomena drückte ihren Hut fester auf den Kopf, zog die vordere Krempe etwas tiefer und griff nun auch wieder mit der zweiten Hand nach dem Zügel. Sie bemerkte die teils verwunderten, teils bewundernden Blicke der Männer am Straßenrand nicht, als sie die Fersen in die Flanken ihres Rappen drückte und im Galopp auf die Brücke zupreschte, die über den Eisfluss führte. Sie wurde eins mit dem Pferd, beugte den Oberkörper vor und flog die letzten hundert Meter auf der Straße aufwärts zur Abzweigung. Selbst am Beginn der nicht geteerten Privatstraße, die zu ihrem Hof führte, verlangsamte sie nicht. Vor sich, am Ende des kleinen Wäldchens, erkannte sie bereits die helle Fassade des Apfelhofs, als sie ein feuerroter Fleck irritierte – und sich ihr Magen zusammenzog.

Komisch fühlte es sich an. Ungewohnt, nie da gewesen. Ihr Herz raste, aber nicht nur des wilden Galopps wegen. Warum, hinterfragte ihr Unterbewusstsein, als sie ihren Rappen mit einer unsanften Bewegung der Zügel, ohne in den Trott oder Schritt zu fallen, zum Stehen brachte. Die Antwort auf die stumme Frage war unübersehbar – und ein Mensch.

Unmittelbar vor ihr ragte hoch ein Mann mit feuerrotem Haar auf, der ihr furchtlos und mit einem unergründlichen Lächeln entgegenkam.

Nur ihre fest in die Flanken des Pferdes gepressten Fersen hinderten ihren Körper daran, nach links oder rechts vom Sattel zu gleiten und sie unsanft auf dem Boden aufkommen zu lassen.

Der Fremde war überirdisch schön. Groß, mit breiten Schultern und zwei wie Smaragde funkelnden Augen in einem absolut symmetrischen sonnengebräunten Gesicht. Seine Nase war nicht zu lang oder zu kurz, nicht zu breit, nicht zu schmal, sondern einfach nur perfekt. Wie ein Erzengel sah er aus. Das Lächeln entblößte seine schneeweißen Zahnreihen und plötzlich überkam sie der irrationale Wunsch, seine vollen Lippen zu berühren – am liebsten mit ihren eigenen.

»Du musst die Filomena sein«, unterbrach er mit einer Stimme, die ihr einen Schauer über den Rücken jagte, den stummen Blickaustausch zwischen ihnen.

Auf der Suche nach ihrer Stimme atmete sie tief ein und wieder aus – und fand sie. Was erlaubte der Kerl sich? Niemand nannte sie einfach so bei ihrem Namen.

»Und du ein Wahnsinniger und ein ungehobelter Klotz dazu.« Sie schwang ein Bein rückwärts über den Rappen und sprang zu Boden, ohne die Zügel loszulassen.

»Warum?« Grinsend kam er einen Schritt näher, dann noch einen.

»Niemand stellt sich mir und meinem Pferd einfach so in den Weg, schon gar nicht auf meinem Grund und Boden. Vor allem aber redet mich keiner mit meinem Vornamen an, wenn er sich nicht vorstellt.«

Er kam noch näher und verbeugte sich mit einer übertriebenen Geste wie ein Höfling vor seiner Kaiserin.

»Johann Holzer ist mein Name, und die Altbäuerin hat mich eingestellt und mir gesagt, dass ich auf dich warten soll.«

Filomena liebte den Frühling, vor allem aber den Geruch der Apfelblüten der drei Bäume vor dem Hof, der ihr entgegenwehte, wenn sie um diese Uhrzeit heimkehrte. Nichts machte sie zufriedener als der Duft nach Heimat. Nichts löste dieses Glücksgefühl in ihr aus, hatte sie immer gedacht.

Bis jetzt.

Dieser unverschämte Mann, der nun mit dem geschmeidigen Gang einer Raubkatze die verbliebene Distanz zwischen ihnen überwand, seinen Arm ausstreckte und ihr seine Hand hinhielt, roch besser als alles, was sie kannte. Besser noch Speckknödel in würziger Rindssuppe oder Apfelstrudel – oder beides zusammen. Er duftete aufregend und nach Mann und obendrein, als ob er in Nadeln von Zirbelkiefern gebadet hätte. Ungläubig legte sie den Kopf zurück und schaute nach oben, dorthin, wo sein Gesicht weit über ihrem war. Scharf sog sie die Luft ein, blinzelte irritiert von seiner Schönheit – und schlug ein. Wenn er ihr die Finger zerquetschte, würde sie endlich aus diesem abnormalen Zustand in den normalen Modus zurückfallen und ihm gehörig die Meinung sagen. Nur kam es anders. Genau in dem Moment, in dem seine schlanken, langen Finger die ihren berührten und ihre Handflächen miteinander zu verschmelzen schienen, wurden ihre Knie weich und sie meinte, leise Glocken läuten zu hören.

»Es freut mich, dich kennenzulernen, Jungbäuerin.« Ungläubig schaute sie auf, ohne ihre Hand zurückzuziehen. »Sehr sogar«, präzisierte er.

Sein Daumen glitt wie zufällig über ihren Handrücken, streichelnd und sanft.

Seine Lippen kamen näher, sein Duft hüllte sie ein.

Es gehört sich nicht, dass ein Arbeiter sie so vertraulich anredete.

Es war nicht richtig, dass er sie so berührte.

Und schon gar nicht, dass sein Gesicht dem ihren immer näher kam.

Sie kratzte all ihre Kraft zusammen, um ihm zu antworten.

»Du solltest Abstand von mir halten, Johann Holzer.«

»Das ist es nicht, was du willst, Filomena Pinker.« Er verneinte sanft mit dem Kopf. »Im Gegenteil.« Vorsichtig hob er ihre Hand an, als ob sie zerbrechlich wäre, und ersetzte seinen streichelnden Daumen mit seinen vollen Lippen.

Filomenas Herz vergaß einen Moment lang, zu schlagen, bevor es ihm zuflog. Drei Tage später öffnete sie spätabends das Fenster ihres Zimmers, um ihn einzulassen, und schenkte ihm ihre wohlbehütete Jungfräulichkeit.

Kapitel 18

Plötzlich fand Filomena für alles eine Erklärung.

Ihre Unruhe, seitdem sie *Apfelblüten im Regen* gesehen hatte.

Ihre Reaktion auf Bertls Aussage vor genau einer Woche, dass der Zug abgefahren sei, weil ihm die einzige Frau, die er gewollt hatte, entwischt war. Jetzt standen Sabine und er so nah nebeneinander, dass sich ihre Schultern berührten, und es war offensichtlich, dass sie zusammengehörten.

All das bemerkte sie ebenso wie die Blicke derjenigen, die sie stumm beobachteten, als sie einen letzten Schritt machte und stehen blieb.

Nicht einmal ein Meter trennte sie von dem Mann, der mit dem Rücken zu ihr stand und zu Stein erstarrt schien.

Sie nahm seine langen Beine wahr. Die teuer anmutende Jacke aus dezent kariertem Wollstoff. Die breiten Schultern, den Kragen des hellen Hemds. Elegant war er. Auch damals hatte sie das von ihm gedacht. Kleider machen Leute war ein Spruch, der für andere gelten mochte, aber nicht für ihn. Ob Arbeitshosen oder solche aus teurem Stoff, er hatte sich immer von den anderen Männern unterschieden. Andernfalls hätte ihre Mutter ihn nicht nach wenigen Tagen zum Vorarbeiter gemacht. Sie hatte gewusst, dass er nicht einer der vielen Taglöhner war, der von Tal zu Tal und von Hof zu

Hof zog, um zu arbeiten. Schon bevor er ihr seinen Namen genannt und von seiner Familie erzählt hatte, hatte sie gespürt, dass er anders war. So wie sie vom ersten Moment an diese unerklärliche Verbindung zwischen ihnen als gottgegeben hingenommen hatte. Sie beide waren füreinander bestimmt gewesen und hatten sich gefunden. Nur hatte Gott, in den sie damals noch vertraute, zwar den Weg gefunden, sie zueinander zu führen, jedoch keinen, um das Schicksal in die richtige Bahn zu lenken. Damals wurde einem die Zukunft mit in die Wiege gelegt. Das Pflichtbewusstsein ihren Familien gegenüber hatte ihre Liebe erdrückt – aber gestorben war sie nie. Zumindest nicht die ihre für ihn.

Langsam hob sie die Hand.

Ihre Fingerspitzen berührten seinen Arm.

Er war nicht aus Stein, obwohl es so schien. Ihre sanfte Berührung schien ihm Leben einzuhauchen. Wie ein Kreisel, den jemand angestupst hatte, drehte er sich um.

Filomena legte den Kopf ein wenig in den Nacken und schaute nach oben.

Er senkte das Kinn und sah zu ihr nach unten.

»Mein Gott, Filomena, ich hab ganz vergessen, wie wunderschön du bist.«

»Dafür sind deine Haare nicht mehr rot, Johann. Aber deinen Charme hast nicht verloren. Gott sei Dank!«

Sein Gesicht begann zu strahlen – und ihre Knie wurden watteweich.

Doch so wie damals reichte er ihr die Hand, in der sie die ihre legte. Sobald seine Finger die ihren umschlossen und ihre Handflächen miteinander verschmolzen, spürte sie, wie seine Kraft auf sie überging.

Ungläubig senkte sie den Blick und starrte auf die wie damals gebräunten Hände. Schlank die eine, zierlich die andere, aber beide vom Alter gezeichnet – und dennoch ergänzten sie einander genauso perfekt wie damals. Kaum merklich bewegte er seinen Daumen und strich damit über ihren Handrücken.

Filomena seufzte auf.

Es fühlte sich an, als ob sie einander nie fern gewesen wären. Als ob die Jahrzehnte spurlos an ihr – und auch an ihm – vorübergegangen wären.

Plötzlich fühlte sie sich wieder wie vierundzwanzig.

Filomena sah auf. Der Schalk blitzte aus ihren Augen, bevor sie den Satz aussprach, der damals die glücklichste Zeit ihres Lebens eingeleitet hatte.

»Du solltest Abstand von mir halten, Johann Holzer.«

In seinen Augen blitzte es auf und ein sprühender Funkenregen grüner Sterne ging auf sie nieder.

»Das ist es nicht, was du willst, Filomena Pinker.« Er verneinte sanft mit dem Kopf. »Im Gegenteil.«

Als ob sie zerbrechlich wäre, hob er ihre Hand an, beugte sich vor und ersetzte seinen streichelnden Daumen mit seinen vollen Lippen.

Filomenas Herz vergaß auch diesmal einen Moment lang, zu schlagen.

Doch eines war anders. Sie hatte keine Lust und keinen Grund, auch nur eine Sekunde zu warten. Daher hob sie den freien Arm, packte ihn im Nacken und zog ihn tiefer, bis sein Gesicht unmittelbar vor ihrem war.

»Ich hab dich nie vergessen, mein Kater«, flüsterte sie und gab ihm keine Möglichkeit, etwas zu erwidern. Nicht mit Worten zumindest, denn ihre Lippen fanden zueinander und lösten sich eine ganze Weile nicht mehr voneinander.

Sabine weinte nicht, sie heulte. Dass sie die Einzige war, die wusste, dass Filomena Pinker und ihr Großvater vor langer Zeit ein Paar gewesen waren, erfuhr sie erst später.

Jetzt reichte Bertl ihr ein Taschentuch, das er aus der Hosentasche zog, und sie trocknete ihre Wangen, was aber sinnlos war, weil die Rührungstränen weiter kullerten.

Gitti lächelte und nickte zufrieden, obwohl sie eigentlich nicht ganz durchblickte, denn das sah nicht danach aus, als ob Sabines Großvater in seiner Jugend einfach nur kurz auf dem Apfelhof gearbeitet hätte, wie ihre Freundin aus dem Pustertal behauptet hatte. Aber sie war ein geduldiger Mensch und wusste, dass sich das alles früher oder später aufklären würde.

Ungeduldig hingegen war das Spanferkel, das mittlerweile an dem Punkt angelangt war, an dem es von perfekt gegart und verzehrbereit zum Status trocken und eine Spur zu braun nur noch wenig brauchte.

»Lösch die Glut, Leon, und lass uns das Ferkel vom Spieß nehmen.«

Leon Gufler löste sich bei den Worten seiner Frau aus der Starre, die in der Beobachtung dieser unwahrscheinlich zauberhaften Szene begründet war, die sich vor seinen Augen abspielte. Jedoch stellte er sich die Frage nach dem Warum nicht, da er die Antwort nicht nur kannte, sondern tagtäglich lebte und erlebte: Gab es etwas Schöneres als Liebe?

Liesi und Chris schauten abwechselnd einander an, dann wieder fassungslos zu Johann und Filomena, die sich benahmen, als ob sie erstens allein wären und zum Zweiten nicht jeweils zweiundneunzig, sondern maximal dreißig miteinander wären.

»Bei der Filmzulassung wäre das hart an der Grenze zum jugendfreien Status«, meinte Chris halblaut und brachte damit alle zum Lachen.

Allen voran Marcus und Traudl, die nicht die geringste Ahnung hatten, warum die beiden alten Menschen einander in den Armen lagen und sich so richtig herzhaft küssten und betasteten, als ob sie einander ein halbes Jahrhundert nicht gesehen hätten. Dass sie mit ihrer Schätzung weit von der richtigen Zahl entfernt lagen, die beiden sich nämlich sage und schreibe vor siebenundsechzig Jahren zuletzt gesehen hatten, erfuhren sie erst später.

Niemand sagte ein Wort. Es war, als ob es ihnen allen die Sprache verschlagen hätte.

Die Frauen holten die Schüsseln mit den Salaten, den geputzten Frühlingszwiebeln und dem geschnittenen rohen Fenchel, der in Eiswasser schwamm, und auch die Bratkartoffeln, die Gitti im Küchenofen gegart und warm gehalten hatte, aus der Küche und die Männer die Getränke aus der gemauerten Vorratskammer, wo sie die richtige Temperatur hielten.

Traudl und Marcus, Chris und Liesi, auch Sabine und Bertl setzten sich – weiterhin stumm – an den Tisch und schauten Leon dabei zu, wie er dem Ferkel das Aluminium von Ohren, Pfötchen und Schwänzchen zog und beherzt die Fleischgabel ansetzte und mit der anderen Hand das Messer ergriff. Noch bevor ihr Mann den ersten Schnitt machte, wandte Gitti sich ab und ging über den Rasen die paar Meter zu Johann und

Filomena. Die beiden küssten sich zwar nicht mehr, aber er hatte den Kopf gesenkt und sie den ihren im Nacken, und ihre Blicke waren ineinander verschlungen wie ihre Hände. Doch Gitti fackelte nicht lange.

»Ich stör eure Wiedersehensfreude ja wirklich ungern, aber das Spanferkel wartet darauf, endlich gegessen zu werden – und nicht nur das Schwein wartet. Da sitzen auch ein paar Leute, die hungrig, aber auch ziemlich neugierig sind.«

»Sensationslüstern meinst wohl eher.« Filomena wandte sich ihr zu. »Aber bist du dir sicher, dass die Neugierigen alle sitzen, Gitti? Stehen tut keiner?«

Johann lachte auf. »Gibs zu, Gitti, du bist neugieriger als alle anderen miteinander.«

»Seit wann kennst du die Gitti?«, fragte Filomena ihn schmunzelnd.

»Lang genug, wie mir scheint«, erwiderte er, legte einen Arm um ihre Schultern und dirigierte sie zum Esstisch unter der Markise.

Gitti deutete auf die beiden freien Plätze, bevor sie sich setzte.

Alle beobachteten, wie Johann Filomena den Stuhl zurechtrückte, bevor er selbst ebenfalls Platz nahm. Beide griffen nahezu synchron nach den gelben Servietten, entfalteten sie und legten sie auf ihre Oberschenkel.

»Müssen wir fragen, oder erklärt ihr uns von allein, was los ist?«, fragte Chris beherzt.

Sabine verschluckte ein Kichern, Liesi sah lächelnd von ihrer Großmutter zu dem Mann, den ihr immer noch niemand vorgestellt hatte – und sprang auf. Mit zwei Schritten stand sie neben Sabines Großvater.

»Ich bin die Liesi Pinker.«

Sie streckte ihren Arm vor. Johann schob seinen Stuhl zurück, stand auf, wandte sich ihr zu und ergriff ihre Hand.

»Johann Holzer. Ich bin Sabines Großvater.«

»Nicht nur ihrer.« Filomenas Stimme erklang fest und klar.

Leon fiel das Messer aus der Hand, mit dem er das Spanferkel in Stücke schnitt.

Gitti stellte gerade noch rechtzeitig die Wasserkaraffe ab, bevor sie zu Boden fallen und zerbrechen könnte.

Traudl gickste.

Marcus und Chris warfen sich einen langen Blick zu.

Sabine umklammerte fest Bertls Unterarm und hatte plötzlich wieder Tränen in den Augen.

Und Liesi ... sie starrte Johann Holzer an und er sie.

»Wie meinst du das, Großmutter?«, fragte Liesi mit einem Hauch von Stimme, jedoch ohne den Kopf zu drehen oder sich dem Blick des alten, beeindruckenden Mannes mit dem festen Händedruck und den grün leuchtenden Augen abzuwenden.

»Genau so, wie du es verstanden hast. Der Johann ist auch dein Großvater, Liesi.«

Die Welt hielt an.

Der Globus drehte sich nicht mehr.

Die Luft rundum stand still.

Niemand sprach, keiner bewegte sich.

Im Garten des Guflerhofs, rund um den liebevoll gedeckten Esstisch, herrschte Ausnahmestimmung. Hätte irgendjemand Gitti und Leon gesagt, dass ihre Freunde, die nahezu jeden Sonntag bei ihnen zusammenkamen, eines Tages alle erstarren würden, sie hätten demjenigen den Vogel gezeigt.

Dennoch geschah es genau jetzt und hier.

Gitti war die Erste, die etwas von sich gab. Einen Laut zuerst, der aus ihrem Mund kam, als sie tief einatmete, und dann …

»Dann ist der Johann der Mann, von dem du uns letzte Woche erzählt hast, Filomena?«

Nach und nach löste sich die Starre ein wenig, in die sie alle gefallen waren.

»Ja, das ist er. Der Einzige, den ich je geliebt habe«, erwiderte Filomena Pinker mit fester Stimme.

»Und er war der Vater deiner Tochter?«

Die Frage war rhetorisch, doch alle wandten sich Filomena zu und warteten.

»Ein anderer hätte nicht sein können, weil es in meinem Leben nie einen anderen Mann gegeben hat.«

Der Blick der alten Frau war klar. Ihre eisblauen Augen wirkten warm wie die Frühlingsluft rundum. Sie antwortete zwar auf Gittis Fragen, jedoch ohne sie anzusehen. Vielmehr beobachtete sie Liesi und Johann, die wie eingefroren Hand in Hand voreinander standen, die Blicke ineinander verhakt.

Vielleicht lag es daran, dass er der Ältere war und in seinem Leben schon so viel mehr erlebt hatte, denn Johann Holzer bewegte sich zuerst. Ohne Liesis Hand loszulassen, hob er die andere und griff nach der blonden Locke, die ihr wie immer ins Gesicht fiel. Er nahm sie zärtlich und schob sie hinter ihr Ohr.

»Das hab ich früher bei deiner Großmutter auch immer gemacht«, sagte er leise.

Liesi blinzelte und zwei Tränen, die sich in ihren Augen gesammelt hatten, lösten sich aus ihren Augenwinkeln.

»Du hast sie sehr geliebt?!«

Es war keine Frage und keine Feststellung, sondern irgendwie beides.

Alle rund um den Tisch schienen die Luft anzuhalten.

»Ich hab nie aufgehört, sie zu lieben, Liesi.«

Ein allgemeiner Seufzer war zu hören – und ein weinerlicher Laut. Eigentlich war es ein Schluchzen. Kein trauriges, sondern eines, das sich mit Fröhlichkeit vermischte, als Sabine Holzer aufstand und mit wenigen Schritten zu ihrem Großvater und Liesi ging. Sie hob einen Arm und legte ihre Hand auf die beiden, die immer noch miteinander verbunden waren.

»Nonno, hast du gewusst, dass sie damals schwanger war?«

Johann antwortete mit einem Kopfschütteln. »Meinst du, dass ich weggegangen wäre, wenn sie es mir gesagt hätte, Sabinchen?« Er wandte den Kopf und schaute sie an.

»Wahrscheinlich nicht.« Sabine schluckte sichtbar.

»Seinem Vater ging es schlecht, Sabine, er musste nach Hause.« Filomena sprach immer noch mit fester Stimme.

»Du hättest es ihm trotzdem sagen sollen!« Liesi schaute zu ihrer Großmutter.

»Das wollt ich ja. Genau an dem Abend wollt ich es ihm sagen, aber dann ...« Ihre Stimme brach.

Erst jetzt sah Johann zu Filomena. »Ich hab dich gefragt, ob du mich heiratest!«

»Nachdem du den Brief von deiner Mutter gelesen hast.«

»Das hab ich mir auch anders vorgestellt, Filomena. Am Sonntag darauf wollte ich dich fragen. Unter den Apfelbäumen. Nach dem Mittagessen hätt ich gewartet, bis ihr Frauen endlich in der Küche fertig wart und du dich auf die Bank gesetzt hättest, wie immer, und dann hätt ich mich vor dich hingekniet und dich gefragt ...«

Johann Holzer sprach nicht weiter. Das lag aber nicht daran, dass die Traudl und die Gitti schnieften, der Leon sich räusperte, als ob er einen Frosch verschluckt hätte, und der Bertl mit offenem Mund von ihm zur Filomena schaute. Den Blickwechsel zwischen Marcus und Chris hingegen bemerkte er nicht, bevor die beiden Männer wieder zu Liesi und Sabine sahen, denen stumme Tränen über die Wangen liefen.

»Ich hätt dich geheiratet, Johann, aber nur, wenn du bei mir geblieben wärst. Niemals hätt ich die Mutter allein lassen können, hab ich damals gedacht. Deshalb hab ich Nein gesagt.«

Die Furchen auf Johanns Stirn gruben sich noch tiefer ein, als er die buschigen Augenbrauen hochzog.

»Die Agnes hätt sicher nicht Nein gesagt, wenn du mit mir fortgegangen wärst, Filomena.«

»Nein, damit hast du recht. Aber ich hab mir nie vorstellen können, vom Apfelhof wegzugehen. Dort bin ich auf die Welt gekommen und ...«

»Sag es nicht!«

Johann löste die Verbindung der Hände mit seinen Enkelinnen, der einen, die er von Geburt an kannte, und der anderen, von der er bis vor ein paar Minuten nichts gewusst hatte. Ein warmes Gefühl erfüllte ihn, als er beide an sich zog, die eine links, die andere rechts, und zuerst die Liesi und dann die Sabine auf den Scheitel küsste.

»Sie war immer schon stur«, murmelte er, doch laut genug, dass ihn alle hören konnten.

»Das sagt der Richtige«, parierte Filomena prompt. »Du bist keinen Deut besser als ich, Johann.«

»Ich hab damals heimmüssen, weil der Vater den Herzanfall gehabt hat.«

»Das werf ich dir auch nicht vor. Aber zurückkommen

hättest können, wie es ihm wieder besser ging.«

Johann schüttelte den Kopf. »Das ist aber nicht passiert. Ganz am Anfang hat es zwar so ausgeschaut, als ob es aufwärts ginge, aber zwei Wochen später hat er einen richtigen Infarkt gehabt. Den hat er nur um ein Haar überlebt, aber er war nie mehr wie früher. Wenn meine Brüder nicht im Krieg gefallen wären und der Zustand des Vaters sich verbessert hätte, wär ich zu dir zurückgekommen, glaub mir. Aber was hätt ich denn tun sollen? Irgendwer musste sich ja um den Betrieb kümmern.«

»Das hab ich mir irgendwann zusammengereimt.« Filomena nickte. »Zuerst hab ich gewartet, dass du wiederkommst. Dann, wie mein Bauch immer dicker und meine Sehnsucht nach dir immer größer wurde, hab ich beschlossen, dass ich das Kind zur Welt bringen und mit ihm dann so rasch wie möglich zu dir fahren würde. Aber dann ...« Ihre Stimme war immer leiser geworden, bevor sie endgültig abbrach, den Kopf senkte und auf den leeren Teller vor sich schaute.

»Was ist passiert?«, fragte Johann atemlos.

Filomena antwortete nicht.

Liesi löste sich aus seiner Umarmung, wandte sich Johann zu und schaute zu ihm auf.

»Erinnerst du dich noch, dass Filomenas Neffe, der Jakob, damals geheiratet hat?«

»Natürlich.« Er nickte. »Das ist ja in dem Sommer passiert, als ich auf dem Apfelhof war. Er hat die Frau geschwängert und ihr deshalb von heute auf morgen den Ring angesteckt.«

»Seine Frau ist bei der Geburt ihrer Tochter Elisabeth gestorben«, sagte Liesi. »Das Mädchen und meine Mutter, die Sofia, sind nur ein paar Tage nacheinander geboren worden und die Großmutter hat sie beide aufgezogen.«

Johanns Mimik drückte all seine Empfindungen aus.

Zuerst begriff er, dann resignierte er. Traurig schüttelte er den Kopf.

»Ich würd sagen, dass alles schiefgegangen ist, was schiefgehen konnte.«

»Nein, Großvater.«

Liesi legte ihre Hände auf seine Schultern. Erst da wurde ihm klar, wie sie ihn genannt hatte. Filomena sah auf und lächelte zaghaft.

»Nein?«, fragte er leise.

»Jetzt bist du hier. Es hat zwar ein bisschen gedauert, aber ihr beide habt euch wieder – und mich hast du noch dazu.«

Sabine war diejenige, die die eigenartige Stimmung rund um den Tisch lockerte.

»Ich würd sagen, dem gibt es nichts hinzuzufügen«, meinte sie lachend.

»Doch, etwas Wichtiges.« Leons laute Stimme zog alle Blicke an.

»Und was wär das?«, fragte Johann.

»Das Spanferkel wird kalt und unsere Mägen knurren. Was haltet ihr davon, wenn wir jetzt erst einmal essen und dann weiterreden?«

Kapitel 19

Niederdorf – Toblach

Filomena erwachte und öffnete die Augen. Angestrengt starrte sie in die Dunkelheit, nur um zu erkennen, dass diese bereits dem Ende zuging. Nur warum das Licht der Morgendämmerung von vorn und nicht von der Seite ins Zimmer schien, begriff sie nicht. Das passierte ihr jeden Tag, seitdem … Sie hatte schon wieder einen Filmriss. Zwar hatte ihr Chris erklärt, dass es so etwas heute nicht mehr gab, weil Filme nur noch in den seltensten Fällen von Zelluloidspulen abgespielt wurden, da alles digital funktionierte. Aber sie war zweiundneunzig und der allererste deutsche Tonfilm war genauso alt wie sie. Unnützes Wissen, dachte sie und konzentrierte sich wieder auf das fahle Licht, das durch die Gardinen fiel. Die bedeckten das ganze Fenster, das bis zum Boden reichte und eigentlich eine Balkontür war. Wie in ihrem Zimmer. Nur auf der falschen Seite. Sie stützte sich auf ihren Ellenbogen ab, um sich aufzusetzen.

»Grübelst schon wieder, Filomena?«

Sie ließ sich zurücksinken und wandte den Kopf der Stimme zu. Er lag seitlich aufgestützt und schaute sie an.

Mein Gott! Jeden Tag passierte ihr dasselbe – und jeden

Morgen mehr oder weniger um diese Uhrzeit schaute sie in sein Gesicht und begriff, dass sie nicht träumte. Sein liebevoller, bewundernder Blick war es, der all die Gefühle aufwirbelte und sie sich fühlen ließ wie damals mit vierundzwanzig

»Warum bist du immer noch so schön?«, fragte sie mit einem Seufzer.

Johann lachte leise und antwortete ihr schmunzelnd: »Weil ich dir doch gerecht werden muss. Das wär doch nix, wenn nur du schön wärst!«

Dann streckte er seinen Arm unter ihrem Nacken hindurch, zog sie vorsichtig näher und küsste sie sanft auf den Mund.

»Guten Morgen, Liebe meines Lebens.«

Auch heute spürte sie, wie ihre Augen feucht wurden – wie jeden Tag um diese Zeit. Daran konnte sie sich nicht nur gewöhnen, es war bereits passiert. Aber nach über einer Woche, seitdem er sie ruckzuck mit seinem wunderschönen Oldtimer aus Mela entführt und hierhergebracht hatte, sehnte sie sich nach ihrer gewohnten Umgebung.

»Was willst mir denn heute noch zeigen?«, murmelte sie in seiner Armbeuge in den seidigen Stoff seines Pyjamas, in dem er aussah wie ein Landedelmann.

Seine Brust bewegte sich, als ob er einen Hustenfall bekommen würde. Dabei lachte er nur in sich hinein.

»Lach mich nicht aus.« Sie bohrte ihm einen Finger in die Seite.

»Das tu ich doch nicht, bestenfalls lach ich dich an.«

»Stimmt nicht, du schaust mir ja nicht ins Gesicht.«

Jetzt hielt er sich nicht mehr zurück und lachte lauthals und sprach erst wieder, nachdem er sich beruhigt und ihr Gesicht so gedreht hatte, dass er ihr in die Augen sehen konnte.

»Wenn ich mich nicht vor langer Zeit in dich verliebt hätte, dann würd ich es jetzt tun, Filomena. Ich mag deine Sticheleien.«

»Ich stichele nicht, Johann Holzer. Ich sag nur, was ich denk.«

Er beugte sich vor und küsste sie sanft zuerst auf die Stirn, dann auf die Nasenspitze, schließlich auf den Mund, bevor er den Kopf wieder anhob.

»Und was denkst du jetzt, Filomena Pinker?«

Ihr Mund verzog sich zu einem Lächeln. »Dass ich dich immer noch genauso liebe wie damals, aber ...«

»Aber?«

»Dass ich trotzdem nicht hier mit dir leben kann.«

Er nickte und versuchte, ernst zu bleiben.

»Darüber haben wir doch schon gesprochen – oder erinnerst dich nicht mehr?«

»Doch, ich glaub schon.«

»Du glaubst es oder du weißt es?«

Nachdenklich runzelte sie die Stirn. »Ich glaub, ich weiß es.«

»Sicher?« Er schmunzelte. »Dann erinnerst dich also auch, was du mir auf meine Frage geantwortet hast?«

»Auf welche? Du fragst mir doch dauernd Löcher in den Bauch.«

Er zwinkerte ihr zu und sie hob ihre Hand und strich ihm durch die schneeweiße Mähne.

»Du erinnerst dich also«, stellte er mit einem zufriedenen Lächeln fest.

»Wie könnt ich das vergessen, mein Kater?«

»Na ja, in deinem Alter ...«

Filomena lachte und lachte, bis sie keine Luft mehr bekam und sich aufsetzen musste.

»Wann macht denn die Gemeinde auf?«, fragte sie schließlich.

»Um acht.«

»Und wie spät ist es jetzt?«

»Zeit für ein Frühstück, und dann ...«

Sie legte den Kopf schief und schaute ihn fragend an.

»Dann holen wir die Dokumente und fahren nach Mela.«

Etwas später auf dem Apfelhof in Mela

Liesi ging auf bloßen Füßen über den Flur und öffnete die Tür zum Schlafzimmer ihrer Großmutter. Sie stieß sie ganz auf und trat ein. Der Geruch der frischen Farbe lag immer noch in der Luft, aber mittlerweile überlagerte ihn der Duft der Bergkräuter in der hölzernen Schale auf der Kommode. Ihr Blick glitt über die neue Doppelmatratze, die nun nicht mehr in dem Nylon steckte, sondern nur noch darauf wartete, mit der neuen Bettwäsche bezogen zu werden. Aus weißer Baumwolle mit einer Bordüre aus klitzekleinen roten und gelben und grünen Äpfeln war sie. Die Schneiderin hatte sich nicht zweimal bitten lassen und tatsächlich Nachtschichten eingelegt, als sie ihr den Grund für ihren Wunsch und die Eile genannt hatte. Zwar kannten jetzt nicht nur die größten Melaner Tratschtanten die Neuheiten vom Apfelhof, die sämtliche zurzeit im Ort kolportierten und demnach ausgeschmückten Nachrichten in den Schatten stellten, aber das war ohnehin nicht zu vermeiden gewesen. Seitdem das Aufgebot auf der Gemeinde aushing, hatte man sie überall im Ort angesprochen, egal wohin sie ging. Beim Bäcker, beim Fleischer, im Feinkostladen, beim Friseur ohnehin – und im Golfclub. Dass sie innerhalb relativ kurzer Zeit einer weiteren Partie mit Andrea, Erika und Grete zugestimmt hatte, lag nur daran, dass sie sichergehen konnte, dass die drei aufgrund ihrer gesellschaftlichen Positionen und ihrer Vernetzungen dafür sorgen würden, dass man sie nicht persönlich kontaktieren würde. Und so war es gekommen. Die Buschtrommeln in Mela hatten wie erwartet funktioniert. Doch dass sogar der Alfred Mair, der neue Bürgermeister, der wirklich durch und durch dem Klischee eines knochentrockenen Anwalts entsprach, ihr ein paar Fragen gestellt und sogar gelächelt hatte, als sie mit ihm notgedrungen sprechen hatte müssen, war dann die Kirsche auf der Torte gewesen.

»Willst du jetzt den ganzen Tag hier stehen bleiben und dein Werk bewundern?«

Chris schlang von hinten die Arme um ihre Mitte und küsste sie auf den Hals. Mit einem wohligen Stöhnen neigte sie den Kopf und forderte ihn unmissverständlich auf, weiterzumachen.

Dennoch murmelte sie »Unser Werk«, um ihn zu berichtigen, bevor sie sich von ihm an der Hand hinüber in ihr Schlafzimmer ziehen ließ und erst einmal alles andere vergaß. Denn so aufregend die Tatsache war, plötzlich mit siebenunddreißig einen Großvater zu haben und mit ihm gleich noch eine weitere Verwandte, die zudem ihren allerbesten Freund liebte – Chris stellte alles in den Schatten.

Ungefähr zur selben Zeit auf dem Koflerhof

Bertl verbiss es sich, Sabine hinterherzupfeifen, als sie mit wiegenden Hüften und dem zweiten Milchkaffee die Küche verließ, um nach draußen zu gehen. Dafür grinste er wie ein Honigkuchenpferd, was er nicht erst im Spiegel überprüfen musste, da er ohnehin nicht mehr normal schauen konnte, wie der Leon ihm gestern wieder unter die Nase gerieben hatte. Aber das war ihm so was von egal!

Nach all dem, was passiert war, kam es ihm so vor, als ob Monate vergangen wären und nicht erst zwölf Tage, seitdem er sie an dem Samstagnachmittag auf dem Guflerhof endlich wiedergesehen hatte.

Jetzt zweifelte er nicht mehr dran, dass jeder Mensch zumindest einmal im Leben Glück haben konnte. Er hatte seines gefunden – und würde es nicht mehr loslassen. Das hatte er ja bereits beschlossen, als sie kurz nach ihrem Wiedersehen nicht nur seinen Händedruck erwidert, sondern ihre Hand nicht zurückgezogen hatte, obwohl ihr Großvater, der Leon, die Gitti und auch die Annie dabei gewesen waren. Mittlerweile wusste Bertl mit absoluter Sicherheit, dass er keine Angst hätte haben müssen – und auch nicht fürchten musste, sie wieder zu verlieren. Aber am Anfang ...

Er hatte seinen Hof hier in Mela, sie leitete Holzer-Holz in Toblach. Und die Firma, deren Namen er ja erst vom Johann erfahren hatte, war nicht irgendeines, sondern das größte Holzhandelsunternehmen im ganzen Pustertal. Das hatte ihm jedoch niemand sagen müssen, denn wer, der mit Holz beruflich zu tun hatte, wusste das nicht? Abgesehen davon hatte er selbst schon einige Male Holz aus seinen Wäldern dorthin liefern lassen, ohne auch nur zu vermuten, wie nah er damit Sabine gekommen war.

Seine Sabine, die ihm den Betrieb gezeigt hatte, als sie gemeinsam gleich an dem Montag nach Toblach gefahren waren, nachdem Johann am Vorabend unmittelbar nach dem Spanferkelessen Filomena sozusagen entführt hatte.

Bertl konnte von Glück sagen, dass Karl, sein wortkarger Winzer, nicht nur die Arbeiter in den Weinbergen, sondern auch alle anderen, die für ihn in den verschiedenen Bereichen des Hofes arbeiteten, im Griff hatte. Das hätte er ihm nie zugetraut – aber nach dem Motto, dass Not erfinderisch macht, hatte Bertl nur zwei Alternativen gehabt. Entweder hätte er die Sabine, die nach Johanns von ihnen scherzhaft Flucht genannten Aufbruch ohne Auto war, nach Toblach fahren und sofort wieder umkehren können. Oder aber er konnte dem Karl blind vertrauen. Seine Wahl war auf Letzteres gefallen – und er hatte es nicht bereut.

So hatte er auch – neben allen anderen – den Mann kennengelernt, der zwar nicht der älteste Mitarbeiter bei Holzer-Holz, aber nach Sabines und Johanns Aussage der fähigste für den Geschäftsführerposten war. Bertl hatte die Freude in dessen Augen gesehen und verwundert und zugleich beeindruckt bemerkt, dass die gesamte Belegschaft offenbar mit der Entscheidung zufrieden war.

Er war mit Sabine noch ein zweites Mal nach Toblach gefahren, um Filomena und Johann Dokumente vorbeizubringen, und auf dem Rückweg hatten sie in Bozen gehalten. Eigentlich hatte er nicht mit hineingehen wollen, aber sie hatte darauf bestanden. Letztendlich war diese Schulbehörde ja auch nur ein Bürogebäude und der Typ, mit dem Sabine gesprochen hatte, in Bertls Augen ziemlich nett. Was wiederum vielleicht daran lag, dass der Mann ihr mit neunzigprozentiger Sicherheit ab September einen Posten in Mela in Aussicht gestellt hatte. Im Nachhinein war er froh, es mit eigenen Ohren gehört zu haben – sonst hätte er es nicht geglaubt. Doch seit dem Tag hatte sich dieses Lächeln in seinem Gesicht festgetackert. Bertl griff nach seiner Tasse, goss Kaffee hinein und die restliche noch warme Milch obendrauf und folgte Sabine nach draußen.

»Ja, du bist mein einziger Liebling.« Sie hockte neben Zeus, der mit dem Bauch nach oben und allen vieren von sich vor ihr lag und sich streicheln ließ.

»Sie schwindelt, Zeus. Ich bin ihr einziger Liebling«, knurrte Bertl spielerisch.

Sabine unterdrückte ein Lachen.

»Lass ihn reden, Zeus, das stimmt nicht. Ihn liebe ich auf eine andere Art als dich.«

»Ach so?« Bertl stellte seine Tasse neben die von Sabine auf die Holzbank neben der Tür, griff unter ihre Arme und zog sie hoch. Er legte seine Hände an ihre Wangen und spürte dieses unwahrscheinliche Glücksgefühl, als er ihr in die Augen sah. »Und auf welche Art liebst du mich?«

»Auf die, die mich in jeder Minute, die wir tagsüber voneinander getrennt sind, wünschen lässt, dass die Zeit bis zum Abend ganz rasch vorbeigeht.«

Gab es dem etwas hinzuzufügen?

Nein, sicher nicht, entschied er, legte seine Lippen auf Sabines und stupste mit seiner Zunge dazwischen. Und dann vergaß er erst einmal alles, was für heute auf dem Plan stand, bevor er sich – wie jeden Morgen, seitdem Sabine auf dem Koflerhof lebte – später als normalerweise auf den Weg machte.

Kurz vor zehn am selben Tag

Sabine hörte den Wagen, noch bevor sie ihn sah, und ein Lächeln überzog ihr Gesicht. Seitdem Bertl weggefahren war, saß sie mit ihrem Laptop und dem Handy heraußen auf der Bank neben der Haustür, genoss die Sonne und arbeitete. Noch vor einem Jahr, als in den Medien tagtäglich von Homeoffice die Rede war, hätte sie sich nie vorstellen können, ihren Job anderswo als in ihrem Büro im Firmengebäude von Holzer-Holz in Toblach zu erledigen. Daher war sie auch froh gewesen, nicht als Lehrerin eine Klasse Grundschüler über Videoschaltungen unterrichten zu müssen, anstatt den Gschroppen gegenüberzustehen. Nun jedoch hatte sie sich nach wenigen Tagen daran gewöhnt, mit den Mitarbeitern zu telefonieren, Aufträge und Rechnungen, die nun eben alle in der Firma eingescannt wurden, wenn sie nur per Post eintrafen, aus der Ferne zu kontrollieren. Mit der Zeit würde sie das nicht mehr täglich machen, aber jetzt unterstützte sie den neu ernannten Geschäftsführer, der sich in all die neuen zusätzlichen Aufgaben einarbeiten musste, und behielt den Überblick. Vor allem aber war sie in Mela niemals weit von Bertl entfernt, der abends heimkam – zu ihr. Nach Hause, ja, denn genau so fühlte sich der Hof für sie an. Aber nicht nur der Koflerhof und Bertl, denn da war noch ...

Wie schon gestern und in den Tagen zuvor hielt der Wagen nur wenige Meter von ihr entfernt, die Tür flog auf und Liesi kam auf sie zu, blieb unmittelbar vor ihr stehen und streckte ihr beide Hände entgegen.

»Na du?«

Liesis blaue Augen, die denen ihrer Großmutter ähnelten, und die blonden Locken, die sicher dieselbe Farbe hatten wie die von Filomena, als sie jünger war, strahlten mit der Sonne um die Wette.

Sabine ergriff die Hände und drückte sie fest und antwortete mit den identischen Worten.

»Na du?«

Sie lachten beide, umarmten sich und hielten sich einfach nur fest.

»Und, hast schon eine Lösung gefunden?«, fragte Liesi, als sie sich endlich voneinander trennten.

»Cousine ist zu wenig.«

Sabine deutete zur Haustür, und Liesi folgte ihr in die Küche, wo sie die Herdplatte anmachte, auf der die bereits vorbereitete Moka stand.

Seitdem die Erkenntnis, dass sie beide irgendwie miteinander verwandt waren, nach dem ersten Schock, dem Erstaunen, dem Was-auch-immer, zu ihnen durchgedrungen war, versuchten sie eine Bezeichnung für ihren Verwandtschaftsgrad zu finden.

Liesi war definitiv die Enkelin ihres Großvaters, so wie auch sie.

Wäre Johann ihrer beider Vater, wären sie Halbschwestern. Aber so?

Sie lehnte sich mit dem Po gegen den Rand der Arbeitsplatte neben dem Herd und verschränkte die Arme vor der Brust.

»Halbenkelin klingt saublöd, außerdem gibt es das Wort im Duden nicht, und das sind wir ja nicht im Bezug zueinander.«

Liesi nickte. »Selbst wenn es diese Bezeichnung gäbe, würde sie auf keine von uns beiden zutreffen. Die Filomena ist meine Großmutter, deine war die Concetta, und den Nonno den teilen wir uns.« Sie zwinkerte ihr zu.

»Aber ein bisserl was von der Filomena darf ich auch haben, oder nicht?«

Jetzt lachten sie und Liesi, die ein paar Zentimeter kleiner war als sie selbst, zog sie in die Arme. Als der Kaffee in der Moka gurgelnd die letzten Tropfen nach oben presste, lösten sie sich voneinander. Sabine drehte sich zum Herd, machte die Platte aus und teilte das heiße duftende Getränk auf zwei Tassen auf. Liesi griff nach der bereitstehenden Milchpackung, leerte je einen Schuss dazu und gemeinsam gingen sie nach draußen und setzten sich, wie jeden Tag um diese Uhrzeit, nebeneinander auf die Bank.

Zeus öffnete ein Auge, als ob er sich überzeugen wollte, dass alles wie immer war, wischte mit dem Schwanz einmal träge hin und her über den Boden und schloss das Augenlid wieder.

»Cousine zweiten Grades oder so klingt aber auch saublöd«, meinte Sabine, nachdem sie einen ersten Schluck getrunken hatte.

»Das ist sowieso alles Quatsch. Ich bin froh, dass es dich in meinem Leben gibt. Ich hab mir immer eine Schwester gewünscht, und das mit dir fühlt sich genau so an.«

»Für mich auch.« Sabine wandte sich ihr zu und sie lächelten sich an. »Und irgendwie ist das zwischen dir und mir mehr als Freundschaft.«

»Ist es ja auch«, bestätigte Liesi. »Der Nonno ist ja der Grund, dass es uns beide gibt.«

Darauf gab es wirklich nichts zu erwidern. Sabine nippte erneut an ihrem Kaffee, schaute Hügel abwärts auf den Ort, und dieses Gefühl der Zufriedenheit, das sie früher nie so intensiv gespürt hatte, wärmte sie von innen. Glücklichsein nannte man das wohl.

»Apropos Freundschaft. Hast du endlich die Karin erreicht?« Liesi schaute sie fragend an.

Sabine schlug sich auf die Stirn. »Ich frag mich, wie ich das vergessen konnte. Gestern am Abend hat sie mir endlich eine Nachricht geschickt.«

»Nach fast zwei Wochen und nur eine Nachricht?«

»Die musst du lesen.« Sabine nahm ihr Handy vom Tisch, entsperrte es, öffnete WhatsApp und Karins Kontakt und reichte es Liesi.

»Wie bitte?«

Liesi war nicht mehr in dem Alter, in dem Teenager wegen allem Möglichen quietschten, aber jetzt tat sie genau das – und Sabine lachte.

»Irre, gelt?«

»Die ist tatsächlich mit diesem Luis Walder auf den Malediven?«

Sabine nickte. »Absurd, oder? Die sind am selben Tag weggeflogen, an dem ich mit dem Nonno nach Mela gekommen bin.«

»Und sie hat dir nicht gesagt, dass sie sich Urlaub nimmt?«

Sabine verneinte mit dem Kopf. »Im Gegenteil, wie wir uns in der Patisserie am Montag davor wie immer zum Kaffee getroffen haben, hat sie noch gejammert, weil ihr Vater sie mit Arbeit eindeckt.«

»Und euer Bürgermeister hat dich nach dem Abend der Filmvorführung, als ihn der Nonno in die Schranken gewiesen hat, nicht mehr dumm angemacht, hast du gesagt.«

»Genau.«

»Dann hat er sich aber schnell umorientiert«, meinte Liesi sarkastisch.

»Genau so könnte man das nennen. Aber blöd ist er

wirklich nicht. Die Eggers, also Karins Familie, sind alles andere als arm. Die verdienen mit ihrem Sportwarenfachgeschäft und den Lederwaren ein Vermögen – und das ist ja das, was den Walder interessiert. Der will nämlich nicht nur als Bürgermeister wiedergewählt werden, sondern einer der reichsten Männer im Ort werden.«

Liesi stellte ihre mittlerweile leere Tasse ab, stand auf und wandte sich ihr grinsend zu.

»Nennt man solche Männer eigentlich so wie die Frauen, die sich reiche alte Kerle angeln?«

»Du meinst Goldgräberinnen?«

»Goldgräber«, erwiderte Liesi schmunzelnd. »Gendern muss man sicher auch in diesem Fall, Frau Lehrer, was meinst du?«

Sabine lachte immer noch, als Liesis Wagen zwischen den Weingärten verschwand und die Rücklichter ein letztes Mal aufleuchteten.

Am späten Nachmittag im Sitzungssaal der Gemeinde Mela

Bertl Kofler dachte an den heutigen Morgen und Sabines lange schlanke Beine in den hautengen Jeans, die sie nach einem gemeinsamen Abstecher über das Bett und die Dusche angezogen hatte, und sehnte sich zurück auf seinen Hof. Bildlich malte er sich aus, wie er den Knopf an ihrem

Hosenbund und den Reißverschluss öffnen und sie langsam aus dem blauen Stoff auswickeln würde, bevor ...

Irgendjemand schrie: »Du Depp, du blöder!«

Bertl hatte die Schnauze voll.

Alles war wie beim letzten Mal.

Die Tische im Sitzungszimmer waren u-förmig aufgestellt.

Der Gemeinderatsausschuss tagte, aber es fühlte sich an, als ob ein Haufen Kleinkinder in der Sandkiste um eine einzige Schaufel streiten würde. Ein paar wenige nahmen nicht an der allgemeinen Diskussion teil, von der wahrscheinlich niemand mehr wusste, welchen Tagesordnungspunkt sie betraf. Andere unterhielten sich mit ihren Sitznachbarn, als ob sie im Gasthaus beim Frühschoppen wären. Bertl hatte die Beine unter dem Tisch ausgestreckt und klickte rhythmisch mit seinem Kugelschreiber.

»Herr Kofler!«

Die blonde Gemeinderätin mit dem Pferdegebiss und dem Lippenstift auf den Zähnen ihm gegenüber schrie in seine Richtung.

Déjà-vu! Himmelherrgott noch einmal! Hatte die blöde Kuh nichts anderes zu tun, als ihn zu beobachten? Er war der einzige Mensch im Saal, der sich nicht an dem lächerlichen Affentheater beteiligte, das irgendwann zwischen der Anfrage einer Budgeterhöhung für das Seniorentanzen der motorisch beeinträchtigten Bewohner des Wohnheims der Gemeinde und den Kosten für eine neue Flagge für den Fahnenmast im Kreisverkehr am unteren Ortseingang begonnen hatte. Plötzlich hatte jeder etwas anzumerken, als ob die beiden Budgetposten die Gemeinde in den Bankrott treiben würden.

Weiß Gott, er war wahrlich ein friedliebender Mensch, und nichts lag ihm ferner, als im Mittelpunkt zu stehen – Sabines ungeteilte Aufmerksamkeit für seine Person ausgenommen –, aber jetzt hatte er endgültig genug.

Er rutschte mit dem Stuhl zurück, sodass dieser über den Boden kratzte, setzte sich aufrecht hin, richtete seine Beine parallel zueinander aus, Füße und somit Schuhe inklusive, und schrie: »Ruhe!«

Der Bürgermeister, der offenbar überfordert war, wie auch der Schriftführer, der als Gemeindebediensteter eigentlich schon hätte heimgehen sollen, schauten zu ihm. Alfred Mair nickte ihm dankbar zu – und schrie ebenfalls: »Ruhe!«

Schlagartig beendeten auch die letzten Aufwiegler ihr Gemurmel.

»Kollegen, so geht das nicht. Sie können nicht in jeder Sitzung aus Mücken Elefanten machen und lächerliche Entscheidungen, wie die einer neuen Flagge für ein paar hundert Euro, stundenlang diskutieren. Vielmehr verwundert mich, dass niemand von Ihnen die Kollegin nach den Daten gefragt hat, die ihren Vorschlag vom letzten Mal untermauern sollten.« Der Bürgermeister warf der Blonden, die Bertl vorhin wieder quer durch den Saal angeschrien hatte, einen eiskalten Blick zu. »Oder haben Sie gedacht, verehrte Kollegin, dass ich Ihre nicht recherchierte und absolut unnötige Idee vergessen hätte? Aber vielleicht haben Sie mittlerweile unserem Apfelmuseum einen Besuch abgestattet und festgestellt, dass es das, was Sie grob umrissen haben, längst in Mela gibt?«

Die Schnepfe ähnelte plötzlich einem Wiedehopf, dem die Haare zu Berge stehen, lief zudem rot an und senkte den Kopf.

Bertl verbiss sich ein Grinsen, zog das Blatt mit den Tagesordnungspunkten näher und atmete erleichtert auf. Der letzte Punkt war im Grunde genommen der einzige, der ihn persönlich interessierte und auch betraf, da seine Tante und sein Onkel auf die Entscheidung warteten.

Alfred Mair griff nach dem letzten Aktendeckel links von sich, zog ihn näher und öffnete ihn. Er nahm das erste Blatt Papier und hob es hoch.

»Dieser Vorschlag, wozu die Gemeinde das Grundstück im Gewerbegebiet verwendet werden soll, das uns die Eltern meines Vorgängers Sepp Gamper vermacht haben, traf am Tag nach der letzten Gemeinderatssitzung ein. Diese hier ...«, der Bürgermeister hob die restlichen Papiere hoch und legte eines nach dem anderen auf das erste. »Diese hier«, wiederholte er, »kamen in den darauffolgenden drei Werktagen. Und wisst ihr was, liebe Kollegen?«

Alle schüttelten den Kopf.

»Jeder einzelne Vorschlag entspricht den anderen zwar nicht textgetreu, jedoch inhaltlich zu einhundert Prozent.«

Gemurmel setzte ein, das er mit einer raschen Handbewegung beendete.

»Da es keine anderen Vorschläge gibt, müssen wir also eigentlich gar nicht abstimmen, nicht zuletzt, weil ich davon überzeugt bin, dass niemand unter uns sich gegen das Projekt stellen wird.«

»Das wird sich zeigen, wenn du uns endlich sagst, was bisher offenbar nur du und ein paar Verschwörer hier wissen, Alfred.«

Martin Gasser, der Hotelier, der zumindest noch bis vor ein paar Wochen ein enger Freund des Bürgermeisters gewesen war, verzog den Mund, als ob er Zahnschmerzen hätte.

Bertl hatte Mühe, sich das Grinsen zu verbeißen. Offensichtlich hatte der Bürgermeister den Gasser diesmal nicht eingeweiht – ihn hingegen schon. Dass ausgerechnet er die Ehre verdient hatte, bereits einen Tag vor der Sitzung das zu erfahren, was der Bürgermeister nun laut aussprechen würde, hatte aber einen einfachen Grund.

Er war der Cousin des verstorbenen Bürgermeisters und von seiner Tante und seinem Onkel gebeten worden, sich um die Abwicklung der Schenkung zu kümmern. Dazu gehörte nämlich nicht nur das Grundstück, sondern auch ein nicht unbedeutender Betrag von den verschiedenen Konten ihres Sohnes, von denen sie erst nach seinem Tod erfahren hatten. Dieses Geld würden sie niemals anrühren, hatte sein Onkel Bertl verbittert erklärt. Dass Sepp die große Summe mit seinem Gehalt zusammengespart hatte, war absolut undenkbar. Die Gerüchte über die sogenannte Wellnessoase hinter dem Discostadl, wo ihr Sohn mit dieser Russin zu Tode gekommen war, kannten Sepps Eltern mittlerweile auch alle. Die Polizei hatte sie auch nicht darüber im Unklaren gelassen, dass Sepp Gampers und Olga Terenkovas Körper in einem Zimmer im rückwärtigen Teil des Gebäudes gefunden worden waren, in dem sie im Schlaf vom Feuer überrascht worden waren. Das einzige Fenster des Raumes war jedoch hoch oben angebracht, sie hätten es keinesfalls zur Flucht benutzen können. Darüber, dass die beiden zum Zeitpunkt ihres Todes nicht bekleidet gewesen waren, hatte zwar niemand gesprochen, aber das war genauso offensichtlich wie die Tatsache, dass die Russin offiziell als Prostituierte registriert war.

»Der Vorschlag ist, dass die Gemeinde auf dem Grundstück ein Freizeitzentrum für Kinder und Jugendliche sozial benachteiligter Familien erbauen soll. Eine Anlaufstelle, in der Sozialassistenten und Erzieher tätig sein sollen. In einem dieser Schreiben«, Alfred Mair deutete auf die Aktenmappe, die offen vor ihm lag, »hat man uns alle, also die Gemeinde, aufgefordert, darüber nachzudenken, dieses Zentrum auch für ältere Menschen zu öffnen und somit das soziale Miteinander zwischen Alt und Jung zu fördern.«

Irgendjemand begann zu klatschen, andere fielen ein.

Der Bürgermeister wartete, bis wieder Ruhe einkehrte, und sprach weiter.

»Ich persönlich finde die Idee großartig und würde sogar noch weitergehen. Wir könnten uns dafür stark machen, die Minderheiten unserer Gemeinde, wobei ich da an die Ausländer denke, die weder deutscher noch italienischer Muttersprache sind, besser zu integrieren. Da denke ich in erster Linie an Sprachkurse, aber es gibt sicher noch viel mehr, was wir tun könnten. An Platz fehlt es uns aufgrund der Größe des Grundstücks sicher nicht.«

»Aber an Geld, Bürgermeister«, grätschte Martin Gasser gehässig dazwischen.

»Ach so.« Alfred Mair warf seinem – vermutlich ehemaligen – Freund, einen eiskalten Blick zu. »Ich hatte noch keine Gelegenheit, Ihnen allen mitzuteilen, dass die Eltern von Sepp Gamper für den Bau und sämtliche Bewilligungen bis zur Inbetriebnahme des Projekts aufkommen werden. Ihre einzige Forderung ist, dass ihr Neffe Bertl Kofler über alle Arbeiten detailliert informiert wird und die Gemeinde ihm sowohl die Kostenvoranschläge als auch die Abrechnungen zum Gegenzeichnen vorlegt.«

Bertl klickte mehrmals mit dem Kugelschreiber, weil das die einzige Möglichkeit war, seine Nervosität zu kontrollieren. Er hatte sich nicht ausgesucht, in dieser Sache eine Rolle zu spielen, die die Aufmerksamkeit aller auf sich zog, aber ablehnen hätte er auch nicht können. Seine Tante und sein Onkel hatten ihren einzigen Sohn verloren und nur noch ihn – und Sabine hatte die beiden, als er sie ihnen vor ein paar Tagen vorgestellt hatte, ins Herz geschlossen. Ihm waren also im wahrsten Sinne des Wortes in dieser Sache die Hände gebunden. Somit hatte er auch seinen heimlichen

Wunsch abschreiben müssen, sich als Gemeinderat so rasch wie möglich zu verabschieden und keinesfalls bis zur nächsten Wahl zu warten, um nicht mehr zu kandidieren.

Als jetzt die Kollegen rundum mit den Fingerknöcheln zustimmend auf die Tischplatte klopften und der Bürgermeister seine Stimme erhob und zur Abstimmung für das Projekt aufrief, dem er den Namen Sepp-Gamper-Zentrum gab, flogen nach und nach rund um die u-förmig aufgestellten Tische die Hände hoch.

Martin Gasser, der Hotelier, der sonst unweigerlich zu allem seinen Senf dazutun musste, und zwar immer auf negative Art und Weise, hielt überraschenderweise den Mund.

Die blonde Schnepfe schien mittlerweile nicht nur das Reden, sondern auch das Sich-in-Szene-Setzen verlernt zu haben.

»Eigenartigerweise hoben dann auch die beiden ihre Hände, wahrscheinlich, weil sie bei einem Rundblick merkten, dass sie die Einzigen gewesen wären, die gegen ein derart nobles Projekt gestimmt hätten«, schloss Bertl seine Erzählung.

Dann schob er mit beiden Händen das Shirt von Sabines Schultern, leckte sich über die Lippe und bedachte sie mit einem dieser Blicke, die ihr Blut in Wallung und ihr Herz zum Rasen brachten.

»Können wir jetzt über was anderes reden?«, fragte sie atemlos.

Bertl schüttelte verneinend den Kopf.

»Nein?«

Anstatt zu antworten, griff er in ihre Locken, legte ihren Hals frei und leckte wie in Zeitlupe über die Stelle, wo ihr Puls raste.

»Ich brauch meinen Mund für etwas anderes als zum Reden«, murmelte er und hauchte über ihre feuchte Haut.

Sabine erschauerte und vergaß, worum sie ihn gebeten hatte. Es war auch egal. Denn sobald sie beide allein und ungestört waren, gab es nur drei Dinge, die sie interessierten.

Bertl Kofler, der Mann, den sie liebte.

Bertl Kofler, der Mann, der sie liebte.

Und Bertl Kofler, der sanfte und zugleich leidenschaftliche Mann, der sie sogar ihren Namen vergessen ließ, wenn er sich ihr widmete – mit seinen Händen, den Lippen, ja sogar mit dem Einsatz seines ganzen Körpers. Nach Möglichkeit die ganze Nacht bis zum Morgengrauen. Das war alles, was sie von ihm wollte. Heute, morgen, übermorgen ... und jeden Tag bis in alle Ewigkeit.

Kapitel 20

Drei Tage später ...

Die Sonne strahlte vom wolkenlosen Himmel. Nur ein paar Schönwetterwolken standen im azurblauen Himmel, hingehaucht wie Wattebäusche, die ein Maler mit seinem Pinsel willkürlich auf die Leinwand getupft hatte. Das Thermometer neben dem Hauseingang des Apfelhofs zeigte schon jetzt, kurz vor elf, vierundzwanzig Grad. Es war wirklich der perfekte Tag für eine Hochzeit und fühlte sich an, als ob der liebe Gott endlich all seine Fehler gutmachen wollte, überlegte Sabine Holzer und verwarf den Gedanken sofort wieder.

Sie war nie besonders gläubig gewesen, aber wie es eben so üblich war, war sie in der Pfarrkirche in Toblach getauft worden und hatte dort die Erstkommunion und Jahre später das Sakrament der heiligen Firmung erhalten. Bis sie zwölf war, hatte sie jeden Sonntag mit ihren Eltern die Messe besucht und keine Vorbereitungsstunde auf das dritte Sakrament versäumt. Danach hatte sie es vorgezogen, an Sonntagen lang zu schlafen oder aber früh aufzustehen, um mit dem Nonno wandern zu gehen. Die auswendig gelernten Gebete, wie der Rosenkranz, den ihre Nonna Concetta mit zunehmendem Alter immer öfter lautlos gebetet hatte, hatte sie schon als Kind unsinnig empfunden. Warum sollte jeder Mensch dieselben Worte herunterleiern, wenn er sich an Gott wandte. Überhaupt. Warum sollte man Gott überhaupt um etwas bitten? Er tat ohnehin, was er wollte – und vieles davon war unlogisch. Bis heute konnte sie nicht begreifen, warum ihre Eltern hatten sterben müssen, die immer korrekt und gottestreu gelebt hatten und wirklich jeden Sonntag in die Kirche gegangen waren, während andere auf alles pfiffen und dennoch von Gott unbestraft betrogen und stahlen oder sogar noch schlimmer.

»Du schaust drein wie sieben Tage Regenwetter, Sabine. Ist alles in Ordnung?«

Sie blinzelte ihre dummen Gedanken weg und seufzte auf.

»Nervös bin ich, Gitti.«

»Und du meinst, ich nicht?« Gitti schob den Haarreifen, der mit demselben Stoff ihrer Dirndlschürze überzogen war, zurecht. »Ich hab nicht einmal mitgekriegt, wie schnell die Zeit vergangen ist. Erst wie der Leon und ich von Freising zurückgefahren sind, ist mir klar geworden, wie sehr.«

»Das hat aber nur damit zu tun, dass du zwei Tage mit deinem Sohn verbracht hast, die viel zu rasch vorbei waren.«

»Der Peter kommt ohnehin im Sommer, sobald er endlich Diplom-Forstwirt ist.« Leon, dessen Löwenmähne in der Sonne glänzte, trat zu ihnen.

»Schade, dass er heut nicht da ist. Ich hätt ihn gern endlich kennengelernt. Er ist ja der einzige Gufler, der mir noch fehlt.«

»Da hast nix versäumt, Sabine. Er ist genau wie der Vater«, unkte Annie.

Grinsend schaute sie zu ihrem Vater auf und Leon legte seiner Jüngsten sanft die Hand auf den Kopf.

»Nicht. Du machst meine Frisur kaputt.« Sie duckte sich weg und Leon ging eilig hinüber zum Neubau.

In Gittis und Sabines Lachen fiel auch Traudl ein.

»Wo sie recht hat, hat sie recht«, meinte die Hausärztin. »Außerdem hat sie heute eine wichtige Rolle und das schönste Dirndl von uns allen. Ganz zu schweigen von den kleinen Röschen im Haar.«

Sie war wirklich eine Augenweide. Die Friseurin hatte Annies blonde Haarpracht in einer kunstvollen Flechtfrisur gebändigt, die sich von der Stirn weg über ihren ganzen Kopf zog. Überall waren kleine Rosen in der Farbe ihres Dirndls eingeflochten. Annie sah in dem roséfarbenen Kleid mit der cremefarbenen Bluse und der Schürze, in der sich alle Farbtöne dazwischen wiederfanden, bezaubernd aus.

Die Kleine trat aufgeregt von einem Bein aufs andere, schaute zum Neubau und fragte: »Sind die Männer immer noch drüben?«

Sabines Blick glitt über die gemähte Wiese, in deren Mitte unter einem Sonnensegel die festlich gedeckte Tafel stand, hinweg zu dem Haus, das in jeder Hinsicht die identische Kopie des Apfelhofs war. Die Fassade leuchtete ebenso weiß wie die des alten Gebäudes, die ebenfalls frisch gestrichen worden war. Sogar die Blumenkästen an dem hölzernen Balkon des ersten Stocks waren an den gleichen Stellen angebracht worden. Die pinken Blüten der Petunien ergossen sich weit darüber hinaus in ihrer vollen Pracht. Nur das Holz des rundum laufenden Balkons und der Eingangstür des Neubaus war trotz der dunklen Lasur etwas heller als das des alten Hofs, vor dem sie standen.

»Der Chris zeigt ihnen halt alles, aber sie werden die Zeremonie sicher nicht verpassen. Ohne die Männer gehts ja nicht«, erklärte Gitti ihrer Tochter schmunzelnd.

»Aber die haben das doch alles schon gesehen«, maulte

Annie. »Ist ja nicht so, als ob das Haus erst jetzt fertig geworden wär.«

»Aber der Chris und die Liesi werden erst ab heute drüben wohnen«, sagte Sabine, bevor Gitti es tat.

Sicher hätte Annie noch etwas erwidert, doch die Glocken im Turm des mittelalterlichen Schlosses, das etwas höher als der Apfelhof lag und nicht weit entfernt war, begannen zu läuten. Die Männer traten nacheinander aus der Eingangstür des neuen Hauses und kamen eilig in geschlossener Gruppe über die Wiese. Allen voran Alfred Mair, der über seinem Trachtenanzug die Schärpe in den Farben der italienischen Flagge trug, der Trikolore, die ihn als Bürgermeister in amtlicher Eigenschaft identifizierte.

Er hielt an der vereinbarten Stelle unter den drei Apfelbäumen und schaute nach oben. Unweigerlich folgte nicht nur Sabines Blick dem seinen.

Die drei Bäume, von denen Erzsebet Pinkasz den ersten bald nach ihrer Ankunft hier in Mela gepflanzt hatte, bildeten mit den ineinander übergreifenden Ästen der anderen beiden, die sie für ihren Sohn Peter und ihre Tochter Agnes bei deren Geburt neben ihrem eingesetzt hatte, ein Gewölbe aus hellgrünen Blättern und zarten weiß-rosa Blüten. Diese drei Bäume sollen das Sinnbild unserer Stärke sein, hatte sie in ihrem Tagebuch im Oktober 1900 geschrieben, aus dem Filomena vor zwei Jahren vorgelesen hatte. Das war an dem Tag gewesen, an dem Chris die Urne mit der Asche seiner Mutter Elisabeth genau hier unter den Bäumen vergraben hatte. Sabine war damals zu spät gekommen, doch mittlerweile hatte sie das Tagebuch gelesen, das ihr Liesi an dem Tag, nachdem sie mit Bertl ihr Gepäck aus Toblach geholt hatte und offiziell im Koflerhof eingezogen war, gebracht hatte. Jede Zeile hatte sich in ihr Gedächtnis eingebrannt, und sie fühlte sich, als ob sie selbst

Teil dieser einzigartigen Familie wäre. Wobei sie das ja irgendwie ...

Bertl stand plötzlich neben ihr und griff nach ihrer Hand, so wie Marcus nach Traudls und Leon nach Gittis. Nur Chris und ihr Nonno standen allein nebeneinander und schauten zur geschlossenen Tür des alten Apfelhofs.

Die Glocken beendeten ihr Geläut und ein lang gezogener Laut der Ziehharmonika erklang.

Sie hätten sich für die Blaskapelle entscheiden können, die dem Anlass gerecht gewesen wäre, wie der Kapellmeister gemeint hatte.

Sie hätten sich für eine kirchliche Trauung entscheiden können, hatte der Pfarrer gemeint.

Sie hätten mindestens hundert, eher aber schon zweihundert oder noch mehr Ortsbewohner einladen und das Fest in seinem Hotel feiern sollen. Den Saal hätte er ihnen liebend gern kostenlos zur Verfügung gestellt, hatte Martin Gasser gemeint.

Eine mehrseitige Reportage in den Dolomiten, der meistgelesenen deutschsprachigen Tageszeitung Südtirols, hatte ihnen der Chefredakteur angeboten.

Sie alle, die sie heute hier versammelt waren, hatten sich einstimmig dagegen entschieden – und Chris hatte dafür gesorgt, einen Schranken am Beginn der Privatstraße anbringen zu lassen, der heute geschlossen war und an dem Männer einer Sicherheitsfirma, die er engagiert hatte, Schaulustige davon abhielten, das Grundstück zu betreten.

Die Ziehharmonika gab noch einen lang gezogenen Laut von sich – und brach ab. Dann erklangen die ersten Noten und des Hochzeitsmarsches der Südtiroler Feiertagsmusig und jagten Sabine einen Schauer über den Rücken.

»Sie kommen!«, rief Annie aufgeregt, die vor ihnen neben dem Bürgermeister stand.

Die Eingangstür öffnete sich.

Liesi und Filomena, beide bildschön in ihren Festtagsdirndln, traten nach draußen. Eingehängt und mit einem Lächeln auf den Gesichtern, das ihre Aufregung verriet, kamen sie näher.

Vor Chris und dem Nonno blieben sie stehen.

Liesi löste den Arm ihrer Großmutter aus ihrer Armbeuge und küsste sie auf beide Wangen.

Dann griff sie nach Filomenas rechter Hand – und legte sie in die von Johann Holzer.

Der Großvater sah in seinem Trachtenanzug mit der dunkelgrauen Hose und der Jacke mit den Hirschhornknöpfen und dem waldgrünen Revers über der gleichfarbigen Weste fantastisch aus. Als er das Bouquet aus den gleichen kleinen Rosen, die Annie im Haar hatte, seiner Braut überreichte, blieb kein Auge trocken – auch seine nicht.

»Kurz soll ich es machen, hat man mir gesagt«, begann Alfred Mair, als das Akkordeon verstummte.

»Wir sind also heute hier versammelt, um die beiden Menschen, die einander vor vielen Jahren begegnet sind, endlich zu vereinen.«

Der Bürgermeister senkte den Blick auf das oberste Blatt Papier in der aufgeschlagenen ledernen Mappe, bevor er wieder aufsah.

»Wollen Sie, Herr Johann Holzer, die hier anwesende Frau Filomena Pinker zu Ihrer Frau nehmen?«

Das »Ja« kam laut und stark und glich einem Jubelschrei, fand Sabine. Sie begann zu kichern – und Liesi mit ihr.

»Und willst du, Filomena Pinker, den hier anwesenden Johann Holzer zu deinem Mann nehmen?«

»Was passiert, wenn ich jetzt Nein sag, Bürgermeister? Fragst mich dann noch einmal?«

»Warum solltest du das denn tun, Filomena?«, fragte Alfred Mair irritiert.

»Damit der Johann noch ein bisserl warten muss. Achtundsechzig Jahre sind vielleicht noch nicht genug.«

Johann drehte Filomena an den Schultern zu sich herum, beugte sich vor und küsste sie schmatzend auf den Mund.

»Sag endlich Ja, damit ich dich richtig küssen kann«, sagte er dann halblaut und bugsierte seine Braut wieder so herum, dass sie dem Bürgermeister gegenüberstand.

Der hatte nun vom Lachen Tränen in den Augen und wirkte gar nicht wie der stocksteife Anwalt, der er eigentlich war, flüsterte Bertl Sabine ins Ohr. Dabei hatte sie ohnehin Mühe, sich nicht vor lauter Lachen zusammenzukrümmen, während Liesi sich ihrerseits nicht zurückhielt – und mit ihr alle anderen.

Nur die Annie, die das herzförmige Kissen mit den beiden Eheringen hielt, zischte ununterbrochen »Sch, sch, sch«.

»Recht hast!« Alfred Mair nickte dem kleinen Mädel zu, räusperte sich lautstark und mehrmals und wartete, dass sich endlich wieder alle beruhigten.

»Also«, setzte er an und warf einen Blick in die Runde, bevor er fortfuhr. »Dann frag ich dich noch einmal. Willst du, Filomena Pinker, den hier anwesenden Johann Holzer ...«

»Ja, natürlich will ich, was denkst du denn!?«, unterbrach Filomena den Bürgermeister, drehte sich blitzschnell ihrem Bräutigam zu und streckte beide Arme hoch. Nur darauf hatte Johann gewartet. Er zog sie näher, ging ein wenig in die Knie und küsste sie – diesmal richtig.

»Ihr müsst noch die Ringe tauschen«, rief Annie und fuchtelte mit dem kleinen Kissen in der Luft herum.

»In Gottes Namen«, erwiderte Johann mit hochrotem Gesicht und streckte die Hand aus.

Natürlich bekam er die Schleife, mit dem Filomenas Ring

festgebunden war, nicht auf. Liesi sprang zugleich mit Sabine vor – und sie stießen mit den Köpfen aneinander.

Mittlerweile lachten alle rundum – schon wieder.

Als die beiden Enkelinnen jeweils einen Ehering vom Kissen lösten und diese Filomena und Johann in die Hand drückten, woraufhin die beiden sie einander gegenseitig ansteckten, rief der Bürgermeister lautstark: »In meiner Eigenschaft als Bürgermeister und Standesbeamter der Gemeinde Mela erkläre ich euch im Namen des Gesetzes zu Mann und Frau.«

Das entsprach nicht wortgetreu der offiziellen Formel, aber an dieser Hochzeit war ohnehin nichts alltäglich.

So wie die Tatsache, dass das Brautpaar nicht daran dachte, all die Heiratsdokumente zu unterschreiben, bevor der erste Sektkorken knallte, dem noch viele weitere folgten.

Doch das, was ganz und gar nicht alltäglich war, war das fröhliche Lachen der drei Apfelbäume, das jedoch nur die Annie zu hören schien. Vielleicht lag es daran, dass die Erwachsenen mit Reden und Essen und Trinken und Feiern beschäftigt waren und schließlich auch noch auf der Wiese tanzten.

Oder es war einfach so, dass nur die kleine Annie Gufler Erzsebet Pinkasz und ihre Kinder Agnes und Peter, die – von wo auch immer kommend – zur Feier des Tages körperlos in ihre Apfelbäume gestiegen waren, verstehen konnte. Sie hörte ihre fröhlichen Stimmen und das glückliche Lachen, und irgendwann schien es sogar, als ob die drei Bäume miteinander tanzen würden. Das war der Moment, in dem die Annie beschloss, dass sie irgendwann einmal genau wie Filomena und Johann hier unter diesem Blütendach heiraten würde.

Ganz sicher.

Danksagung

Liebe Leserin, lieber Leser,

danke von Herzen, dass Sie mich auf meiner zweiten literarischen Reise in die nördlichste Provinz Italiens begleitet haben.

Von Buch zu Buch nimmt die Zahl der Menschen zu, bei denen ich mich bedanken möchte. Denn ohne deren offene Ohren, Adleraugen und die Zeit, die sie mir während der Recherche und meinem in Arbeit befindlichen Manuskript widmen, wäre das Resultat einfach nicht dasselbe.
Meine Südtiroler Freunde und Bekannte habe ich ja bereits zu Beginn des Romans erwähnt.
Inniger Dank geht an meine Freundinnen Jana S. und Evi N., die über Ländergrenzen hinweg für mich unverzichtbar geworden ist. Distanz ist unwichtig, wenn die Herzen im Einklang schlagen. Ohne euch wäre auch dieser Roman nicht geworden, was er nun ist!
Helga und Wilhelm König, die seit ihrer Pensionierung die Entstehung all meiner deutschsprachigen Romane mit ihrem Lektorat begleiten, geben meinen Geschichten Schliff, verwandeln Rohdiamanten in glitzernde Steine.
Doch was würde ich ohne meine Korrektorin Sybille Weingrill (SW-Korrekturen) tun, die im Laufe der Jahre mein deutschsprachiges Gewissen und eine wahre Freundin geworden ist? Tausendmal Dank!
Im meinem Privatleben gibt es einige besondere Menschen, die ich hier nicht namentlich erwähnen werde – bis auf

meine einzigartige Freundin Hanni Münzer. Uns verbindet nicht nur das Sternzeichen und die Liebe zum Schreiben, sondern unsere stets spürbare Seelenverwandtschaft – egal in welchem Winkel der Erde wir beide uns gerade aufhalten. Es tut unheimlich gut, dich in meinem Leben zu wissen!

Nicht zuletzt danke ich aber natürlich meinen Lesern, also Ihnen! An Sie denke ich, wenn sich Buchstaben aneinanderreihen, Absätze bilden und Seiten füllen. Es freut mich sehr, dass Sie meine Romane lesen, lieben und weiterempfehlen.
Teilen Sie mir bitte Ihre Meinung zu diesem Buch mit – gern in Form einer kurzen Rezension in einem Online-Book-Shop oder auf einer literarischen Plattform im Internet. Das ist der Applaus für uns Schriftsteller und wertvoller Hinweis für interessierte Leser! Danke und bis zum nächsten Mal,

Ihre Lisa Torberg

Die Autorin

Lisa Torberg ist mehrsprachig aufgewachsen, studierte Wirtschaft in Paris und verbrachte einige Jahrzehnte in Ländern dreier Kontinente, bevor sie sich ausnahmslos für das Schreiben entschied. Heute lebt die Journalistin und Schriftstellerin vor allem in ihrer italienischen Heimat, liebt das Leben an der frischen Luft, die Berge und das Meer. Letzteres jedoch nur im Winter oder wenn sie an Bord eines Segelschiffs ist. Sie bezeichnet sich als nirgends wirklich daheim – oder eben überall.

2012 veröffentlichte sie ihren ersten deutschsprachigen Roman im Genre Liebe. Seit 2015 schreibt sie als MONICA BELLINI sinnliche Liebesromane. 2023 erschien ihr erster Roman unter dem Pseudonym RIEKE ROTHBERG.

Informationen auf www.lisatorberg.com, den sozialen Netzwerken und über den Newsletter (Anmeldung auf der Website).

Romane von Lisa Torberg

Amore in Rom bedeutet für immer
Amore mio Romeo
Amore zwischen den Noten
Kuschel-Winter-Blizzardliebe
Mann mit Welpenblick für Frauchen gesucht
Nanny wider Willen
Silent Guy: Lautlos in mein Herz
Smaragdstern

Sonnenliebe – Napoli per sempre
Wenn der Wind Ti Amo flüstert
Wenn Schnee zu Liebe schmilzt

VERLIEBT IN NEUSEELAND
Auszeit im Paradies
Der Ruf der fernen Sterne
Ausgerechnet am Ende der Welt
Das Knistern des Sternenstaubs (1. Januar 2026)

HAZELWOOD SMALL-TOWN-ROMANCE
Winterzauber in Hazelwood
SterneKochGeflüster in der kleinen Mühle in Hazelwood
Winterträume in Hazelwood (18. November 2025)

KISSES • BENEFIZPROJEKT KREBSFORSCHUNG
Sweet Kisses und Pralinenduft
Spicy Kisses und Seidenträume
Love Kisses und Hochzitschaos

DIAMOND LOVE – VERLIEBT IN SÜDAFRIKA
Ein Diamant macht noch keine Liebe
Wild Fancy Love: Safari ins Glück

CATCH THE MILLIONAIRE
Kyle MacLeary: Highland-Millionär sucht…
Daniel Rochester: Millionenerbe "Sweet Danny" sucht…
Mister X: Musikliebender Millionär sucht…
Ein Rockstar für Mylady

DIE FALCONE-TWINS
Vorübergehend verliebt
Frostklirrend schockverliebt

NEUFUNDLAND-LOVE
Wenn es Liebe schneit
Wo Schnee nach Liebe riecht

VERLIEBT IN SÜDTIROL
Wenn Apfelbäume sprechen könnten
Wenn Apfelbäume tanzen könnten

Lisa Torberg schreibt als RIEKE ROTHBERG

Als der Wind die Träume fing

Lisa Torberg schreibt als MONICA BELLINI

Just Fake Love
Shit happens, Love too
Wild Rose: Doppelt verliebt

GIPSY LOVE
The Gipsy Gentleman
The Gipsy Dancer
The Gipsy Solitary
The Gipsy Lover
The Gipsy Pilot

LOVE VIBES
Fateful Vibes: Benjamin & Leonie
Bittersweet Vibes: Jason & Sophie
Ambrosial Vibes: Max & Jasmin
Conflicting Vibes: Robert & Viktoria
Explosive Vibes: Julian & Marie

MAYBE IN PARIS
Broken Wings: Sag niemals nie
The Choice: Mut zur Liebe

THE CAVALIERS
Mr. Never-Ever
Mr. Indestructible
Mr. Breathtaking
Mr. Captivating

Erstausgabe Oktober 2023
2. Auflage September 2025
© Edizioni Dolcevita, Italien
Text Copyright © 2021 Lisa Torberg, Italien, www.lisatorberg.com
Lektorat: Helga und Wilhelm König
Korrektorat: SW-Korrekturen e.U.
Coverdesign: ED-Design, Italien
Bildmaterial: Depositphotos: © Kruchenkova & Naddya

ISBN: 979-12-81636-03-3
Printed in the EU

Alle Rechte vorbehalten.
Der Herausgeber behält sich die Verwertung der urheberrechtlich geschützten Inhalte dieses Werkes für Zwecke des Text- und Data-Minings ausdrücklich vor. Alle Texte und Bilder sind urheberrechtlich geschütztes Material und ohne explizite Erlaubnis des Urhebers, Rechteinhabers und Herausgebers für Dritte nicht nutzbar. Nachdruck, auch auszugsweise, nur mit schriftlicher Genehmigung der Rechteinhaber. Handlung, Personen und Ereignisse sind frei erfunden. Etwaige Ähnlichkeiten mit real existierenden Menschen wären rein zufällig und nicht beabsichtigt. Im Roman erwähnte Unternehmen und Organisationen werden fiktiv verwendet, Marken sind Eigentum ihrer jeweiligen Inhaber.

Edizioni Dolcevita,
via Prevosto Wieser 1, 39011 Lana (BZ), Italy
editor@edizionidolcevita.com